宿醉广场

Hangover Square

[英]帕特里克·汉密尔顿 著

马庆军 译

上海文艺出版社
上海故事会文化传媒有限公司

编委会

总策划 夏一鸣

主　编 黄禄善

副主编 高　健

编辑成员（按姓氏拼音为序）

蔡美凤　高　健　胡　捷

黄禄善　连星榕　吴　艳　夏一鸣　杨怡君

名家导读

/桂清杨

　　桂清杨，浙江外国语学院教学名师、首届学术委员会委员，浙江越秀外国语学院英语教授、校级督导，香港岭南大学翻译学哲学博士，教育部公派英国诺丁汉大学语言学院访问学者，曾任中国计量大学外国语学院副院长。主要社会兼职：上海外国语大学英语语言文学博士研究生学位论文盲审专家、浙江大学外国语言文学及国际交流学院博士学位论文答辩委员会委员、国际跨文化研究院（IAIR）研究员、国家社会科学基金项目通讯评审专家及鉴定专家、国际翻译家联盟会员暨执业译员、中国翻译协会专家会员、浙江省翻译协会副会长、杭州市翻译协会会长、香港国际创意学会秘书长等。主持国家哲学社会科学基金项目"七月派翻译群体特征研究"（编号：11BN019）。主要代表作：学术论文《跨文化传播意义上的经典译作——关于绿原〈浮士德〉译本的思考》（刊于《中国翻译》，2007），《胡风对满涛、吕荧等翻译家的影响研究》（刊于《中国翻译》，2016)，专著《自助外语教学法》（中国科学文化出版社，2003），教材《21世纪科技英语》（高等教育出版社，2002)，译著《呼啸山庄》（世界文学名著典藏版，花城出版社，2016)，《桂向明短诗选·中英对照》《桂清扬短诗选·中英对照》（中外现代诗名家集萃，香港银河出版社，2016，2020)。个人业绩辑入《世界人物辞海》。

帕特里克·汉密尔顿（Patrick Hamilton，1904—1962），英国小说家、剧作家，出生于英国萨塞克斯郡的哈索克斯，是上世纪30年代至50年代英国一位文名颇盛的作家，被誉为二十世纪最伟大的作家之一。帕特里克·汉密尔顿的父亲是喜剧演员，因工作原因经常不着家，却对家人有着超强的控制欲，极尽酗酒和家暴，这让汉密尔顿从小就有挥之不去的心理阴影，变得沉默寡言，同时也锻炼了他超强的观察力。他十七岁时接受过演员训练，但很快发现自己的天分更多在文字上而非表演上，十九岁出版首部小说《星期一早晨》(Monday Morning)，后来陆续创作了数十部优秀作品，其中有《天空下的两万条街道》(Twenty Thousands Street Under the Sky)、《宿醉广场》(Hangover Square)、《孤独之奴》(The Slaves of Solitude) 等，戏剧代表作有《煤气灯下》(Gaslight)、《夺魂索》(Rope) 等。1962年，帕特里克·汉密尔顿因肝硬化和肾衰竭去世，享年74岁。

帕特里克·汉密尔顿的作品以紧张的情节和深刻的心理描写闻名，他的创作对后世的心理悬疑小说和惊悚电影产生巨大而深远的影响，并赢得格雷厄姆·格林 (Graham Greene)、J.B.普里斯特利 (J.B. Priestley)、多丽丝·莱辛 (Doris Lessing) 和彼得·阿克罗伊德 (Peter Ackroyd) 等主流作家和评论家的认可与赞赏。J.B.普里斯特利将帕特里克·汉密尔顿描述为"独一无二的个体……一位天真、脆弱得惊人、充满恶意的小说家，从某种神秘的邪恶黑暗中走出来"。帕特里克·汉密尔顿的成功、名气和财富主要源自其优秀的舞台剧创作。他曾为英国广播公司BBC创作了广播剧,还为英美电影制作人撰写剧本。譬如,1944年,经典黑色悬疑片《煤气灯下》改编自其1938年创作的剧本,首次将"煤气灯效应"(Gaslight Effect)的概念引入人们的视线。1948年,他与英国著名导演、编剧阿尔弗雷德·希区柯克(Alfred Hitchcock)合作《夺魂索》。在这部经典影作中,希区柯克将长镜头发挥到极致。诺贝尔文学奖得主多丽丝·莱辛曾言:"帕特里克·汉密尔顿是一位被严重忽视的伟大小说家。"这当然说的是英语世界,但在中文世界,这种现象似乎还要严重。直至2020年,他的代表作《天空下的两万条街道》才出现中译本,这也是八十多年来的首次译介。因此,《宿醉广场》中译本的问世,令人无比期待。

小说背景设置在英国向德国宣战前,即《慕尼黑协议》签署的时期。主人公乔治·哈维·伯恩是一位作曲家,他从小就跟其他孩子不一样,每当他听到不和谐的声音时,就会陷于麻木之中,乃至失去知觉。长大后,曾经跟自己的好友鲍勃·巴顿合伙做生意。跟鲍勃在一起时,他的精神状态良好。后来鲍勃生意失败,去了美国,乔治从此郁郁寡欢,并患上精神分裂症。由于长期的孤独,又随着谱曲工作的压力加大,他开始混迹于汉诺威广场的酒吧,在那里结识了一个漂亮的小演员内塔,且爱上了她。乔治渐渐出名,并通过赌台球撞大运,获得一大笔财富。但内塔并不真正喜欢他,她整天围着他转,全然出于虚情假意,仅仅是为了他手中的钱，让他为自己写歌曲，并通过他与他的代理人约翰尼接触，去结识当时能呼风唤雨的剧院大老板埃迪·卡斯泰尔斯，但最终难逃被抛弃的命运。内塔是一个法西斯主义坚定拥护者，而乔治自身却对法西斯深恶痛绝，因此对内塔爱恨交加，不能自拔，这也为他后来杀死内塔埋下伏笔。屡次被利用的乔治无数次下决心要杀死内塔，他绞尽脑汁，一个周密细致、万无一失的谋杀计划在心中形成。随着二战开始，受精神分裂症和人格分裂症困扰的乔治最终执行了谋杀计划，杀死内塔和彼得，逃亡至英国一个著名城市梅登黑德。然而现实中的梅登黑德已不再是他心目中无限向往之地，几近幻灭。他摆脱了内塔和彼得的纠缠，又觉得必须彻底解脱自己，遂在自己居住的房间里给"验尸官"留下一张纸条，打开煤气自杀。

作为一部黑色社会悬疑小说，作者对人物的刻画细致入微。男主人公乔治崇拜内塔，像一条忠诚的狗一样对她亦步亦趋。而他的"麻木"情绪与日益增长的绝望，这导致他的生活就像一出自作孽不可活的悲剧。乔治患有双重分裂人格，这种设定将乔治对美好生活的向往和对法西斯主义的憎恨、批判与讽刺演绎得淋漓尽致。另外，作者的谋篇布局水到渠成。偶遇，着迷，爱恨交加，谋划，矛盾挣扎，反复的思想斗争，谋杀，逃离，迷惘，自杀。冰冻三尺，非一日之寒。在内塔残忍的欺骗和背叛之下，无辜的乔治一再忍耐，他的执着实属无辜，在爱情单行道上由爱生恨，爱之愈深，恨之愈切，最终酿成了报复和谋杀，这恰恰是某种意义上生活的本来面目。爱与暴力两者之间的角力在《宿醉广场》中震人心魄，发人省思。爱是中毒一般的感觉，爱的毒性之下，早已没有对与错、该与不该，只有一条单行道和不归路，可以说作者把这种毒性写到了极致，有着"虽千万人吾往矣"的决绝，或者"虽九死其犹未悔"的苍凉，水到渠成又感同身受。它在提醒我们每一个人，永远不要陷入卑微狭隘的爱情沼泽之中。

笔者曾为本书译者的另一部译著《亚特兰蒂斯女王》撰写导读，提出了"非知者不能译，非译者不能知"的观点，此次通读《宿醉广场》汉译本，再次产生了这一感触。译文亮点颇多，聊备一格。译者在准确传达原文意思时，尽可能考虑到汉语读者的文化背景、行文特点和阅读习惯，保证译风严谨、语言流畅。在原作中，社会背景阴郁，人物性格奇特，译者能够与原作者情愫相通、心境契合，将生动的画面展现在读者面前，触动读者的心灵。另外，原作饱含俚语、行话与专业知识，译者能够依据语境，或以方言的形式将其巧妙转换，或以采用译注结合的形式，不仅保证了译文的忠实，又方便读者理解，使译作平添了许多趣味。与原作相比，译文似乎更具可读性。

《宿醉广场》于1941年出版，分别于1945年、2009年两次被搬上电影银幕，其艺术价值和社会意义可见一斑。纵观整部小说，作者采取狄更斯式的笔触，描写两次世界大战之间的伦敦，表达对可怜人的深切同情和苦涩幽默，表现出对社会不公、法西斯主义和战争的担忧，至今仍被现代作家认为是书写伦敦社会的经典作品。本书译者行走于两种语言与文化之间，其译本堪称跨文化传播意义上的成功之作，相信能受到不同读者的欢迎。

Contents

圣诞旅行　1

打电话　45

佩里耶酒店　63

约翰·利特尔约翰　101

彼得　123

布莱顿　148

夏末　185

伯恩先生　239

流感　260

重返布莱顿　276

梅登黑德　312

圣诞旅行

痴心的情人,你的脸为何如此苍白?
请告诉我,为何如此苍白?
满面春风不能使她感动,
难道一脸愁苦便能成功?
请告诉我,为何如此苍白?
年轻的罪人,你为何如此呆滞、沉默?
请告诉我,为何如此沉默?
甜言蜜语不能赢得芳心,
难道一言不发会使她动情?

——约翰·萨克林

一

"咔哒!"……声音又来了!他正沿着亨斯坦顿的悬崖走着,声音又来了:"咔哒!"……

或者用"咔嚓"或"噼啪"来形容这种声音会更贴切吗?

这是他脑袋中的声音,但又不是真正的响声。这是一种噪音突然停止时发出的声音,有一种暂时震耳欲聋的效果。好像一个人擤鼻涕用力过猛,外面的世界突然变得模糊而一片死寂。然而,他并不是真变聋了,他只是通过这种方式才能想起以前发生的事情。

仿佛是相机的快门轻轻一关,但事情来得太快了,他只能认为那是"咔嚓"一声或"噼啪"一声。它仿佛一幕外人推介的电影,突如其来,在他眼前一闪而过。他觉得只要他闪念一想,它就会立刻消散。电影?是的,它也像另一种"电影"——"有声电影"。他仿佛一直在看一部有声电影,突然音轨坏了,屏幕上的人物仍然在动,表现得大致合乎逻辑;但他们是一个新的、无声的、难以形容的怪异世界里的一个个人物。事实上,生活,片刻之前,对他来说还是一部"有声电影",现在却突然变成了一部无声电影,并且也没有音乐。

他并不害怕,因为现在他已经习惯了。这种情况在过去两年发生过——事实上,这可以追溯到他的孩提时代。那时候,他的生活并没有像现在这样泾渭分明，但他却清楚地记得他所谓的"麻木"情绪。在这种情绪中，他不能做任何看似平常的事情，不能想任何看似平常的事情，不能专心上课，不能玩耍，甚至也不能听他那些吵闹的伙伴们说话。

过去，他们常常以此来取笑他；后来，这事终于为人们所接受。据说"老伯恩"正处于一种"癫狂"的情绪中。以前，索恩先生爱挖苦人。"或者这是你的一次——啊——愉快而方便的失忆症，我亲爱的伯恩？"但就连索恩先生也接受了。"真是个了不起的孩子，"他有一次听到托姆先生说（他不知道自己被人偷听到了），"我真相信这孩子完全诚实可信。"通常，他不会让伯恩在全班面前出丑，而是会停下来，用好奇而同情的眼神望着他，让他坐下，不对他进行任何讽刺的评论，然后让下一个男孩做他没能做成的事情。

"麻木"，是的，一直以来，他反复被这种情绪困扰，在那些日子里，他慢慢地陷入并摆脱这种情绪——但它从来没有像现在这样高频出现，来得突然。每一次他都麻木异常，与他过的另一种生活完全判若两人。它并没有带着这种不寻常的"咔嚓"声而来——这是去年左右才发生的事情。起初，他有些不安，有时甚至想去看医生。但他从来没有这样做过，现在他知道他永远也不会这样做了。他身体很好，这件事并没有给他带来严重的不便，而且还有太多别的事情要操心——上帝啊，他有太多别的事情要操心!

现在,圣诞节的下午,他正沿着亨斯坦顿的悬崖散步,这事又发生了。他和姨妈一起吃过饭,然后告诉她,他要出去"散步消愁"。他穿着一件轻便雨衣。他今年三十四岁,身材高大,强壮结实,步履笨拙。他面色红润,留着小胡子。他的眼睛又大又蓝,眼神忧伤,因为嗜好啤酒和香烟而微微充血。他看上去好像上过一所次等的公立学校,很乐意卖给你一辆二手车。有些人一看便是热爱赛马之人,身上自然有着纽马克特[1]的印记,他也被打上了大波特兰街的印记。他使你想到路边的酒吧,在全英格兰,有成千上万这样的人经常出没在酒吧里。然而,他满嘴软话,而不是狠语。他的名字叫乔治·哈维·伯恩。

实际上,只是在突然转变之后的几分钟里——在音轨坏掉,从有声电影变成无声电影之后——他才曾经想到,或者确实意识到——他脑袋里发生了这种非同寻常的变化。很快他就开始看无声电影了——没有音乐的无声电影——好像从来就没过有声电影——好像他所看到的一直都是这样的。

一部没有音乐的无声电影——他找不到更好的方式来描述他现在所处的这个奇怪的世界。他看着路过的物体和人,但这一切没有色彩,

---

[1] 纽马克特:英国中部城市,位于英国萨里郡的拉夫堡区域,在英国赛马界占有重要地位,俗称"英国赛马之都"。——译者注

没有生气，没有意义——对此，他充耳不闻。他们像机器一样移动，没有动机，没有自己的意志。他听得见他们在说什么，也听得懂他们在说什么，甚至还能回答他们的问话；但他是自动地这样做的，不需要考虑他们说了什么，也不需要考虑他说了什么作为回应。因此，他们虽然说了话，却好像没有说话，仿佛只是动了动嘴唇，却保持沉默。他们没有有效存在，他们体验不到快乐或痛苦。事实上，这个世界上没有感觉，没有快乐，也没有痛苦，有的只是他自己——他那沉闷、迟钝、麻木的自己。

没有什么感觉，但总得做点什么。很明显，得做点什么。他刚从惊讶于脑袋里那一声"咔嚓"中恢复过来——但如今，这已经不算什么新鲜事了——音轨突然中断了，突然进入了一个新的、无声的世界——他一恢复过来，就意识到必须做点什么了。起初他想不出那是什么，但这并不使他担心。一开始他从来没有想到过，但它会来的：如果他不唠叨，而是放松精神，它就会来的。

他如坠梦中，走了两三分钟，几乎什么也没有意识到。他的雨衣，由于他身体的运动，发出轻微的雷鸣般的声音，他的大运动鞋，踩在悬崖顶上的草地上，沙沙作响。在他的左边，广阔的灰色沃什河躺在下方，映着圣诞节下午阴沉的天空；在他的右边，一些凌乱的别墅，坐落在未完工的泥泞道路上。有几对夫妇在周围走来走去，冷漠而绝望，他们的精神被这个季节和这个时候令人绝望的空虚和痛苦给压垮了。他经过一处可以避雨的地方，一些孩子在那里跑来跑去，用玩具手枪互相射击。然后，他毫不费力地记起了他必须做的事情：他必须得杀死内塔·朗登。

他要杀了她，然后去梅登黑德，在那里他会很幸福。

他终于想起来了，这对他来说是一种解脱，因为现在他可以把这一切都想清楚了。他喜欢把事情想清楚：机会多的是，就像点燃一根烟斗一样，可以触及，可以让他留下牙印。

他为什么一定要杀死内塔？因为事情进行得太久了，他必须回到梅登黑德，重新过上平静而满足的生活。为什么是梅登黑德？因为他和妹妹艾伦在那里曾经过得很幸福。他们在一起度过了两个星期，心情美好。大约一年以后，她就离开了人世。他将再次泛舟河上，享受平静和快乐。他也喜欢商业街。他不会再喝酒了，或者只是偶尔喝点啤酒。但首先他得杀了内塔。

内塔的事已经拖得太久了。他打算什么时候杀了她？很快——当然是今年。最好马上就去——他一回到伦敦就去——明天，节礼日[1]，他就要去办这件事。但这些事情都得计划好，他的计划太多了。这事简

---

[1] 节礼日：圣诞节次日或圣诞节后的第一个工作日，为英联邦部分地区庆祝的节日。——译者注

单得令人难以置信,只是难于选择一个正确的计划。你只要趁她不注意的时候打她的头即可;你只需要让她转过身来,因为你要给她一个惊喜,然后就把她打倒;你只需要邀请她到窗前,然后把她扔出去即可;你只需要把一条围巾顽皮地绕在她的脖子上,羡慕地抚摸它,然后就可以勒死她;你只需要在她洗澡时给她一个惊喜,抬起她的腿,让她头朝下就可以淹死她。一切都那么容易,一切都可以在无声中完成。只有警察会干预——"提问题"——这一点必须记住:他不要受到任何询问或干预。当然,警察在梅登黑德找不到他,就算找到了,也抓不住他。没错,什么地方都没有困难:正如他们所说,这事"不费吹灰之力",但必须得计划好,而他必须现在就开始计划。这事拖得太久了。

那么,什么时候干这事呢?明天——节礼日——再次见到她就干这事。如果他能和她单独相处——为什么不呢?不,这肯定有问题。是什么问题?这到底有什么问题?哦,没错——当然了——那十英镑。他的姨妈给了他十英镑。今天早上她给了他一张支票作为圣诞礼物。他必须等到花完这十镑——财尽其用——再去杀死内塔。显而易见,该这么做。那么新年呢,元月一日?这似乎是个好主意——新年伊始——1939年。新年——一年的交替——意味着春天不久就来了。天气会更暖和,梅登黑德会更暖和。他不想在寒冷的天气里去梅登黑德。他想去河上。然后他必须等待春天的到来。天气太冷了,还不能杀死内塔。这听起来很傻，但这是事实。

还是这一切都归因于他的犹豫不决？他又在拖延吗？他总是一再拖延。这种杀人的想法，以某种神秘的方式，似乎从他的脑海中消失了。这一切都进行得太久了。也许他应该控制住自己，趁天还冷的时候杀了她。也许他甚至不应该等到他把那十镑钱花完之后。他已经拖了这么长时间了，如果他继续这样下去，这件事还能干成吗？

这时，他已经到了镇高尔夫球场的边缘。他转过身来，沿着原路折回。一阵微风吹打在他的脸上，在他的耳朵里咆哮着。他看了一眼挂在珍珠色天空中的太阳，夕阳有气无力，从荒凉的冬季度假屋后面落去，里边一位阿姨刚刚起身。奇怪的阿姨们，奇怪的亨斯坦顿！——他们怎么能受得了？他已经痛了三天了，如果明天不回去，他就要发作了。玛丽姨妈一副好心肠，作为他最近的亲人，她尽力尽自己的责，努力表现得"时髦"，用她的话来说，是一种"乐趣"，尽管她年近古稀，却假装喜欢喝"鸡尾酒"。上帝啊——鸡尾酒！——要是她知道就好了！但她很善良。喝茶时她会很高兴，然后当她看到他不想说话时，她就离开他，任由他坐在椅子上读克拉伦斯·马尔福德的《廿次驾临酒吧》。当然，此刻他读不进书——他会想着内塔，想着如何以及何时杀死她。

孩子们还在圣诞庇护所周围玩着他们的玩具手枪。潮湿的草地在午后弥漫的阳光下闪闪发光。小码头，空无一人，伸入海中，其剪影在灰色的波浪上晃动,仿佛冷得发抖,但它打算留在原地,以表明某种原则。在他的左边,他经过了男子学校,然后是一排接一排的寄宿公寓,它们的名字都很疯狂;在他的右边,是高尔夫球场和网球场。但是,圣诞节这天,在他姨妈所在的海边小镇,没有男孩,没有寄宿生,没有高尔夫的轻击球杆,也没有人打网球。

他向左转,向上游走去,离开了海边——约翰国王丢失珠宝的沃什河——朝街上行进,那条街上有一座联排别墅,里面有茶水、圣诞蛋糕和冷火鸡(在八点钟的电火炉前)等待他光临。

二

"咔哒!"

哈喽,哈喽——我们到了!我们又来了!

他在亨斯坦顿车站,事情又发生了。"咔哒""咔嚓""砰"——不管你喜欢称它是什么声音——一切都涌了回来!

节礼日下午三点,当他背着包,沿着海边小站的月台向前走的时候,周围的一切都变得明亮、清晰、生动、清醒、丰富多彩并合乎逻辑。

这件事发生在检票口,当时他正把车票递给检票员。你可能会认为,他脑袋里听到的咔哒声是那个人在打穿车票时发出的咔哒声,但实际上，那是在几分之一秒之后发生的——几分之一秒，因为那个人还拿着他的车票，他还在看着那个人灰色的眼睛，这时他听到脑袋里的快门响了起来，一切都涌了出来。

就像一位泳者在寂静的绿色深处认真地游了很长时间后，突然浮出水面，吸到了新鲜空气。他首先意识到那列载他回伦敦的火车正持续不断地发出可怕的嘶嘶声。当他看着那人的眼睛时，他已经觉察到了这种声音。他也非常清楚，自从他进了车站，在他买票的时候，在他把手提箱拖到检票口的时候，这种声音就一直在响。但直到现在，他的脑子又清醒过来了，他才听到这声音。与此同时，他第一次听到了以前所有的声音——车站电车的滚动声、牛奶罐的叮当声、车厢门砰地关上的声音。这一切都发生在一瞬间，他还在盯着那个检票人的眼睛。也许，由于对所发生的事情感到惊讶，他盯着那人的眼睛看得太久了。也许，检票员只是引起了他的注意，人家只是看了他一眼，因为那人潜意识里想知道为什么这位乘客没有得到"向前走"的指令。不管怎样，刹那间，他暴露了自己，现在他正走上月台。

火车发动机发出的声音真大！然而这使他兴奋。他的大脑"闪了一下"，他发现自己又能听到声音并理解景象了，为此，他总是会有那么几分钟的兴奋。在经历第一次巨大的喧闹声并理解景象之后——就像一个人的两只耳朵里塞了两团油乎乎的棉絮，整整一天什么也听不清,突然复聪时听到清晰的吼声一样——耳眼并用,听着并看着经历的一切,他兴高采烈,这种乐趣很单纯。

然后是确切知道自己在做什么,这令他欣慰。他知道自己在哪里,也知道自己在做什么。这天是节礼日,他正乘火车回伦敦。他和姨妈一起度过了圣诞节,姨妈给了他十英镑。这是他到达的一个车站——亨斯坦顿车站。只不过他到达伦敦的时候将已经是晚上了。现在他赶上了下午三点零四分的火车。他必须找一个三等车厢。其他人也要回伦敦。火车头在放出蒸汽,这是蒸汽机的规律,在启动前一定是这样的。那是一个搬运工,他的工作是搬运行李,并收取小费。那里是大海。这是东海岸的一个海滨小镇。一切都正常了,一切又在他的脑海里清晰起来。

那么,在这之前的几分钟里,在这之前的几个小时里,他的脑袋里发生了什么呢?是什么?嗯,现在不要紧了。当他进入车厢时,他有足够的时间来考虑这个问题。他必须找一节空车厢,这样他就可以自己一个人独处了。如果他运气好,他可能会一个人独占一节车厢去伦敦——节礼日外出旅行的人应该不会有很多。

他走到火车的另一端,选了一节空车厢。当他转动车厢手柄时,引擎的嘶嘶声突然停止了。车站似乎在这突如其来的寂静冲击下摇晃起来,过了一会儿,又开始以一种更柔和的、几乎是鬼鬼祟祟的方式继续它的活动。他意识到，这和他脑袋里发生的事情一模一样，也就是说，当他的脑袋往另一个方向——往吓人的、坏的、麻木的方向——发展时，事情正朝着正确的方向发展，他又回到了生活中。

他把手提箱放在支架桌上，"咔嚓"一声打开了箱子。他站在座位上，看看自己是否装来了他那本黄皮的《廿次驾临酒吧》。谢天谢地，他装来了，那本书就在箱子中最上面。当他不知道自己在做什么的时候，事情就完成了，这真是太棒了。（或者他在某种程度上知道自己在做什么？大概是吧。）总之，这里就是他的廿号酒吧。"咔哒"一声，他合上了箱子，坐下身来，扯了扯大衣盖住双腿，把书放在腿上，向窗外望去。

他又活过来了。活过来真好！然而，世界的这一部分是多么的安静和凄凉啊！手推车还在车站尽头的月台上滚动着，两个搬运工在远处互相喊着，另一个搬运工走过来，试了所有的门，当然也没有放过他所在车厢的把手，最后还是败兴而归。隔着车厢的木墙，他能听到两个人在交谈。如果仔细听，他还能透过敞开的窗户听到淤泥色的大海发出有节奏的呜咽声。从这里，他可以看到水泥墙外一百码左右的地方，水泥墙离车站很近，几乎成了车站的一部分。前面一个人也没有，寒冷而安静。大海轻声地呜咽着。阴沉，忧郁，惨淡。

他听着大海轻轻的呜咽声，等着火车开动。他那红红的脸庞和啤酒眼，流露出一种天真、茫然和痛苦的表情。

三

火车抖动了一两次,慢吞吞地开出车站,向希查姆驶去。

他把脚放在对面的座位上,舒服地靠在窗户上,懒洋洋地看着自己的鞋子。看到棕色皮革上的拷花,他突然有了一种痛苦的感觉——这种感觉一下子揪住他的心,接下来是一阵疼痛。有那么一会儿,他不知道这种痛苦是怎么来的,然后他明白了是怎么回事,痛苦重又袭来。内塔!内塔!……

他竟然忘了!整整五分钟——他走上站台,进了一节车厢,从手提箱里拿出书,望着窗外,等待火车启动——他不知怎么被骗了,没有去想内塔!当然是创纪录了!他看见自己的鞋子,就想起了她,那是因为他那双棕色鞋子上的拷花和她大约一星期前开始穿的那双新棕色鞋子上的拷花一模一样。那天上午,米奇在出租车上昏倒,经历了可怕的失明之后,他们坐在"黑鹿"酒吧里喝杜松子酒,他就注意到了这种相似之处。如此深爱着一个女孩,以至于看到自己的鞋子,心都要裂开了!这就是物欲之爱引发的联想,这种联想力量很强大。于是,他把脚放下来,因为他知道他不可能再多看一眼自己的鞋子而不再痛苦。

有五分钟的休息时间,可以喘息——这很难得!但是等一下——

他的"麻木"时期是怎么回事？在他"麻木"的这个阶段，他想到内塔了吗？或者说，那奇怪的快门一关，那部映入他脑子里的电影，以某种方式，把他和内塔隔绝了，把他和日夜全神贯注的事情给隔绝了？也许是这样——也许这是大自然设计的一种麻醉剂，防止他一想起内塔就昏睡过去。但是，如果他不是在想内塔，那他想到了什么呢？这提醒了他。他走上月台的时候就问过自己这个问题，他答应自己要寻找答案。

好吧，那么，他一直在想什么呢——当快门关上的时候，他脑子里在想什么呢？想什么？到底在想什么？

不好。他不知道。一点也不含糊。这太可怕了。他必须试着想一想。他真得试着想想。但是思考有什么用呢？他从来都记不起来，为什么现在要记起来呢？

到底是什么时候开始的？他"昏迷"多久了？时间可不短了，他确信这一点。仿佛发生在昨天。昨天的事，他还记得什么？昨天是圣诞节吗？他还记得和姨妈一起吃的午餐——人们称之为"圣诞正餐"。他记得很清楚。他还记得超干净的桌布，不熟悉的酒杯，火鸡和肉馅饼。然后他才想起后来喝了咖啡。然后他说他要去"散散步"，而姨妈上楼回卧室睡觉去了。他记得在大厅里穿上雨衣，他还记得朝海边走去，然后沿着悬崖走向高尔夫球场……啊！对了！就是这样。那一定是他沿着悬崖走的时候发生的。是的。他对此很有把握。他能看见自己。当他沿着悬崖走着，望向大海时，他几乎可以在脑海中听到这一切。"啪"的一声。但是接下来呢？发生了什么？……什么都没有。一片空白。绝对没有。直到十分钟前，在亨斯坦顿车站，他突然"醒来"——"醒来"时，他发现自己正凝视着那位检票人的眼睛，听到火车头发出可怕的嘶嘶声。

天哪——他已经"灵魂出窍"二十四小时了！从圣诞节下午三点到节礼日三点。这太可怕了。应该做点什么了。他应该去看看医生什么的。

他一直在想什么——他在做什么？这才是问题的关键——他在做什么？二十四小时不知道自己在想什么、在做什么，这很可怕。这是生命中的一天！他现在可能害怕了，他也可以让自己害怕——但最近这种事发生得太频繁了，已经失去了恐惧感，而他又有太多其他的烦恼。他要担心内塔。事关内塔——你不用担心其他的事情。

但是，说真的，这太可怕了——他应该做点什么。想象一下，像个机器人，一个麻木的人，另一个人，一个不是你自己的人，连续游荡二十四个小时！当你醒来时，完全不知道对方在想什么或做什么。你可以做任何事。就你所知，你可能喝得烂醉如泥。你们可能吵架了，惹上了麻烦。你可能结交了朋友，也可能树敌，但你却一无所知。你可能和一个女孩一起下了车，然后又安排好和她见面。你可能一时糊涂，从商店里偷了什么东西。你可能犯了人身侵犯罪。你可能在公共场合做了什么可怕的事。就你所知，你可能是个犯罪狂。你可能谋杀了自己的姨妈！

另一方面，很明显，你不是一个犯罪狂——你没有打架，没有在公共场合做过什么可怕的事，也没有谋杀自己的姨妈。因为如果你有这些行为，人们就会拦住你，你就不会舒舒服服地坐在回伦敦的三等车厢里了。在过去或近或远的时间里，所有的"麻木"情绪都是如此——自从有了这种情绪，每每发作，你就一直都如此。到目前为止，你从来没有被逮捕过，你从来没有打过架，你的亲戚和朋友也没有一个被谋杀！

事实上，你的朋友和亲戚（虽然他们肯定能认出你，有时还取笑你的"麻木"或"呆头呆脑"的情绪）从来没有指责过你做过任何不正常的事，你不认识的人也从来没有声称认识你，并指责你。

的确，所有的证据都充分表明，当快门关上时，他表现得像一个完全通情达理的人，虽然有点沉默寡言。不然，他怎么能到车站呢？不然，他怎么能把手提箱收拾好，把《廿次驾临酒吧》放在其中最上面，这样他就可以在火车上拿出来读呢？他怎么可能买到车票——知道自己要去哪里？没错——没有什么好担心的。这一切他早就想清楚了，他一直都知道没有什么好担心的。

他只是向上帝祈祷，希望能记起自己在做什么，在想什么。

四

当火车在寒冷的节礼日驶过这片平坦的海岸平房时，他的思绪伴随着柔和的咔哒声一路奔跑。火车开始减速，然后在第一站——希查姆站停了下来。

一阵阴郁的沉默。接着，他所在车厢的门把手被人粗暴无情地抓住了，一个表情冷漠的女人，似乎把外面诺福克冬天的所有痛苦和凄凉都带了进来，闯入了集中供暖的他所在的那节车厢，当时他正在其中冥思苦想。

来人显然是一个仆人阶层的人，她一进门就把窗户放下来，和站台上一个来送行的朋友滔滔不绝地交谈起来。他注意到，尽管天气很冷，站台上的那个女人却没有戴帽子，虽然没有戴帽子，但头发上笼着一张发网。他望着这张发网，心里隐隐难受。甚至在火车开动，那个女人消失以后，他的脑海里还保留着那张发网的图片。他不明白为什么那张发网使他痛苦，为什么他恨那个笼着发网的女人，为什么他隐隐感到她给了他怨恨的理由。

发网[1]……他恍然大悟。当然，这就对了。发网和内塔差不多……一点不错，这个女人一直在伤害他：她和自己的朋友说话的时候，让他一直在想内塔。

哦，天哪——这些可怕的陌生人对内塔一无所知。即使她们认识内塔，也不会关心她，但她们却有能力让他想起内塔——她们笼着发网，暗中折磨他！

内塔。发网。内塔，一个非常普通的名字。事实上，如果这个名字不是碰巧属于她，如果他不是碰巧爱慕她，那么这个名字就算不是相当愚蠢和令人反感，也是乏味至极。完全不浪漫——老处女，小气——像埃塞尔或米妮那样。但是因为那是她的脸，所以它就消失了，发生了什么！他不能说出来，不能轻声说出来，想到内塔这个名字就会陶醉，头晕，痛苦。这个名字非常可爱，可爱得不可思议，令人难以置信——和她本尊一样可爱。很难想象她会有别的名字。这个名字既撩人又充满微妙的暗示。内塔，她那乱成一团的发网——深色的发网——深褐色头发的女子。他被困其中，结了网。荨麻[2]，他血液里的药水就是用有毒的荨麻制成的。带刺的荨麻。她红唇中说出的话刺痛了他。发网。

---

1 发网，原文为"Net"；下文的内塔，原文为"Netta"。——译者注
2 荨麻，原文为"Nettles"。——译者注

渔网。美人鱼的网。妖术。塞壬,海中超凡脱俗的美人。发网。鸟巢[1]。偎依,偎依在她身旁。休息。乳房。在她的网里。内塔。你可以一直这样想下去———一路想到伦敦。

但如果你不爱她——那又怎样?净利润[2]?两先令,六第纳里。发网?雀巢牛奶巧克力[3]?想必是。但在这种情况下,当然,你根本不会去想它。只是因为你为她疯狂,你才会这样。疯狂到当你看到自己的鞋子,或者在希查姆车站看到一个笼着发网的女人时,你的心都会为之一沉。

疯了。也许他真的疯了。他那种可怕的"麻木"情绪——二十四小时的生活片段,他什么也不记得了——你几乎不能说他是正常的。但他对这一切都很感兴趣,觉得没什么好担心的。没错,他很清醒。如果不算上"麻木"情绪,他是足够清醒的。事实上,他可能太理智了,太正常了。如果他再古怪一点,如果他再热情一点,再有一点独创性或大胆一点,故事可能就会完全不同。内塔和其他所有人的故事都不一样。

当然,他完全没有野心。他不像内塔。他不想和电影界和戏剧界

---

[1] 鸟巢,原文为"Nest";下文的偎依,原文为"To nestle"。——译者注
[2] 净利润,原文为"Net profit"。——译者注
[3] 雀巢,原文为"Nestlé"。——译者注

的人混在一起，不想轻轻松松就赚大钱。他什么也不想要，除了内塔。如果她知道他真正想要的是什么，她当然会哈哈大笑。他想在乡下拥有一幢小别墅——是的，乡间一幢漂亮的老别墅——他想要内塔做他的妻子。不要孩子，只要内塔——从此以后和她幸福、安静地生活在一起。他会爱她，体贴她，即使她老了。他对此深信不疑，尽管世故的人谴责这种想法是荒谬的。在他看来，她和别的女孩子完全不同，想要厌倦她是不可想象的。

如果她知道这就是他想要的，她会怎样嘲笑他——他们会怎样嘲笑他？"我相信可怜的老乔治，"他听见彼得在说，"想让你到乡下去当个挤牛奶的女工什么的。"然而，他不介意打赌说，现在或曾经爱过内塔的男人中，有一半对其他东西没什么要求——问题是他们不愿承认这一点。

但他们可以成功地隐藏它——显然，他做不到这一点。也许这是因为他们没有像他那样深切地感受到，渴望得到它。他无法掩饰。他对自己不抱幻想：他清楚地知道她和伯爵宫的所有人对他的看法。他们把他看作是一个可怜虫。他话不多，他崇拜内塔，像一条忠诚的狗一样对内塔亦步亦趋，俨然就是一个附属物——甩不掉，赶不走。然后是他的"麻木"情绪，已然成为一个人所共知的笑话——在众人眼中，他"极其滑稽可笑"。脖子以上已经死了——那就是他。一个你可以轻而易举地把他当作大傻瓜打发掉的人——一个闺中密友。从托姆先生开始，在学校里就是这样，现在也是这样。

然而，他也不是个傻瓜。他们认为他很傻，但他有自己的想法，也许他也认为他们很傻。当然，他们不会想到这一点，这不会过他们的脑子。但他还是有自己的想法。他看到的比他们以为的要多得多。如果他们知道他有时是如何看穿他们的——他们是多么透明，尽管他们在酒吧里表现得冷漠而老练——他们会感到震惊的。

他可以看穿他们，当然，他讨厌他们。他甚至也恨内塔——这一点他早就知道了。也许，他最恨的是内塔。他迷恋她的身体，爱屋及乌，进而爱慕她脚下的土地和呼吸的空气，对这个世界上的其他事情整天都不去想。这些都与他对她的性格所怀有的那种潜在的蔑视毫无关系。你可能会说他并不是真的"爱"她，而是"恨"她。爱与恨是一样的——只是从另一个角度看他对她的痴迷。他为恨所困，正如他为爱所困一样。内塔，内塔，内塔！满脑子都是她，心心念念的还是她！上帝啊——他是多么爱她啊！

他也恨自己。他并没有假装好一点。他痛恨自己所过的生活——和他们一样的生活。他们集懒惰、神经质和傲慢于一身，囊中羞涩却酗酒，终日在酒吧里游荡，简直就是一群贱猪——这就是他们的全部。他和内塔也不例外。她虽然头脑清醒，但喝得烂醉如泥。她直到十二点半才起床,只是在床上一根接一根地抽烟,一直抽到有人来接她,然后就去最近的酒吧(不过她得找个男人来接她,因为她不想被人当成妓女)。她是萨默塞特郡一位牧师的女儿。现在,那人已经死了!

当你们早上见面的时候,你们谈论的都是昨晚——你有多"瞎",米奇有多"瞎",天哪,你敢说他一定是宿醉了。("在宿醉广场散步"——这是米奇的口头语。)某某人可能"相对清醒",等等,等等。你们又喝了许多酒,又觉得舒服多了,就急急忙忙地到楼上的"黑鹿"酒吧(火炉旁的那张桌子)去吃午饭,呵斥脸色苍白的侍者,引起大家的注意。(当然,那些交易员和商业绅士们都盯着内塔看,因为她非常可爱并引人注目。)

他讨厌这个,厌倦了这种生活。这种情况持续多久了?一年多了——他认识内塔一年多了。什么时候才能停止呢?当然,永远不会。只要内塔愿意,只要她选择过她现在的生活,就永远不会。在最初的日子里,尽管心里想着她,他仍然想找份工作,仍然希望事情会有转机,希望自己的生活能重新走上正轨。但是他现在已经放弃了所有的希望。他不想找工作——他不能找工作。在那件事上,他一再退缩。什么!——找份工作,而不是在凌晨陪她喝酒?找份工作,把她整天留给米奇和彼得!

然而,即使于此,他也不是个傻瓜。他不像他们那样挥霍无度。

他还剩下一点母亲留给他的钱。他在战争贷款账户上有三百英镑，在现金账户上还有七十八英镑十二先令三便士。这点钱并不多，因为这是抵御饥饿的全部余额。不过，如果他能把每星期花的钱减到四英镑（不管怎么说，他还是设法做到了，或者说几乎设法做到了），那就够维持很久了。如果能做到的话，维持到内塔的事结束没有问题。就这样，如果真去找工作的话，维持到重新找到工作没有问题。只要有可能，他决不会去碰那三百英镑的，他打算继续过每周只花四英镑的生活。每周两英镑用于生活费，两英镑花给烟酒和内塔。（现在又多了十英镑，全花在烟、酒和内塔身上得了！）

当然，他们会高声责骂他这种深谋远虑——认为这样小心太小气，太古板，太拙劣，都是他"愚蠢"的表现。他们最得意的事之一，也是最做作的事之一，就是他们总是囊中羞涩，总是"打动"别人——宁可出去把身上最后的十二个先令花在一瓶杜松子酒上，也不愿进杂货店。他们认为这很聪明，而他没有他们聪明。但实际上他比他们聪明，因为他能看出他们的矫揉造作——他能看穿他们。他比他们都聪明，而不是比他们都笨。

但他们中没有人确切知道他有多少钱。他们只知道他每周尽量少吃点东西，看不起他这个囤积狂。但这并不能阻止他。

并不多，但如果钱太少了，他可以少花一点，慢慢地花掉，直到有什么事情发生,直到有什么事情出现。

直到有事情发生!多么希望啊。现在还会出现什么呢?这一年快结束了,就要结束了——下一年,1939年,等待着他的是什么呢?内塔,喝酒抽烟——喝酒抽烟,内塔。或者一场战争。如果发生战争呢?是的,如果没有别的事情发生,可能会爆发一场战争。

一个肮脏的想法,但如果他等待的是一场战争呢?这可能会让一切停止。他们可能会抓到他——他可能会被抓壮丁,从而不能再喝酒、不能再抽烟并离开内塔。有时,他发现自己内心希望能有一场战争——尽管这一切都是血腥的。

但是现在,根据他们的说法,根据内塔和彼得的说法,根本不会有战争。他们知道一切,或者应该知道。但他于此事也不是那么愚蠢——他能看出他们的思想是如何运作的,他们是多么巧妙地把自己可耻的欲望变成了信仰。他并没有相信"我认为我们身处和平时代"之类的话。但是他们——他们不是刚刚这样说过吗!他们疯了,在《慕尼黑协定》之后整整一个星期都没有清醒——这正是他们的专长。他们喜欢希特勒,真的。反正他们并不恨他。他们也喜欢穆索。他们为老安布雷拉欢呼!哦,是的,慕尼黑合他们的口味。

但那不合他的口味。他不太懂政治,也没有他们了解的多(不管怎么说,不去谈论),但他知道《慕尼黑协定》是个骗局。伯爵宫狂欢还行，但不管你说多少都是骗人的。羞耻，这就是他所感受到的，他无法分析的羞耻。他们喝得醉醺醺的时候，他一直有这种感觉——事实上，他自己几乎一点酒也喝不了。他羞愧得几乎不敢看那些照片……所有人都咧嘴笑着、握手、穿礼服、戴礼帽、穿制服、坐车、欢呼——这就像一场超级法西斯的婚礼或洗礼（当然，彼得是一个法西斯主义者，或者曾经是一个法西斯主义者——他曾经穿着切尔西队的制服在切尔西队活动）。然后回家，在阳台上听新闻，"我认为我们身处和平年代"，张伯伦夫人，这个国家的第一夫人，如是说。……当时，他感到羞耻。现在，他仍然感到羞耻。

"我们身处和平年代"，……好吧，我们拭目以待。我们会看到很多东西……他的思绪继续流淌。火车经停每一个车站，他都会暂停思考，透过窗户向外看，然后他的思绪随着火车的前进向内和向前滑动。1938年节礼日的晚上，夜幕慢慢降临，火车向伦敦驶去。蒸汽在窗户上聚集起来，他用手擦了擦窗户，除了自己留下的斑斑点点的黄色倒影和他在其中思考的那节黄色车厢外，什么也看不见。

五

车轮和轨道发出熟悉的、准确无误的节奏——火车驶入伦敦这座大站,节奏诡谲、柔和、令人联想,与其他任何节奏都不一样。听到这声音,他像往常一样感到不安和不祥。在寒冷的街道上,思想和温暖必须让位给行动——现实中有公共汽车,有地铁,有售票处。生活还得重新开始,伦敦一片灯火通明,无尽的恐怖在等着他。

哎呀!——我们到了——巨大屋顶下的站台到了——空洞的、地狱般的回声,就像在游泳池里一样,搬运工们排着队准备进攻——现在出不去了!不祥的预感几乎变成了恐慌。利物浦街。他要去哪里?他计划干什么?他意识到自己什么也没做。他当然要去内塔家,但她会在那里吗?她说过她会的,但只是随口一说。她从来没说过她会去任何地方,只是随口一说。节礼夜!当然,她不会在那里!她会在节礼夜出去,彼得会带她出去!她会出去跳舞!人们在节礼夜跳舞——和彼得在外面,天知道在干什么。如果他发现她不见了怎么办?这太可怕了。他必须马上赶到那里,弄清楚最坏的情况。

他等其他人都出了车厢,然后站起身来,伸直双臂,把《廿次驾临酒吧》放回支架桌上的手提箱里。

"需要我为您搬行李吗,先生?"

"不,谢谢。我自己能行,谢谢。"

那人很受伤,心情不愉快,沉默着走开了。他走上了站台。

现在该做什么?这时是六点半。乘地铁吗?到伦敦市中心,然后在诺丁山换车？不可思议！在他目前的焦虑状态下，他无法忍受。一定要乘出租车。这就是那十英镑的用途，不是吗？但是去哪里呢？直接去内塔家，还是先回酒店，把手提箱留下？是的，他最好先去旅馆。他可以在那里洗个澡，然后溜达到内塔那里去，镇定且干净利落。

他走出车站，在大东方饭店外面叫了一辆出租车。

"我想去伯爵宫。你知道福康堡广场吗？"

"知道！"

"嗯，去福康堡旅馆——你会找到的。"

"是的，先生——您……好吧，先生！"

那人轻松愉快地放下了计程表，以他那愉快和蔼的举止，消除了月台上那位因揽不到活而受伤的搬运工的不快。工人们又站在他这边了。

寒冷的节礼日，这座城市呈淡紫色，雾蒙蒙的，大街上空荡荡的。似乎不到一分钟，计程车一路颠簸，咔哒咔哒地经过了银行。照这个速度，他们用不了多久就会到达目的地。路灯一路伴随他们，像药店里的瓶子一样，闪烁着友好的光芒。

他真是个大傻瓜，竟然乘坐这样一辆出租车。没错，他是有十英镑钱，可是如果他继续这样下去，他就没有十镑了。这至少要六先令，加上小费可能是七先令。十磅之中有一磅已经少了将近一半了！

他为什么要乘出租车呢！为什么他会进入这样的"状态"？他突然陷入了恐慌，因为他以为内塔可能不在她的公寓里，他迫不及待地想知道，他受不了火车的换乘。但内塔不在她的公寓又有什么关系呢？还有明天，还有后天，还有明年。他今晚为什么想见内塔？他不敢肯定自己是否真的想见她：如果不想见她，他上床去睡觉肯定会更开心。但他已经迫不及待，乘出租车向她奔去。他真傻。

街道空荡荡的，何其荒凉，他是多么厌恶这个打烊的超级星期天——圣诞节！他本以为这对那些全年都要工作的人来说没什么问题，但这让他觉得很糟糕。感谢上帝，明天一切就结束了。节礼日也不像圣诞节那样阴森可怕。酒吧照常营业——没有那种可怕的朝七晚十的生意。事实上，酒吧已经开门了。这样想，很好。今晚只要他一进酒吧，一切都会好起来的。之后，他只需要回家睡觉，然后明天醒来，又回到一个正常的世界。

车费一共是六先令六便士，他给了那人一先令小费，那人似乎很高兴，显然他是个生性开朗的人。他走上台阶，走进福康堡。他上楼时必须经过休息室。

这里都是为圣诞节而装饰的（他已经忘记了，尽管他在离开之前看到过装饰），周围只有几个孩子，他们正在一张通常用来打桥牌的绿呢桌子上玩吹笛足球（显然是圣诞礼物）。在那个小旅馆里——那个豪华的大寄宿公寓——他一个人也不认识，他也不是有意如此。他只是睡在楼顶的一个小房间里，别人都走了他才下来吃早饭。其余的时间，他只是偷偷地进进出出，和那个愁眉苦脸的看门人打个照面。

他打开了一些行李，在走廊边的浴室里洗了澡——他的房间里只有一个水壶和一个水盆。他回来梳理头发，在沾有蝇屎的灯泡发出的粉红色光芒下，凝视着镶在衣橱的镜子。酒瓶里还有四分之一的杜松子酒，他喝了几口，又倒了两倍的量到他的牙杯里，并从玻璃瓶里倒了些水。他用从伍尔沃斯超市买来的浅棕色擦鞋垫擦了擦鞋。

然后他穿上那件粗花呢大衣，竖起领子，又照了照镜子，决定不戴帽子。他下了楼，又穿过客厅，走到街上。

他拐进伯爵宫路，朝车站走去。他经过车站，打算到右边的一家小酒馆喝一杯。不——他可能会想念她的。这时是七点一刻——她通常要到七点半左右才出门。他穿过克伦威尔路，抬头看看她的公寓里有没有灯光。他看不见——如果窗帘拉得严实，常常看不见灯光。

他向上帝祈祷，希望前门不要锁上，否则他就得按门铃，让那个可恶的女人放他进去。奇怪的是，他感到麻木。在见到她之前，他确实经常感到这样的麻木。

谢天谢地，门没有锁。楼道里一片漆黑，但一楼楼梯平台上的光线足够他看清路。她的公寓在顶楼。当他爬上去时，他看到楼梯平台上有一盏灯。然后，当他爬上最后一层楼梯时，他看到她的前门半开着，他往里看了看，看到起居室的门也半开着，他瞥见了彼得，手里拿着一杯啤酒，正在壁炉边说话。

他用黄铜门环敲门。"砰——砰——砰——砰，砰。"他看见彼得朝他这边看了看，于是便走了进去。

六

"晚上好，朋友。"彼得说道。他做希德·沃克的事已经有一个星期左右了。"原来是我们的老朋友，乔治·哈维·伯恩……哎呀——他总是搞些奇怪的事情——是吗——是吗？"

虽然这句话表面上是用一种友好和鼓励的方式说的，但他注意到，彼得的眼神流露出对他的厌恶和蔑视。几天没见到他，彼得总是这样的神情看他。这种打量的眼神恃强凌弱且令人难忘。他几乎总是叫他乔治·哈维·伯恩——他用评价的语气叫他的名字，一副恃强凌弱的派头，令人难忘。

"哈喽，"他微笑着说，假装很热心，"我们……怎么样？哈喽，内塔。"

他跟内塔打招呼时压低了声音，腼腆地和她的目光相遇，然后又把目光移开。无论分开多久，再见到她时，他都不敢正眼看她，不敢一下子看个够。他太害怕她的魅力了——害怕她的美丽武器库中的某种新武器——她穿的某件衣服，某种新的外观，或态度，或梳头的方式，她说话的某种语调，或她眼睛里的某种光芒——实际上是某种新的"恐怖"——使他感到痛苦。

"哈喽，伯恩。"她坐在扶手椅的深处说道。像希德·沃克这样用姓氏称呼别人的游戏也已经持续了大约一个星期。他注意到，在她的语气和目光中，她也传达了彼得在其语气和目光中所传达的某种东西。然而，还是有区别的。彼得表现出了轻蔑和厌恶，而她只表现出轻蔑，几乎没有厌恶。她只有冷漠，也许还夹杂着一种怕被他烦的心理，以及对他的怨恨，因为他是引起这种恐惧的原因。

她说"伯恩"[1]这个词时，带着一种讽刺的坚定和强调，故意把这个词潜在的荒谬带出来——使你想到狗骨头、火腿骨头或贱骨头的人。然而，这一点也没有使他不高兴。她有许多比她那讽刺更糟糕的坏脾气。事实上，讽刺通常是好天气的征兆。它甚至可能迸发出仁慈的短暂而神圣的阳光。

"如此说来，你回来了？"彼得说，"看来是这样。"

"是的，看来我已经回来了。"

---

[1] 伯恩，原文为"Bone"，亦有"骨头"之意。——译者注

他又笑了笑,看着彼得,这样他就不用看她了——就像一个害羞的人,被朋友介绍给陌生人,在他们三人交谈的时候,他紧紧地盯着他的朋友,锚定朋友的眼睛。

彼得现在倚在壁炉台上,手里端着一杯啤酒,在煤气炉旁烤着腿。在灰色格子夹克下面,他穿着一件深蓝色的马球衫领毛衣。衣领上方是他那张丑陋的白皙的脸。他留着丑陋的"卫兵式"白胡子,加上他那嘲弄人的大下巴,使他看上去和委拉斯开兹笔下的腓力四世没什么区别。乔治离开彼得一段时间后,每次看到他,都能意识到,在那随意却相当彬彬有礼的外表背后,他阴沉着脸,一副沉思状,可见是一个可怕和邪恶出奇的人。他是谁?他从哪里来?他一直都在那儿。他认识他就像他认识内塔一样。然而他对他却一无所知。最重要的是,在这两个人之间,在虚无的表象背后,究竟是什么呢?他相信,总的来说,这种现象反映了虚无的现实。但每次他发现他们在一起时,他都会感到奇怪。

他瞥了内塔一眼,想看看她的外表是否能启发他。但她没有像往常一样透露任何东西。她躺在扶手椅上,手里拿着一杯啤酒,眼睛望着煤气炉。她几乎没有化妆,一副还没有梳妆完毕的样子。她穿着一件深棕色的针织连衣裙——这件衣服可能比她的任何一件衣服都更使他感到痛苦——她没有穿鞋子,而是穿着一双他以前从未见过的红色拖鞋，这与她围在脖子上的一条红围巾很相配。他意识到，这两件衣服——红拖鞋配红围巾——再加上她深棕色的衣服、黑色的眼睛和头发——给他带来了期待已久的新鲜"恐怖"。她没有化妆，虽然凌乱不堪且无意于此，但她的红围巾和红拖鞋配在她相对暗色的身体上，这种邪恶之美使他痛苦不堪。

事实上，她看上去不只是邋遢，而是病了。他毫不怀疑她病了，病得挺厉害。她和彼得整个圣诞节肯定都喝得酩酊大醉，现在宿醉的感觉是最糟糕的。他曾无数次看到她这样，在七点钟凝视着她的燃气壁炉，等着出去并再次喝得酩酊大醉。那燃气壁炉喉部嘶鸣，耐火石棉红彤彤一片，多么险恶凄凉啊！那些被上帝抛弃的人，在伯爵宫也有燃气壁炉在等着他们。

壁炉前的垫子上放着一夸脱[1]瓶装的沃特尼麦芽酒。房间里一片混乱，没有打扫过。有好几个烟灰缸，里面全都装满了烟头；一些被手指弄脏的杯子，没有洗过；还有一个茶盘，里面装满了泡过的茶叶，湿漉漉的。乔普太太显然不在家，打扫卫生，内塔从来不亲自动手。房间里，有一张桌子、一个餐具柜、一台收音机、一张大长沙发和两把扶手椅。一扇门通向她的卧室。要进入浴室和小厨房，得从卧室里

---

[1] 夸脱：液体单位，英制中约为1.14升，美制中约为0.95升。——译者注

出来经过通道才行。

"喝点淡麦芽啤酒吧,"内塔说着,用穿着红拖鞋的脚冲着酒瓶子轻轻一踢,"你自己拿个杯子。"

"谢谢。"说完,他从餐具柜里拿了一只玻璃杯,回来把它放在壁炉台上斟满了酒。

"喂,"彼得说,"亨斯坦顿怎么样?一如既往地令人振奋?"

"几乎,"他说,"嗯,——是这样的。"他喝了一口酒。

"经过努力,你是否如预期的那样得到一笔钱?"彼得问道。

"是的,诚如所愿。"

"得了多少钱?"

"十英镑。"

"啊,很不错!"

他们知道他去亨斯坦顿跟他姨妈要钱——去"吃大户"。他们所有人,包括他自己,都拿这件事开玩笑。可是现在,他想起了那位给他钱的和蔼可亲的女人,她向他展示了海边人的热情好客,并试图通过请他喝"鸡尾酒"来取悦他,以显得自己很"时髦"。为此,他感到羞愧。那个愉快而又不失尊严的小周末现在已经逝去了,而且将永远被遗忘——它变成了一个小小的玩世不恭的笑话,在伯爵宫祭坛一样的燃气壁炉旁,被说给野兽彼得和残忍而放荡的内塔听。

"你一定是经历了一段比较愉快的时光。"

"是的,我相当愉快。"

"你那出名的丑角情绪没有袭扰你吧?"彼得问道。

"'丑角'情绪?"他说,"你什么意思?"

他当然明白彼得的意思。他指的是他的一种愚蠢的情绪,他的"麻木"时期。但出于礼貌,他不得不问他是什么意思,以回应内塔和彼得开的相当友好的玩笑。

"哦,"彼得说,"就是'丑角'情绪。"

"那什么是'丑角'?"他问道。

"真是蠢人。"内塔用她那精确而坚定的声音说道,"丑角是给喜剧演员配戏的,很搞笑。"

"如此说来,我就是个丑角啰?"

"不,你不是丑角,"内塔说,"你只是有着'丑角'的情绪。"

"哦,我禁不住会有。"

"不,老实说,乔治,"彼得说着,又给自己斟了一些啤酒,"你那样一副麻木的样子,在想什么呢?"

"麻木的样子像什么?"

"是的,"内塔说,"我想知道他脑子里在想什么。"

"我脑子里在想什么,什么时候?"

"当你哑口无言,不说话,看上去神情茫然,无意识的时候。"

"当然,人有时可以安静一点,沉思一下。"

"安静并沉思!"内塔说道。

"他可能在解什么深奥的数学题。"彼得说道。

"是的,"内塔说,"也许他是特拉普修道士之类的……他发誓要保持沉默。"

"不,不可能是那样,"彼得说,"因为他会回答的。他只是在梦游罢了。"

"一个梦游者。"内塔说。

"好吧,首先我是一个丑角,现在我是一个梦游者,"他说,"是哪一个呢?"

"都不是,"内塔说,"笼统来说,就是个该死的傻瓜。"

他们听了都笑了。

"不,老实说,"彼得说,"我想知道你脑子里在想什么。"

"哦——我不知道。"他说道,这时他想换个话题。因为真相是,他根本不知道那些时候他脑子里在想些什么,如果他对内塔承认了这些,她可能会认为他病了,甚至有点疯了。如果她这样想,她就会把他当作一个无能的人来鄙视,甚至比现在更残忍、更恶毒。他不得不继续假装这些情绪完全是由于全神贯注或漠不关心引起的。除此之外,在这件事上，他确实有点为自己担心，因为忧心忡忡，所以这个话题使他感到厌恶。

他试着一句话打发过去，试图改变话题。

"嗨，内塔，"他说，"你过得怎么样？"

"好极了，谢谢你，伯恩。"内塔用她平常对他冷言冷语时常用的那种干脆、断然的语气说道。一阵尴尬的停顿，因为现在三个人都明白了，他试图转移话题。

"可怜的老乔治，"彼得说道，"我想他要对我们大发雷霆了。"

"我想，"内塔仍然望着炉火，说，"那是因为他个子太高大了，所以他才那么傻。"

这是一个完全随性的、自然的观察，然而这就是他的心情，这使他的心在希望和喜悦中跳跃起来。这是几个星期以来她说过的最亲切、最亲切的话。提到他的魁梧尤其使他特别高兴——他高得出名，并友好地承认自己个子高大。在他过去为数不多的几次对女人的成功中，事情总是从他幽默地贬低自己的身材开始的——他是"巨人"，"庞然大物"，"高得惊人"，"响当当的巨人"。而现在内塔又说他又高大又傻——这是调情的语言和传统的完美结合。如果她还说他又高大又傻，会不会一切都完了？他又看了看她，试图从她脸上的某种表情中看出他的命运，寻找她改变心意的迹象。但像往常一样，那里什么也没有。

她在扶手椅上的烟灰缸里灭了烟，站起身来，开始对着壁炉上方的镜子整理头发。

当他自己站在壁炉前时，她现在离他不到两英尺，这又是一种折磨。他现在知道，内塔有一个光环，她走到哪里都带着它，确切地讲，她有一种性吸引力，这种磁场对自己的身体有影响力。这种看不见却又明显的影响力在离她的身体大约两英尺远的地方逐渐消失，她的身体就是影响力的中心和源头。所以，如果他保持在射程之外，如果他离她超过两英尺远，他就不会受到影响。但是，如果他向她走去，走进磁场，或者她向他走来，有意无意地影响他，他就会遭受难以形容的痛苦。在这个可怕的地方，他对她的爱和肉体上的渴望有了可怕的增长，发生了完全的质的变化。他感到头晕目眩。他进入了一个他几乎无法呼吸和思考的世界，在这个世界里，他为他的感官痛苦的迷雾所窒息。减轻这种痛苦、把它变成疯狂快乐的唯一方法，就是把她紧紧地搂在自己的怀里，既然他没有这个办法，他所能做的就是站在那里，处于一种麻痹和兴奋的状态，努力调整自己的表情，努力表现出正常的样子，以免暴露自己，同时祈祷她走开，让他解脱。他自己没有力量做到这一点。

他从来不知道，她自己是否有意识到这两英尺半径的光晕，这光晕能禁锢人。也许她有时会意识到，有时又不会。无论如何，她现在表面上既没有意识到自己对他做了什么,也没有打算立即释放他。她从容不迫地整理了一下头发,摆出一副严肃的样子,然后转过身来,背靠在壁炉台上。她可能会在那里待上几个小时。然而,下一刻,她带着她的光环走进了她的卧室。在他和她的卧室之间几码远的地方隔着一扇坚实的门。

就这样,她让他确信了,提醒了他,并用她的力量警告了他,让他继续像以前一样。整个过程只用了很短的时间,而且充满了神秘感。这就像一个警察在夜里把他的灯笼照在黑暗的门口,满腹狐疑地举了一会儿,然后继续往前走去。

七

他和彼得在壁炉边很随意、很轻松地交谈着,巧妙地把从她卧室里听到的每一个动作和声音——关抽屉的声音、打开碗柜的声音、鞋子掉在地上的声音——在他脑子里引起的焦虑和不安从眼睛里赶走。不一会儿,门上又响起了"砰——砰——砰——砰——砰"的敲门声,米奇走了进来。

米奇大约二十六岁,个子不高,苍白的脸上蓄着小胡子。过去,他浪漫过,也辉煌过。他的浪漫仍然是在温暖的东方,他曾在那里的一家橡胶公司当过职员，他的荣耀是拥有生活、泡妞和饮酒的神圣便利。现在，他失业了，穿着一件大衣，在伯爵宫坚硬、冰冻的平原上行走，他和母亲一起住在那里。他的母亲是个慷慨大方的人。他的酒量在当地是出了名的，在喝酒的圈子里特别受欢迎，比如在内塔周围的圈子里，因为他的过分行为，使他的同伴们大开眼界，使他们自己的过分行为相比之下显得微不足道。你的宿醉从来没有米奇那么厉害，你前一天晚上的行为也从来没有米奇那么荒唐。每个人的愚蠢都被遗忘了，跟他相比，都是小巫见大巫，不值得一提。他自己的耻辱给别人带来了体面。正因为如此，如果他想过一种清醒的生活，而在他自己有时犯病、绝望之中，他有时也不得不这样做。他的朋友们立刻对他模样的改变表示出冷漠的厌恶，他们双管齐下，嘲弄他，间接威吓他，不久就迫使他恢复了原来那种乐意为他们鞍前马后效劳的性格。

乔治并不像不喜欢彼得那样不喜欢米奇。首先，关于他跟内塔的事，他并没有感到不安。奇怪的是，米奇显然对她这个女孩子不感兴趣；当他靠近她的时候，他好像没有知觉，没有任何反应，也没有任何明显的心动。乔治有时也觉得，他能从米奇身上看出他自己厌恶他们所过的生活，偶尔他希望过另一种生活，尽管这是奢望。最后，他觉得米奇一点也不像彼得那样具有威胁性（内塔也一样，如果涉及到这一点，鉴于她对他的影响力）。事实上，米奇和他有一些共同之处，如果只是作为两个弱角色对抗这两个强角色的话。然而，这两个人之间并没有真正的好感和友谊：他们从不会面，也不交谈，除非是在公共场合当着别人的面。

米奇隔着卧室的门对内塔喊道，并得到了她的允许，喝那瓶沃特尼威士忌的瓶根儿。然后，三个人阴郁地、散漫地谈论着已然逝去的圣诞节，以及春天战争的前景，直到内塔出来。她现在脚蹬一双棕色的鞋子，身穿一件华丽的深蓝色大衣，但没有戴帽子（她几乎从不戴帽子），似乎准备出门。几分钟后，电灯和煤气炉都熄灭了，他们的说话声和脚步声在外面的石头走廊里回响。

现在，像往常一样，在今晚此地，这个精确的历史时刻，他只想设法找到他想要的位置——要么在前面，要么就在后面，和内塔单独在一起就好，这样他就可以沿着人行道和她说话，而不是和别人说话。他的战术通常都很成功，以至于有时他可以反其道而行之，强迫内塔和别人走在后面或前面，以便在他们想象有什么诡计的时候冷落他们。但今晚他想单独和她说话（一旦他们开始喝酒，他可能就没有机会了）；当他们在街上散步时，他设法跟在她后面，而米奇和彼得走在前面。然后，当他们要过马路的时候，他利用一辆驶近的汽车，把手放在她的胳膊上，把她拉了回来，而另外两个人则穿过马路，走到了听不见的地方。

他们走在另一边的人行道上。灯杆高耸，灯光暗淡。一阵风迎面刮来，冷得刺骨，他竖起了大衣领子。她似乎没有感觉到。他们默默地走着。他知道，他们会默默地走到酒馆，除非他开口说话，因为他们单独在一起的时候，除非他跟她说话，否则她从来不主动跟他说话。这样做的确有损她的尊严。他忘情地爱上了她，却得不到丝毫的回报，这使他自己蒙羞，使他自己黯然失色，因此他不能再指望得到正常交往的愉快了。只有极其和蔼可亲或慷慨大方，她才能把他当作一个平等的人来对待，而他知道，以她的性格，她既不和蔼可亲，也不慷慨大方。

他说话时直奔主题。

"这周找个时间过来和我一起吃饭好吗，内塔？"他问道。

"你说的'饭'到底是什么意思？"她问道。

他望着她，从她的表情中看出她真正明白他的意思，她是故意扮演"乡村白痴"。他想用"吃饭"这个词来表达几件事，而这几件事她一下子就明白了。他说的首先是一顿晚餐，然后是一顿私人晚餐，特别不包括走在前面的那两个人，然后是在伯爵宫外吃的一顿高级晚餐。这就意味着他们要去一家很好的西区餐馆吃饭（以前他有钱的时候，他们就去了一两次），而这也就意味着这顿饭要用他从亨斯坦顿带回来的钱来付款。所有这些事情他们都知道，但她只是在装傻，只是为了确定，也是为了弄清楚他打算邀请她去哪家餐馆。他知道，如果要在伦敦西区吃饭，她是不会忍受苏活区那种中等餐馆的。他以前也试过这种方法，但她明确表示不行。要么是著名的、座无虚席的、价格昂贵的拉格罗尼酒店（拉格罗尼是彼得有时带她去的地方），要么就是杰米恩街的佩里耶酒店。事实上，她对佩里耶酒店情有独钟，他也不知道为什么。事实上，他已经下定决心，要提这家餐厅的名字。

"哦，伦敦西区的某个地方，"他回答道，"明天怎么样？你能行吗？"

他不打算一下子就屈服。在她冷静的举止背后，其决心和贪婪起了作用。观察到这一点，他觉得有点好笑。

但她不会轻易上钩的，所以她直奔主题。

"西区哪里？"她说道。

"哦——我想我们还可以再去佩里耶酒店。怎么样？明天行吗？"

他知道她是会接受的，因为她不会这么明目张胆地问要把她带到哪里去，除非她有意这样做。

"好的，"她说，"对我而言，这听起来不错。"

"哦——太好了，"他说，"我明天给你打电话，好吗？"

"好的，明天你给我打电话。"

他决定给她打电话，虽然连面部肌肉的颤动都没有承认，但这远不止是表面上看出来的意思。事实上，这是承认了一个共同的阴谋——

一个不让另外两个人知道的秘密,当然,尤其是彼得。不然他们为什么要明天打电话?为什么不约定一个时间和地点,在适当的时候——在晚上晚些时候或者在明天的普通谈话中——见面呢?答案是晚上晚些时候或明天,他们可能没有单独谈话的机会——这件事必须私下安排。她和他一样清楚,这是协议的一部分,不允许任何人插嘴。如果她去佩里耶酒店,必须单独和他一起去。因此,在她这方面,她不得不找个合适的借口:她必须安排一些彼得或米奇不知道的事情,或者以一种既成事实的方式来阻止他们参加聚会。

"好吧。"他说。一想到要蒙骗彼得,想到可以在他背后嘲笑他,尤其是想到有内塔和他一起进行这样的蒙骗,瞬间他就充满了恶意的兴奋。这就是他去亨斯坦顿拜访姨母的回报。有什么东西是金钱买不到的吗?

他们沿着伯爵宫路朝车站方向走去。大家看到米奇和彼得没有去"黑鹿"酒吧,而是一反常态走进了左边的一家酒吧,那儿他们不常光顾。当他和内塔也来到酒吧的吧台时,他们已经在玩掷飞镖,并已经点了啤酒。内塔坐了下来,他去吧台给自己买了啤酒,给她买了一大杯粉红杜松子酒。他坐在她身边,默默地看着另外两个人在1938年圣诞节的最后几个小时里玩掷飞镖的游戏。

打电话

如今她的神情腼腆又冷淡

对待我她总是漠然

但我仍不停地看见

爱的火光在她眼里闪现

纵使她蹙额皱眉

也远比群芳的笑靥娇美

——哈特利·柯勒律治

既是你的奴仆,我只能聊尽愚忠

听你差遣一刻也不放松

毋需宝贵时间自己花费

无事可为，只等你差遣

——莎士比亚

一

"我想这是因为他太高大了，所以他很傻……"

当他在寒冷阴沉的上午去银行兑现支票时，她的话又回到了他的脑海里。他再次认定这是她几个星期以来说过的最中听的话。好几个月了。从很早的时候起，在他丢脸之前。那时她满脑子都是这种令人陶醉的暗示。当然，她认为他很有钱。

那时，她和那个戏剧帮派在一起。她当时在德纳姆拍电影。事情发生在伯爵宫车站对面的"罗金厄姆"大酒吧里。他们很吵，而且他们付不起酒钱。本来要付钱的人把钱留在了一辆车里，可是别人把车开走了，或者类似的事情。他奉承了一下，付了钱。他和他们一样拮据。在他们的笑声和难以置信的掌声中，他一次又一次地付钱。后来，那个男人不知怎么拿回了他的车和钱，他们请他喝酒，他们都是知心朋友。她当然和他们在一起，但他一开始并不觉得她有多么迷人。他只是注意到她非常聪明，引人注目，像个女演员。直到打烊时间，他才真正注意到她。然后，当他们腋下夹着一瓶瓶啤酒站在外面的人行道上时，他们决定去她的公寓玩弹戏[1]。

直到他们到了她的公寓，才有所事事。三个演员挤在棋盘上方，叽叽喳喳地玩着游戏，而他却和她一起坐在长沙发上，平静而理性地交谈着。她在给他讲她自己，讲她在电影中扮演的小角色。然后事情发生了。这一刻，她只是他与之交谈和注视的对象，而下一刻，她却成了他通过视觉或听觉以外的某种生理感知的对象：她发出一种射线，一种波，从她自己身上发出，似乎影响着他的整个生命，像微弱的振动一样穿透他的全身。她仿佛是一个小型的业余无线电台，只有他一个人在收听她的节目。她发出的信息当然是她的可爱。这并不是说他被正在发生的事情深深打动了，他只是欣赏这件事正在发生，有点兴奋——兴奋，也许是因为这种新奇的经历，而不是别的。她继续说，他则头脑清醒地回答她。她一直在说，他则一直在回答，他一直在"倾听"……

他现在知道，在长沙发上的那一刻开始了一切，一旦他有时间靠近她，看着她，他就会神魂颠倒地爱上她，但当时他还不知道。晚会

---

[1] 英国弹戏 (shove-halfpenny)：亦称作"shove ha' penny"，一种弹局游戏，推动硬币使其滑过带格的木盘，类同沙狐球。——译者注

在一点半左右散场了。他很有风度地与她分手,因为她说她睡眠不足。他只是随意地,几乎是漫不经心地,计划再次见到她。

"好吧,我们不会再见面吗?"他说。这时他们都摇摇晃晃地走到门口。她说,如果他经常光顾"罗金厄姆",他们肯定会去的。

"好吧,我明天十二点到那儿去。你为什么不一起来呢?"

"好,"她说,"就这么约好了,明天十二点见。"

他走下石阶时,听见她这样说。

他认为两人都只是说说而已,不必当真。但第二天早上醒来时,他想起了前一天晚上新颖的聆听经历,他试图在脑海中重新捕捉到它,但不太成功,他萌生了一种渴望,想在现实中重新捕捉到它。他没有料到她会出现在"罗金厄姆"酒吧,但他决定无论如何一定要再见到她。他十二点钟去了"罗金厄姆"酒吧,使他吃惊的是,她五分钟后就到了。他立刻发现她美得令人难以置信,他已经疯狂地爱上了她。

当然,当时他有钱,而且他在花钱。那是在他赌台球撞了大运,一个星期就赚了两百英镑之后。他身穿那套蓝色西装,还有从杰明街买来的衬衫。他看上去一定很富裕,举止也一定很大方。也许她以为他会支持她参加演出什么的。不然她那天上午为什么会出现?不然,她为什么要扮演她所扮演的角色,和他在一起?

还有,她是如何用她安静的方式把这些集于一身的?如此礼貌,如此迷人，如此闲暇！显然没有朋友，或者对她的朋友有点厌烦。如此认真并且不辞劳苦！那个星期，他习惯早上六点起床，用租来的车把她送到德纳姆。

他曾经开玩笑而又深情地称她为"魅力"女孩。"哦，不，是一个炉边姑娘，"她用自己那干脆利落、迷人的口吻回答道，"绝对是一个炉边女孩。"而他，可怜的傻瓜，却把这句话理解为，如果他邀请她坐在炉边吃饭，她也许会接受。有时他甚至害怕做出承诺!

在第一个星期里，他甘于堕落，怎么能怨他呢？这是他的错吗？他在一个反常的时期找到了她，当时她正在工作，她平时的朋友和背景都不见了。她相信他很有钱，乐于容忍他，甚至试图吸引他？

是的，他应该知道，他应该按照他确实有过的预感行事：他生活中这种突如其来的快乐太美好了，不可能是真的。她铁石心肠，行事毒辣，精明强干，而他对此一无所知，他甚至不能在其中起一点作用。有一次，在认识她的第四天，他来到她的公寓，发现她在打电话。在她的声音中，在她打电话的态度中，在电话那头那个人的声音中，都有某种东西在提醒他一切。但这时他已经不能按照自己的预感行事了，因为他已经为她疯狂了。他突然猛烈地预感她的真实性格，难以接近，但这只会加强他对她的渴望。

然后，即使他有机会，他也搞砸了！那天晚上！当然，此时此刻他已经失去了勇气，这是理所当然的。他已经告诉她，自己不是真的有钱。他睡不着是因为想她。当他躺在床上的时候，睁眼闭眼全是她的脸、她的外貌、她那混杂着残忍和顽皮的嘴巴，还有她那混杂着天堂般的仁慈和嘲弄人的棕色眼睛。他不能自已，整个身心已经爱上了她。现在，没有别的女人、没有别的外貌和神韵能打动他，别的女人的嘴和眼睛即使混合着天赐的仁慈和残忍也办不到。他永远逃不出她的手掌心。

正是因为他没有睡觉，所以那天晚上在她的公寓里把事情搞得一团糟。他喝了很多酒，但当他想和她做爱、想吻她的时候，他已经筋疲力尽了。他的头脑一片模糊。他必须双腿站立，集中精力思考。她保持冷静，当然把他赶出了公寓。他像羔羊一样走了。他有足够的理智去做那件事。然后，当他站在门口抗议、道歉时，她说："没关系，晚安。"然后在他面前砰地关上了门。

砰地一声关上门，就像这样。啪的一声，结束了。从那一刻起，他那迷人的朋友，他的新相识，他彬彬有礼的伙伴，他想象中的孤独的、没有朋友的女演员，"炉边女孩"，变成了内塔，变成了他认识的那个内塔。没有折中办法，他没有时间去适应环境。第二天早上他给她打电话时，她的声音和举止都清晰明了地宣布了他们的新关系（他们的永久关系——直到今天仍然存在的关系）。这倒不是说她说了什么明显无礼的话，而是优雅地接受了他的道歉，甚至那天早上还让他来见她。她的语气突然变得那么熟悉，这才使人感到侮辱和伤害。她像一位可靠的朋友，抛弃了矜持、沉默和对他感兴趣的伪装。她和他在一起完全自在，无论脾气好或脾气坏，都称他"伙计"，自然，坦率。昨天他们的举止和谈吐就像两个彼此着迷且犹豫不决的陌生人，而今天他们可能已经是多年的老朋友了。（"我可以过来看看你吗？""当然可以。"）头一天晚上的短暂插曲，他对她的单相思得到了正式承认，使像她这样的人能够毫不犹豫地、直接而无情地完成这种转变。在她的心目中，他立刻被归入了一类男人——一类渴望她、寻求她的帮助、而她却不打算给他们任何帮助的男人。

她改变主意时冷静而迅速，在电话里突然变得熟悉起来，语气中流露出傲慢，这一切使他更加恨她。相反，如果她避开他，或者不让他再见她，他就不会这样恨她了。他仍然记得这件事，并因此而恨她。

但这仅仅是个开始。他被强行赶出了他一直生活在其中的愚人的天堂。他明白了这个姑娘对自己的意图，从而对她的幻想彻底破灭了。为此他深感痛苦，这仍然不能救赎他。他要求得到一切，但还有很多东西等着他。这些打击又重又快。彼得回来了，他在苏格兰待了三个星期，有一个叫伯曼的可怕的男人在附近游荡（谢天谢地，他现在已经消失了）；他第一次见到了她那位凶狠的女汉子朋友伊妮德·斯坦斯·克伦斯：她的演员朋友们又来了。米奇出现在现场。仿佛在这个邪恶的天才的指挥下，他那天晚上和她谈恋爱，在两三天的时间里，整个场面，她的整个背景都改变了。他不再是一个可爱的姑娘的唯一陪护了，他闯入了一个陌生圈子，于她的圈子，她那伙人，他就是一个局外人，一个奇怪的奉迎者。不知他从哪儿冒出来的，大家都冷冷地看着他。他甚至不懂他们的语言，他们的习语。他永远不会忘记他们第一次在"黑鹿"酒吧见面时彼得看他的眼神和举止。内塔当然没有打算介绍他认识。她似乎对他的羞辱感到一种淡淡的喜悦。直到今天，他都不知道自己是如何坚持下来的：他之所以能取得这样的成绩，只是因为他无法阻止自己去看内塔，而且当时他很有钱。如果他没有钱，他们就会把他拒之门外，可是有钱能使鬼推磨。你要忍受一个奉迎者，一个闯入者，如果他付钱的话。他继续开着租来的车，这也说明了问题。他的钱和租来的汽车替他说话，而他却保持沉默，保持绝对的愚蠢和沉默。他当时似乎没有，甚至将来也不会有什么社交礼仪来博得别人的好感。

他的钱，他的赌金，很快就花光了，但那时他已经在她那群人中间站稳了脚跟。性格消极,找到了自己的位置。他是人们口中的"乔治"，有时是"我们的朋友乔治"，有时是"可怜的老乔治"，因为他的愚蠢而出名，尤其是他偶尔的"愚蠢"情绪（这是他们对他所谓的"麻木"

情绪的称呼)。并不是内塔叫他"可怜的老乔治",她从来没有叫过他什么。无论是和他单独在一起,还是有别人在场,她都对他保持沉默。慢慢地,他作为一群陌生人群中的闯入者而受到羞辱的最苦涩的一面,即他对内塔明显的、像狗一样的迷恋,也变成了一件公认的事情,成为了陈腐的笑话,不再是他们心中最重要的东西,甚至不再出现在他们的脑海里。

这一切都是几年前的事了,确切地说,是一年半以前的事了。他冷酷地、缓慢地、耐心地坚持着,就像一场龟兔赛跑,到现在为止,他已经把他们中的许多人给淘汰出局。他们不是倒下了就是走开了。彼得和米奇是那些日子里为数不多幸存下来的人,尽管永远不知道谁会回来,谁会出现。

二

这时,他已经到了银行。他推开那扇枢轴上了油的门,里面一片寂静,磨光的木头和英镑纸币散发出阵阵暖意。

他打算在柜台上兑现支票。不要吹毛求疵,他不会把钱存入他的账户然后再取出来。这十镑能带来实实在在的、清晰可见的快乐,自始至终,都有十镑的价值,值得内塔陪伴。他打算把它放在另一个口袋里，看看它什么时候会消失。

"我想，这是一个非常寒冷的日子，伯恩先生，"银行职员从抽屉里拿出钱来，语气坚定，和蔼可亲地说，"非常寒冷的一天——真讨厌。"这个人比他大不了几岁，但他的脾气似乎很好，总是叫他"伯恩先生"，或者亲切地对他说些什么。

他们就最近的假期谈了几句，然后他带着银行职员的笑声，走出了银行，非常友好的"早安，伯恩先生！"还在他耳边回响。

他沿着伯爵宫路向北走去，心情轻松了许多，精神也恢复了许多。这是因为银行职员的善良和热情，称他为伯恩先生（好像伯恩先生是个大人物似的），并平等地对待他。银行职员当然不知道内塔的事，不知道他的耻辱，不知道他不被内塔、她的任何朋友或一般人平等对待。然而，他不相信银行职员是因为不知道这些事情才这样做的。他相信，这位银行职员是为数不多的、热心的、待人无差别的、随和的人之一，他们天生不关心个人的优劣，或者，即使他们知道这些事情，也不为之所动，或者根本不感兴趣。他认识几个这样的人——但太少了。当然，鲍勃·巴顿就是这样。他在学校就是这样。尽管你在别人眼里是个傻瓜和混蛋，但他还是会在课间休息时突然走到你身后，拉着你的胳膊，和你一起遛弯，疯狂地谈论着他当时感兴趣的事情。他浑然忘我，你也一样，没有嫉妒，没有歧视，没有居高临下的态度。生活中，他也是如此。他们后来在一起合伙做生意,人称"巴顿和伯恩",在卡姆登镇销售无线部件,亏惨了。那时,鲍勃·巴顿还是一样——和蔼、体贴、健谈,忙于他正在做的事情,没有意识到聪明和敏捷是他的优势,还是你的不足。如果你发出吼叫,他不会让你感觉到。他只是有点震惊,过了一会儿,他挽起你的胳膊,就像他在学校课间休息时做的那样,你们一起去喝杯啤酒,什么也不说,什么也不想。

那的确是他一生中最快乐的日子。他有一点钱,鲍勃·巴顿是他的朋友,生活向他敞开了大门,他不再上学了。离开学校四五年之后,他才完全意识到这个事实,正是和鲍勃在一起的这段时间,给了他力量和远见,使他在思想上有了飞跃。只要他和鲍勃在一起,他就和任何人一样好,随时准备和酒吧女招待交朋友,对任何人说些难听的话,叫他们见鬼去吧。没有教训,没有耻辱,没有限制,没有被嘲笑,没有被冷落,没有被送到考文垂。只有啤酒、娱乐和用你自己的钱做的假项目。伯恩和巴顿在一起的日子,多快乐!

但这一切都消失了。他已经五年没见过鲍勃·巴顿了,三年没收到他的信了。他在美国费城过得很好——至少他上次写信时是这样。如果鲍勃现在回来,情况可能会有所不同。他可能会再次醒来,摆脱疾病,远离内塔,不受斥责,能够再次向别人吼:"去死吧!"当然,鲍勃已经一去不复返了,他再也不会有那种感觉了。他只好凑合着找一个友好的银行职员来代替鲍勃，以提醒他自己，他也是一个男子汉。

鲍勃真喜欢他，这才是重点。他的性格中一定有某种东西，不管有什么缺点（也许正因为有缺点），鲍勃都能理解并喜欢他。在他的记忆中，没有人真正喜欢过他。当然，除了他的妹妹艾伦。（如今，他只是无法忍受想起艾伦。）或者有其他人吗？约翰尼·利特尔约翰呢？那是上学时的事了。是的，约翰尼似乎喜欢过他。他喜欢约翰尼。但那时他是鲍勃·巴顿时代的一部分。他差一点就卷入了那桩无线电纠纷，但他有足够的理智，置身事外！他不知道约翰尼如今在什么地方，真希望能再见到他。要是他有几个朋友可以依靠，有个背景，可以时不时地炫耀一下，他就能把事情办得好得多。正是这种完全的孤独和对内塔的全神贯注使他消沉下来。

是的。约翰尼是他们中的一员——就他的记忆而言——是那种不轻视别人、不讥笑别人的人，是那种对事物太感兴趣而不去考虑自己或别人与自己的关系的人，他不比较，不观察，不怀疑，不伤害，不记仇。银行职员是另一个。你一眼就能认出来。

这时他已经穿过克伦威尔路，她的窗户就在眼前了。每天早晨，吃完早饭，不管天气晴朗还是下雨，天气暖和还是寒冷，他都会沿着伯爵宫路去看看她住的房子。过了它，他又往前走了大约五十码，回来时又回头看了看它。他从来没有在早晨这个时候见过她，也不抱什么希望。不过，这个习惯已经形成了，他再也没有想过要打破它。也许他是被一种执迷的动机驱使，就像一个守财奴会时不时地去看看装着金子的盒子一样，而金子正是他所有不幸的根源。然后，仅仅是靠近就有一种夹杂着痛苦的快乐。因为那笼罩着内塔的可怕的光环，在一间屋子里，从她身上散发出来的那种强烈的影响，大约在两英尺远的地方，只是她内心最集中的光环。那光环一圈圈扩大，从她的房间里扩出来，从她的房子里扩出来，一直延伸到五十码，甚至一百码外的大街上——实际上，她的情人可以从那里看到她住的房子。这第二个光环当然比产生它的第一个光环弱得多，这只是因为在新鲜的空气中它更分散，但它仍然弥漫在整个颤抖的空气中，很迷人，在过往车辆的轰鸣声中，对附近每一个固定的物体或经过的人都会产生不可思议的影响。

最后，在每天早饭后经过她的房子的时候，还有一种潜在的希望：他可能"偶然"看到她，她可能从房子里出来散步，或者在去赴约的路上；她可能遇到什么困难，她可以利用他，他可能和她一起乘出租车去什么地方，或者被允许和她在一起或靠近她。这样，他就能像哥伦布一样发现并进入那个未知的世界，那个神秘的人间天堂，他只能通过逻辑推理和道听途说才知道这个世界的存在，他只能想象这个世界的特点——那是内塔的清晨生活，她十一点以前的世界——她允许他给她打电话的最早时间是十一点,更不用说见她了。

三

像往常一样,他走回车站,买了一份《新闻纪事报》,然后到附近的快餐店里喝了一小杯咖啡。

他买《新闻纪事报》,因为它是"自由的",他认为他就是这样的人,也因为它对慕尼黑的抨击越来越激烈。他就是受不了慕尼黑。在他心灵深处的某个地方,这件事一直压在他心头:它已经成为他的耻辱感的一部分,这种耻辱感浸透了他,浸透了整个世界。他仍然无法摆脱那种不雅的感觉——阿道夫、穆索和纳威一起咧嘴笑,还有那些坐飞机和在阳台上欢呼的场面。内塔是多么喜欢它啊!这大概是他第一次看到她对任何事情都表现出热情,喜形于色。

他愁眉苦脸地浏览着新闻标题:"暴风雪造成火车相撞,八十五人死亡,三百人受伤"。他有一种即将被震惊的感觉,然后他看到这个消息来自布达佩斯,这意味着他不必感到震惊。火车灾难,像内塔一样,有自己的悲剧光环,在足够远的距离上变得模糊并消散得无影无踪。

"机械时代的剧作家去世了……佛朗哥声称在加泰罗尼

亚大战中向前推进了十八英里……'完美护士'获得四千英镑……绕舌电台BEE结束了；利维宫智胜格里马尔德的守门员……"

他一直读到咖啡端上来，然后把报纸放在一边，点上一支烟，又开始思考。

他的香烟——每天这个时候总是这样——使他紧张不安。现在距离十一点还有五小时二十分，他得制定一天的计划。打电话给内塔显然是第一个必要条件，但问题是，什么时候打。

他每天都要面对这个问题：因为他醒着，在四分之一英里外的公寓外徘徊。内塔创造了这个人间天堂，他一直被拒之门外，对天堂里发生的事一无所知，这使他更加痛苦一千倍，这个乐园令人向往。内塔每天早上的生活终于被他自己的勇气和行为给打断和破坏了。令人惊奇的是，早晨过了一段时间（十一点），还能发动这样的进攻。这并不一定是明智的——有些日子，如果他在十一点打来电话，她可能会大发雷霆——但这是可能的；这并没有明文禁止。一直困扰他的问题是选择什么时间，他应该或能够拖延多久。他有时想在前一天晚上从她那里打听到一些关于这个问题的情况，但她很少说。她不是一个知识渊博的女孩：他必须通过实验和灾难自己找出一切。然而，从许多这样的实验和灾难中，他推导出了一些对他有用的科学规律。经过深思熟虑、推断和道听途说，他现在对那些他每天都鼓起勇气去干涉的主要的复杂问题有了一些了解。其中，首要的是她的洗澡问题。有时，她每天起床后不久就真的洗了个澡；也有时，乔普太太接电话，搪塞说她正在洗澡。给她打电话的最佳时间，是在她真正洗完澡后的一刻钟左右，那是她心情最好的时候。半小时后就太晚了，她常常已经出门了。那么，最主要的事情就是准确地猜测她起床的时间，这个时间在某种程度上可以从她上床睡觉的时间推断出来，把这样的猜测和他所得到的大致知识联系起来。经过长时间观察，他知道那位不寻常的乔普太太很可能已经来到了她的公寓。因为乔普太太在场，把所有基于她不在场这一前提的计算都抛弃了。

今天，他觉得不需要同样的谨慎和深谋远虑了，因为他肯定是被邀请去给她打电话的。此外，最好早点打电话，因为如果她打算遵守诺言，晚上和他一起出去，她就会把事情安排好，这样，如果她愿意的话，她就可以把适当的谎言告诉彼得或米奇，或者任何打电话来想和她约会的人。直到今天，他还不知道彼得或米奇是否知道他要带她单独外出。在他们面前从来没有说过这件事，另一方面，内塔和他之间也从来没有有意识地发生过任何这种秘而不宣的事情。不过，他很少单独带她出去，只有在他有钱的时候。

他一直等到时钟指向十一点,然后买了票,走进车站。

在一排电话亭里,还有几个人把自己锁在玻璃里面,在光线照射下,活像一个个打过蜡的水果,或皇冠上的珠宝,或码头上老虎机里的足球运动员。他进了一个电话亭,变得和他们一样了——一个不同世界里的不同的人。这是一个沉闷的、急迫的、焦虑的、隐秘的、幽灵般的世界,不是由人组成的,而是由声音组成的,是没有实体的交流——在他的记忆中,这个世界与他处于"麻木"状态时所进入的世界没有什么不同。

他一关在里面,就点上一支烟,想着要说些什么,怎么说。然后他投进硬币,拨了电话。

"咔哒"一声,听筒立刻开始响了起来……"嘀……嘀……"

他被神秘地送到了未知的天堂——他把自己想象成一根电话线,而她公寓里的铃声是一件乐器——在她的公寓里响着,在她床边的桌子上响着……

"嘀……嘀……"他躺在她床边的桌子上,闯入了她的私人空间,给已经很复杂的神秘局面又添了一层麻烦!"我只花了两便士,就把自己伪装成铃铛,直接进了她的公寓,进了她的卧室,这真叫人激动。"

"嘀……嘀……"乔普太太肯定不在那里。也许她正在洗澡。"嘀……嘀……""拿起听筒,"他念道,"听到拨号音再拨号。""嘀……嘀……"

"如果你听到一声尖厉的'嗡嗡——嗡嗡——嗡嗡'("接通"音)，这表明你拨打的号码或连接的设备正在接通。""……嘀……嘀……"情况越来越糟了。也许她根本就不打算谈这件事。不管怎么说，如果她现在真的来接电话了，她一定会大发雷霆，因为很明显，他打断了她正在做的事情。"……嘀……嘀……"他听到了渴望已久的咔哒一声——咔哒一声缓解了他心中的紧张，就像他脑袋里的咔哒一声把他从一种"麻木"情绪中解脱出来一样——他听见她说："哈喽！"

佩里耶酒店

我无法给予所谓的爱;

但你是否愿意接受

这颗心对你的崇拜

连上天都不肯拒收。

飞蛾渴望星星,

黑夜渴望黎明,

对远方的思慕之情

从悲哀的尘寰中升起。

——雪莱

一

他按下了 A 键,听到了硬币掉落的声音。他说"哈喽"。

"哈喽,"她说,"是的!"

她确实在发脾气。他听得出来,因为在"是的"之后有一个感叹号,而不是一个问号。有趣的是,前一天晚上她平静地说"也许是因为他太高了,所以他太笨了",现在她又发火了,但是,哦,这多有个性啊!他现在很了解他的内塔了。

"哦,你好,内塔。"他故意用礼貌而温柔的语气说,当然这只会让她更生气,"是我。"

"什么?是谁?"

"是我,乔治。"

"哦。"

"我打扰你洗澡了吗?"

"没有,我在睡觉。你想怎样?"

"哦,真是太抱歉了。我打电话是为了今天的事——仅此而已。"

"你说'今天'是什么意思?"

"我是说今天晚上。"

"你说'今天晚上'是什么意思?今晚怎么样?"

当然,她完全明白他的意思,但是因为她正在发脾气,这也许是他打电话把她吵醒的缘故,但更可能是完全自发的、武断的、没有理由的,所以她要去盘问他,让他解释,让他看起来像个傻瓜。他对这个女人的容忍简直令人惊奇。

"今天晚上,"他像一个小男孩背诵功课一样重复道,"我以为我们要一起出去吃饭。"

"哦。"

他停了一会儿,等着看她是否会在这个"哦"字后面再说什么,但他确信她不会再说什么,事实证明他是对的。他应该继续解释自己,继续像个小男孩一样讲他的功课。

"嗯,"他说,"你能来吗,内塔?"

"是的,我想我能。"

"啊,很好。那我们什么时候见面?"

"你最好叫我一声。"

"好的,我什么时候来?"

"我不知道……什么时候?"现在她变得很茫然。

"在大约六点半?"

"好的。"

"好。那我六点半左右过来。可以吗?"

"好的。"

"那好吧,内塔。再见。"

"再见。"

他等着听她砰地一声放下听筒,然后走出电话亭,呼吸着外面的新鲜空气,开始走路。

他穿过克伦威尔路和圣·玛丽阿博特来到肯大街,进了公园。他沿着圆湖走,看了几次帆船运动,又下到蛇形湖,沿着这条河走到骑马道,又经过海德公园角。然后沿着皮卡迪利大街走到皮卡迪利广场,他在楼下的沃德爱尔兰屋喝了几杯啤酒。这时是差一刻一点,他走进街角餐厅,在二楼找了一张小桌子,点了炸鱼片、炸土豆、面包卷、黄油和一杯贮藏啤酒。他还拿着他的《新闻纪事报》,他读完报纸,然后在清单中查找下午要去看的电影。阿斯托里亚影院有《黑板恶煞》《情重尽轻》等;干草市场的高蒙影院10点45开门,有弗兰克·卡普拉导演的《浮生若梦》,也有唐老鸭的电影……还有泰隆·鲍华、洛莉泰·杨、安娜贝拉主演的《苏伊士运河》《农场交响曲》……他厌倦了集中注意力,决定去广场影院看电影,因为他一到这种情况就去那里。广场影院有雷·米兰德、奥兰普·布拉德纳主演的《艳妻扮婢记》,阿基姆·塔米洛夫主演的西部片《天涯海角》。

每场电影结束时,他都会哭一下。在冬天下午四点四十五分,他踏着超级软的地毯走出影院,外面天已渐黑,灯火通明。他乘坐地铁去伯爵宫。他买了一份《标准报》,在列车上喝了一杯茶。然后回酒店洗个澡并换衣服。时间富裕,他喝了两杯酒——在两家不同的酒吧里喝了两杯大黑格,然后在六点半准时去拜访她。

她的窗户后面和她的前门(当他上楼时)都没有亮灯,他知道她没有回来,但他按了四五次门铃,每响一次大约停顿一分钟。然后他走到街上,向两边看了看,又去喝了一杯。十分钟后他回来了,又按了四五下门铃。然后他又去喝了一杯。他没有料到她现在会出现,所以不喝醉是没有意义的。但当他再次回去时,他看到窗户里有灯光,知道她回来了。

当她让他进来后,她回到自己的卧室,他跟着她进去了。她坐在镜子前化妆。他认为不宜提起她迟到了三刻钟的事,而当她自己提起这件事,"我迟到了——是不是?",他敷衍了一句:"哦,是的——我确实来过了。"没有再多说什么。

她跟他说话,或者更确切地说,回答他的话,相当有礼貌——但很明显,她仍然处于那种无论如何也不能忍受他的情绪之中,她会在晚上结束之前让他知道这一点。

二

她穿着藏青色的外套和裙子,里面是一件猩红色的丝绸衬衫。事实上,她穿着她"最好的"衣服,打扮得比平时更仔细,当然比她平常和他出去时表现得更认真。

他知道这是为什么,因为他要带她去佩里耶酒店。这就是可爱的地方——她骨子里是个十足的势利小人。虽然对她来说,过伯爵宫廷那种自由自在的生活很方便——不规律、不守时、自觉"囊中羞涩"、不落俗套——但她真喜欢那些东西,漂亮的衣服、"时髦"的地方和人、自命优雅的餐馆。毫无疑问,她认为佩里耶酒店的设计很"聪明"。当然,她是不会跟他一起出去的,除非他带她去佩里耶酒店。她昨晚已经注意到这一点了。

他无可奈何地意识到,这件藏青色的外套和裙子,里面罩了件红衬衫,是他见过的她穿过的最漂亮的衣服。但是,当然,不是这样——这是一种安慰。她在任何时候穿的每件衣服,都是她所能穿的最高贵的东西。进行比较就像是说树林里的水仙花比花园里的玫瑰更可爱,或者雨中的紫罗兰比傍晚的樱草花更可爱……尽管如此,她现在所穿的仍然是她所能穿上的最高贵的衣服。她是水仙花,是玫瑰,是紫罗兰,是报春花,在树林里,在花园里,在雨中,在黄昏里,每时每刻,在每一种心情或每一种打扮中。他不敢看她,也不敢想象那些画面:他只能看着她,却不去想。他现在也可以这么做。回望过去,他的眼睛里一阵朦胧。

他相信她也做了头发。清新、干爽的头发从她可爱、安详但时不时显现暴躁脾气的额头上向脑后垂下来，浓密的秀发一直垂到脖子上，简单而优雅。

这也是为了庆祝去佩里耶酒店吗？

她化妆完毕，走进客厅换鞋，他跟在她后面。他总是跟着她，像她的影子，像一条狗。她请他喝酒：她有一些杜松子酒和法国酒，并告诉他在哪里可以找到酒瓶和酒杯。他把饮料放在壁炉台上，她又走进卧室。当她出来时，酒已经准备好了，她走过来，站在壁炉边和他一起喝酒。

他觉得他应该非常高兴。只要能像这样和她单独相处几分钟，只要能把彼得和米奇拒之门外，只要能在别人不参与的情况下参与她的私人生活，哪怕只是短暂的一段时间，他都觉得值。

但是他并不高兴，因为她对他毫不在意，他甚至现在也没有参与到她的生活中来。他注意到她不时偷偷地照镜子。她很少这样照镜子，这告诉了他一切。显然，她今天晚上答应跟他出去的原因很明确，因为去的是佩里耶酒店。他并不比那辆送他们去的出租汽车更重要，更有意义。

她从不对他言谢，他有时对此感到惊讶——她让他把钱花在她身上，脾气暴躁、脾气温和、脾气好，全凭随心所欲。他不仅知道今晚一切结束后她不会说"谢谢",他还知道,在这段时间里,她连一句"谢谢"都不会说。他猜想其他女人对自己不感兴趣的男人也会这样做。但他对此相当怀疑。他认为,大多数女人(除了真正的婊子),如果她们像内塔那样利用你,就会趁机说声"谢谢"或表明谢意。她从不这样做。她独树一帜。

他们一出门,他立刻招呼了出租车。当她上了出租车的时候,他又注意到了这一点。她怎么知道,他一个穷人,不会带她乘坐公共汽车或地铁?换做别的女人,难道就不会巧妙地暗示自己注意到了他的手势,而不是像一个疲惫且有些急躁的打字员走进电车,然后一言不发地坐着望向窗外吗?

然后,当他们走到一半的时候,他又被同样的事情击中了。他告诉她,他已经打电话预订了一张桌子。

"在楼上吗?"她问道。

"不,楼下。你想去楼上吗?"

"哦,是的,"她说,"我想上楼去。"

"嗯——我已经预订了。不过我想可以更改一下。"

"是的,"她说,"我一定要去楼上。"

她什么也没说,话题就转移了。"我一定要去楼上"和"我想要",意思是一样的。他不禁觉得,换一个男人会问她,到底是谁在带她出来,是谁在为这次聚会买单，是谁牺牲了自己仅有的一点财产却一无所获。如果他们俩都很有钱，如果十英镑相当于十便士，情况就不一样了。如果她不知道他囊中羞涩，情况就不一样了。但她确实知道。她知道他和她都不富裕，但她"一定要"去楼上。

还是他太病态、太敏感了？难道她只是在套用他和她那伙人相处惯了的惯例吗？那种他至今仍讨厌并认为是假的惯例吗？那种你爱怎么说就怎么做的故意不礼貌的惯例吗？（"你想让我走吗？""是的，请。"——"我能喝一杯吗？""不，你不能。"诸如此类的话。）他想，如果他指责她粗鲁无礼，这将是她的托词。倒不是说她会不厌其烦地直接使用这样的托词。她只要反驳几句，就会使他觉得自己比以往任何时候都更离经叛道，更脱离她的习俗，更被排斥在她的生活之外。

然而，这也没有奏效。那些粗鲁、不守时、标新立异、囊中羞涩的人，花很多钱去佩里耶酒店吃饭，不合适——是吗？如果她要以一种方式摒弃她的习俗，他不明白她为什么不能以另一种方式。

然而，担心是没有用的。他现在已经了解他的内塔了，或者说应该了解。他正在实现这十英镑的价值——这十英镑是他要求的价钱——不多也不少。

他们向窗外望去，他伸出手来握住她的手，她没有把手缩回去。他可能还会得到更多。

三

在吃饭之前,他们又喝了两大杯杜松子酒,他开始感到有点紧张。他在拜访她之前喝了两大杯,在等她的时候又喝了两杯,在她的公寓里喝了一杯,现在又喝了两杯——总共喝了七杯,把威士忌和杜松子酒混合在一起。嗯,那还不到八杯呢。以他的酒量,在那八杯——八大杯——之外,再喝上一两杯,也没事。

她靠墙坐着,他面对着她。楼上的这个小房间很安静,人也很少,所有人都在他身后。

从他身后柔和的粉红色灯光中,一个男人的声音突然传进他的耳鼓。那个声音说:"哈喽——你好吗?"语气礼貌但相当冷淡。与此同时,内塔的脸上绽开了笑容,她和那人握了握手,说:"哈喽——你好吗?"

那人不等介绍就朝他笑了笑,握了握他的手,说:"你好!"同样礼貌但漫不经心。他个子高,皮肤黝黑,身材瘦削,一双褐色的眼睛懒洋洋地望着他,一副懒散的样子。这个人四十岁的年纪,看上去很有钱,衣冠楚楚但不拘谨。在这个人褐色眼睛懒散的眼神中,有一种淡淡的嘲弄、讥讽和挑战的意味——这种意味也表现在他那平静而有节奏的声音中。显然,出于某种原因,他给内塔留下了难以估量的印象。他已经很久没有见过她那样容光焕发了——如果曾经如此的话。她比较急切地说"你好吗?"来回应他冷静的"你好吗?",情况确实逆转了。往常都是她随口问一句"你好吗?",然后那位男子咧嘴一笑,脱口而出"你好!"。

"你不来喝一杯吗,"她说,"还是你太忙了?"

"不,我不喝了,谢谢。"他用一种亲切而又毫不犹豫的语气说,"我这儿有几个电影人,我们得谈谈。你气色很好。"

"是吗?"

"是的,非常好,"他说,"嗯,再见。"说着,他冲两人笑了笑,走开了。

他看得出来,她在见到这个人之后,心里暗暗感到十分不安,所以他没有问她那人是谁。相反,他请她再喝一杯,她接受了。他拦住服务员,又要了两份。他知道服务员坚决反对他喝酒,并拒绝点菜,但他没有心情去担心服务员。

酒端上来的时候,她已经安静下来了。他说:"那个男人是谁?"

"你说的是哪个?"她说。她当然知道他指的是谁,但她假装不知道,好让人觉得她已经把这个人从脑海里抹去了。

"刚才那个过来跟我们说话的人。"他说道。

"哦,"她说,"那人是埃迪·卡斯泰尔斯。"

"他是谁?……电影行业的吗?"

"不，不完全是，"她说，"他是菲茨杰拉德、卡斯泰尔斯和斯科特公司的人。"

菲茨杰拉德、卡斯泰尔斯和斯科特公司……情节变得复杂了……据他所知，这些人都是大剧院的经理、经纪人、演出人员等。他在剧院的账单上看到过他们的名字，自从认识内塔以来，他就听到人们谈论他们。他听到她的演员圈子谈论他们——"埃迪·菲茨杰拉德"和"埃迪·卡斯泰尔斯"——"两个埃迪"。他们总是叫他们"埃迪"，不过他敢打赌，他们还不太了解他们，不会当面这样叫他们——这就是职业演员的习惯。

但他们的确是重要人物。对此，他已经知晓了。他们的名字被提及时，他假装熟悉，这背后有一种深深的敬畏。他突然想起很久以前内塔说过的话，那是什么时候，什么地方，他已经记不清了。"哦，是的，"她曾说过，"他们总是在佩里耶酒店楼上吃饭。去办公室经过那里。"

"总是去佩里耶酒店楼上吃饭……"这就是为什么她要他带她来佩里耶酒店，这就是为什么她做了头发，然后刻意去偶遇！

难以置信！不可思议的是，冷漠、粗鲁、孤傲的内塔竟会在暗地怀有这样的愿望，竟会如此雄心勃勃，如此雄心勃勃，竟为了寻求与一个重要人物的偶遇而计划、做准备并增强自己的魅力！也许她还是有灵魂的！也许在他看来，她没有灵魂，但她在别的地方有灵魂。他几乎因此更喜欢她了。

但她到底想干什么？她的动机纯粹是商业的吗？她是不是在菲茨杰拉德、卡斯泰尔斯和斯科特经常光顾的老地方游荡，希望找到一份工作——一份她梦寐以求的工作（当然，由于她的懒惰，她也没有真正努力去找），大概有一年了？还是她对菲茨杰拉德、卡斯泰尔斯和斯科特公司感兴趣？想起埃迪·卡斯泰尔斯和他们说话时她异常的不安，他认为正确的答案应该包括这两种动机。她追求的是埃迪·卡斯泰尔斯（菲茨杰拉德、卡斯泰尔斯和斯科特公司的合伙人）吗？他是这么想的。

这种状态倒是不错——他现在有一个大剧院经理做对手了！他设法转过头来看着这位尊贵的对手。他坐在能直接看到内塔的地方，一边看菜单，一边跟和他在一起的两个人说话。是的，这个男子很有魅力，举手投足都能吸引女人。女人对令人愉快的那种懒散、悠然的声音和棕色眼睛里淡淡的讽刺眼神总是没有抵抗力。但他会选择内塔吗？这更值得怀疑。他看上去对女人不大感兴趣，或者更确切地说，他看起来好像总体上对女人太成功了，所以对她们不特别感兴趣。

"你很了解他吗？"他问道。

"哦，不……我只是在一两个聚会上见过他。"她说道。他看见她瞥了那人一眼。

"我想他在你的工作中是个很重要的人物,是不是?"

"我想是吧。"

有趣的是,他并没有因为这个新发现——他和他的钱正被内塔用来实现她对另一个男人的某种模糊的计划——而感到痛苦。恰恰相反,他喝了那杯酒,倒是很兴奋。看到内塔在某方面有所成就,这是件好事——享受由此带来的短暂的优越感。很高兴意识到她也是人——在某种程度上是人,虽然对他来说不是。(谁知道呢?如果她有这种能力,总有一天她会成为他的人!)最重要的是,想到她和这个埃迪·卡斯泰尔斯在一起的机会可能是微乎其微的,想到世界上有个人认识她、却不把她放在心上、也不需要她、想到她第一次地位低下,不得不采取各种手段去见一个男人,心里就觉得很愉快。他对带来这一切的人感到高兴——几乎是感激和友好,而不是嫉妒和敌意。

她现在对他也好些了。她开始说话,回答他,开始进行某种类似谈话的事情。几乎可以肯定,她这么做是为了装样子,因为她知道卡斯泰尔斯可能在看着她,但这也让事情轻松了许多。她可能也喝多了。

内塔!尽管她对他很无礼,但由于他非常了解她,有时他几乎为她感到难过。把他对她的了解拼凑起来,他可以把她从头到尾看成一个完整的人。他看到她在托儿所、在家里或在学校时,是个脾气暴躁、傲慢专横的小女孩;他看到她长大后的样子,她的美貌和美貌所激发的别人的奴性，助长了她的傲慢、冷酷和专横；他看到她以后的样子，于是冷静地决定充分利用物质的力量。就这样，她离开了乡村，来到了伦敦。果然，她登上了舞台，尝试进入电影界。

但在那之后，她就失败了。为什么？很大程度上是因为尽管她很聪明，头脑敏捷，但她根本不会装疯卖傻（这一点他已经确定了）；但主要是因为她被宠坏了，懒惰，还酗酒——因为她本来指望不用付出努力就能成功，而现在她既酗酒又懒惰，对不能这样获得成功感到愤怒——她陷入了一个傲慢、懒惰和酗酒的恶性循环。换句话说，她从一开始就是个坏脾气、傲慢、暴虐的孩子。她缺乏这样做的想象力和慷慨。这就把他带到了眼前的内塔——这个利用他来接近一个可能对她有用的男人的内塔。悲哉，内塔！想到此，他内心禁不住高兴起来。

四

"那你想从生活中得到什么，内塔？"他问道，"你到底想要什么？"

他们的饭菜端上来时，他已经点了酒。现在，即使没有喝醉，他也漫不经心，于是便豪饮起来。否则，他决不会问她这样严肃而直接的问题。以平常的方式向内塔提出一个严肃而直接的问题，就等于要求在她的灵魂上划出一道可怕的伤疤，她非常清楚该如何控制。但现在，由于他喝了酒,他觉得说话可以不用绕弯子。如果话语伤人,反正是自己醉了。

他们已经吃完饭,正在喝咖啡。埃迪·卡斯泰尔斯仍然坐在角落里的那张桌子旁,尽管其他桌子上大多数人都空无一人。不过,旁边有三个人在吵吵闹闹,所以他可以用正常的声音说话,不会被人听见。

"你什么意思?"她说,"我想从生活中得到什么?"

"你到底想要什么?……你想在电影上取得成功吗?你想结婚吗?你想要孩子吗?"

"我不知道。"

"但是你必须得知道,内塔。你必须知道你想要什么。"

"不,我不知道,"她含糊地说,看着一个走过的侍者,说话的口气就像一个母亲在看电影时对自己爱说话的孩子说话一样,"你知道你想要什么吗?"

"是的。我当然知道。我知道我想要什么。"

"想要什么?"她看着他说道。

他停了一会儿,不愿开口。他知道这不会有结果,对他没有好处。可是他为什么不跟她偶尔谈个恋爱呢?他花了钱,为什么不应该得到一些回报呢?让他有一点奢侈的机会告诉她他爱她,说出自己的肺腑之言。他已经好几个月没有向她敞开心扉了。

"我要你，内塔，"他看着她的眼睛说，"这就是我想要的。"

"好吧，"她说，"那又怎样？"

"你说'那又怎样'，"他说，"是什么意思？"

"只是'那又怎样'。"内塔说着，又看了看他身后房间里的人。

"告诉我，内塔，"他又开口道，"难道你就没有想过要远离这种吵闹吗？"

"什么吵闹？"

"哦——就是一般意义上的这种吵闹。酗酒，无所事事。这一切都是浪费。难道你就不想放弃这一切吗？"

"放弃什么？放弃喝酒吗？"

"是的。喝酒。只要我的生活能走上正轨——只要一切都有意义，我就会放弃喝酒。"

"这是一个全新的开端，乔治，"她说，"你是一个戒酒行家。你这样多久了？"

"一直如此。我真讨厌喝酒。"

"是的，你给我的印象如此。"

"不。不要挖苦人。这是事实。只是因为你过着这样的生活。难道你没有同样的感觉吗？难道你不曾在清晨醒来时感觉和以前一样吗？"

"悔恨酗酒？"

"不。不是悔恨酗酒。只是想把事情弄清楚。你一定明白我的意思。你一定和我有同样的感受。你不能满足于继续过你现在的生活。"

"我不能吗?"

"是的。"

"你的意思是,"她停了一会儿,把烟灰弹到咖啡碟上,说道,"我必须离开这里,和你一起住在苏塞克斯的一个养鸡场里,因为你以前给我说过那个养鸡场,而我一点也不想。"

他对她的残忍感到惊奇,但他也知道,他是在把自己置于危险之中。

"不,内塔——不是苏塞克斯的养鸡场……"他说,一时语塞,不知道该说些什么。

"哦,不是苏塞克斯的养鸡场……那真是松了一口气……说下去。"

"好吧,你可以嘲笑我,内塔,但我说的话有道理。生活中你必须得有所追求。你一定是想成功,或者想恋爱,或者别的什么。你得做个正常人。难道你不想恋爱吗?"

"没有比这更让我高兴的了。"

"哦,你想恋爱吗?"

"当然。"

"和谁?什么样的男人?"

她停顿了一下。

"哦……波伊尔那样的。"说着,她微微一笑,流露出一种邪恶和自私的意味,然后又把烟灰弹落在碟子里,环视了一下房间。

"我仍然认为你错了,"他说,"总有一天你会需要我一直在说的东西。"

"换句话说,就是海沃德·希斯的养鸡场?"

"是的,"他反抗道,"海沃德·希斯的养鸡场,或者类似的地方。有形的东西。一些有意义的东西。我不得不这么想。反正我也希望如此。如果我不这样做,我就不会像现在这样围着你转了——是不是?"

"我不知道,我亲爱的乔治……为什么问我?"

他已经注意到她的注意力被分散了,下一刻她的脸上露出了笑容,她举起了手。

"晚安!"她说道。

他听到一个男人的声音在说"再见",他回头一看,看见埃迪·卡斯泰尔斯正和他的两个朋友出去。

停顿了一下,他看着她。他突然感到一阵疲倦——一种夜晚即将结束的感觉。她的可爱和难以接近使他感到一阵新的痛苦。带她出来,他真是太傻了。他喝得太多了,明天早上他会难受的。她异常镇静,他一无所获。他筋疲力尽,需要几天才能恢复过来。

"哦,内塔,"他说,"我真的很爱你。就不能做点什么吗?"

她停顿了一下，然后，作为回答，把手放在了包上。

"请原谅，"她说，"我要去盥洗室。"

不等他回答，她就把桌子往后微微一推，站起身，走开了。

她走后，他想他不妨叫侍者来付账。一共是两英镑十三先令七便士。他放下了三张一英镑的钞票，当服务员把找零拿回来时，他说："不用谢。"

六七分钟后，她回来了（她总是在盥洗室待上几个小时），又在他对面坐了下来。现在是九点二十分。他想带她去看电影，然后到奥德尼诺饭店或皇家咖啡馆去喝点。

"嗯，"他说，"我们现在去哪儿？"

"我们现在回家吧，"她说，"不过，得先付账。"她环顾四周，寻找侍者。

"我已经付过了，"他说，"但我们还不想回家，对吗？现在才九点二十分，我们先不要回家。"

"唔，"她说，"我要回家。我不知道你想怎样。"

"很好，"说着，他突然跳了起来，"我们走吧。"

突然，他勃然大怒。他鼓足勇气发脾气，那句冷冰冰的、没有人情味的、难以形容的傲慢的"我要回家"刺激了他。她把他带到这儿来，原来是为了见一个男人，一个该死的剧院经理。她花了他的钱，用他的钱乘出租车、骗吃骗喝，现在那个人走了，她也要走了。"我要回家"。闻听此言，他觉得他可以抽她的耳光，甚至可以杀了她。

五

她似乎没有注意到他的愤怒（她当然注意到了，因为她注意到了一切），她站起来，在他面前走出了房间。当她走下楼梯时，他有一种疯狂的欲望，想从背后踢她一脚，想抓住她摇晃她，想在公共场合大吵一番，想让她丢脸，让她颜面尽失，但是他没有这样做。"需要出租车吗，先生？"门口的人问道。他虚弱地低声说："是的。"

出租车马上就来了。他对她很生气，对整个晚上、对所有的事情都很生气，他没有给那个帮他拿帽子和外套的人小费，也没有给那个帮他打开出租车门的人小费。让他们下地狱吧。他因仇恨而歇斯底里。他向司机高声说出内塔的地址，出租车载着他们开走了。

他的仇恨中暂时有一种快乐。就像牙齿周围的局部麻醉剂一样，它麻木了心脏周围的疼痛——心脏通常会因为内塔的痛苦而持续疼痛。有那么一会儿，他觉得他和她已经一刀两断了，仇恨扼杀了爱情，她的美貌和对他的力量由于她那令人厌恶的性格而变得毫无用处了。只要他能把这种感觉持续下去，他就能永远和她断绝关系了。

但他怎么能坚持下去呢？他已经感觉到它在溜走。她静静地坐在角落里，出租车疾驰而去——向家的方向疾驰而去。

再过十分钟，今天晚上就要结束了。只剩下十分钟了——他马上就要在她门口被打发走了，他怎么能保持沉默和闷闷不乐呢？他不能。她可以。他看得出来，她知道他在发脾气，在他开口之前，她一句话也不想说。如果有必要的话，她甚至连一声晚安也不说就走了。这就是她比他强的地方，这就是她性格坚强的地方。伦敦的灯光在出租车上旋转，照亮了她美丽的脸庞，闪烁着明亮的紫红色。他望着她，得说点什么。

"哦，内塔，"他说，"你简直不是人！你为什么这样对待我？"

他一开口，就感到自己的语气不对，顿时，他心里的那种冷酷和麻木都消失了，他开始乞求她的怜悯。

"你把自己弄得很为难，是不是，乔治？"她望着窗外，说，"如果我是你，我就闭上嘴上床睡觉。"

"不，内塔，"他说，"你简直不是人。即使你恨我，我也不明白你为什么要这样对待我。"

"恐怕我不明白你的意思。我怎样对你了？"

"像这样！如果你要和我一起出去，我想你应该对我好一点！如果你要利用我，那就给我点回报吧——哪怕是一点点友好也行。"

"你说这话是什么意思——利用你?"她厉声说道,声音里的火气越来越大。他太过分了。他看出她虽然利用了他,但只要有人暗示她这样做了,她就会非常生气。如果他现在胆敢提起埃迪·卡斯泰尔斯,让她知道,他现在完全知道她和他一起出来时脑子里想的是什么,也许就能让她发作出来了。但他不打算这么做。于是,他强压自己的怒火,乞求宽恕。

"但你确实在利用我,内塔,"他说,"毕竟是我带你出来吃饭,不是吗?我带你出来,你就不能友好点吗?"

"我不知道你在说什么。"她说道。

"我不明白你怎么会不明白,"他说,"毕竟,一切都是我付钱的,不是吗?我知道这听起来很奇怪,但这是真的,不是吗?"

"太奇怪了,"她说,"事实上,我从来没有听过任何人说过这样的话。"

"不,内塔,听我说,"他把手放在她的胳膊上,恳求道,"看在上帝的分上,听我说。你一定有人性。我知道我是个傻瓜。我知道你根本不在乎我。但如果你同意和我一起出去,你就不能礼貌点吗?你把我看得一文不值——好像我做错了什么似的。我没有伤害你,内塔。我所做的唯一的伤害就是爱上了你……"他的声音开始哽咽,泪水涌上了他的眼睛,他继续说道,"这有什么不对?你对别人很有礼貌。为什么就不能对我客气点？内塔，对我好点。除非你对我好，否则我无法继续下去。一切都太过分了。对我客气点，内塔。你就不能说点礼貌的话吗？我累坏了。我把所有的钱都花在你身上了——我一直在取悦你……你就不能文明一点吗？你就不能看着我说点礼貌的话吗？"

一阵沉默。他望着她，她则望着窗外。他等着她说话，但她没有。他依稀希望他的眼泪和雄辩能打动她，于是他继续说下去：

"你对我有什么不满，内塔——我做了什么坏事？如果别人约你出去，你会对他们很好，但就因为是我，你就视我如粪土。你对别人不这样——你不会这样对待彼得或米奇的。我做了什么？这就是我想知道的。我爱你，内塔——但我不会干涉你。我只是在你周围徘徊。我于你无害，不是吗？难道我不是无害的吗？"

"是的，"她说，仍然望着窗外，"此时此刻，你无害——如果你想听实话的话。"

"你什么意思，内塔？要我做什么？"

"你真是个讨厌鬼。你说得越多，就越讨厌。你就不能闭嘴吗？如你所说，如果你这样做，我可能会礼貌得多。"

又是一阵沉默。

"好吧，内塔，我闭嘴。"他说道，然后沉默了。

好吧，就是这样。今晚结束了。他知道规则。当她最后变得怠慢时——总是可以看出这一点——多言无益。

他其实并不指望别的什么。他早就知道带她出去是没有好处的。他猜想，在他的内心深处，他曾希望跟她谈恋爱，向她求爱，与她独处几个小时，并设法改变她对他的态度。但是他应该知道，即使在他的内心深处，也不应该抱有这样的期望。

他知道，和她做爱是绝对禁止的，而且是心照不宣的——只有当他对心中燃烧的激情保持沉默时，她才会容忍他。无论如何，他不能指责她在那一点上没有说清楚。这不是他第一次带她出去，却被人说他是个讨厌鬼了——尽管她以前可能没有这么直截了当地说过。

现在该做什么？他最好还是放弃她吧？他是不是最好下定决心彻底放弃她呢？他是不是最好从一个酒吧到另一个酒吧，喝得醉醺醺的，然后勾搭上一个女人，然后一直决定放弃内塔？他以前也干过一两次。就放弃内塔而言，他还没有成功，但他是不是最好再试一次？这一次也许会起作用，他也可以有始有终。不管怎么说，跟个女人在一起，喝得醉醺醺的，也挺好的。他还剩下五英镑。

有了，就是这个主意。那为什么不现在就开始——把她留在出租车里——让她自己回家呢？就这样做。现在离开她。跟她打个招呼，让她头脑冷静一下。他会非常有礼貌地做这件事。这样她如愿了。他甚至会提出付出租车的钱。

"听着,内塔,"他说,"我出去一下,你不介意吧?我想我还是在伦敦西区待上一段时间吧。"

"是的,"她说,"一点也不介意。"

但他并没有听到她这么说。相反,他看到她的嘴唇在动。因为她还没开口说话,他正望着她的时候,脑子里突然响起了一种奇怪的声音,像是照相机快门咔哒一声,这个世界已经不像几分之一秒前那么生动、清晰、易懂了。

六

"咔哒!"……

声音又来了!他当时在伦敦,晚上在一辆出租车上,而这种事又发生了!

"咔哒!"……这是唯一能形容它的方式。就像照相机快门的咔哒声。快门!就是这个词。他的脑子被一扇帘子盖住了,关闭了,他与刚才所处的世界隔绝了。

他现在所处的世界在形状上和外表上都是一样的,但却是"死的"、沉默的、神秘的,仿佛它的场景和活动都发生在水族馆的水箱里,甚至是在海底——一个无声的、激烈的、流畅的、可疑的世界。

他好像突然间聋了——精神上聋了。就好像一个人太用力地擤了擤鼻涕,外面的世界变得模糊而死气沉沉。这就好像一个人走进了一个隔音的电话亭,把自己紧紧地关在门里。

有一百零一种方式来描述它。当这种事情发生在他身上时,他总是试图对自己描述它——分析它——因为这是一种非常有趣的感觉。他并不害怕,因为他现在已经习惯了。但是现在这种事发生得太频繁了,他希望这种事不要发生。

这是一种奇怪的感觉:它总是新奇的,而且在某种程度上对他来说很有趣。他周围的人虽然在走动,却好像不是真正活着的;他们的存在似乎没有动机和意义,好像他们是一个业余魔术师拿着蜡烛投在墙上的影子——兔子、蝴蝶或袋鼠。虽然他们在说话,他也听得懂他们在说些什么,但他们说话的方式却不同寻常,要听懂他们的话,回答他们的问题,得需要努力。

以内塔为例,在这辆出租车里,她奇怪而莫名其妙地坐在他旁边。他很清楚那是内塔——但那是另一个内塔。虽然他能看见她,但她在几英里之外,遥不可及,几乎难以捉摸——就像电话里的一个声音,或者是一个人打电话时的声音——如果你愿意,也可以说她是一个幽灵。

她实际上是在说些什么。她说:"你不出去吗?"

他能听到并理解这些话,但暂时无法理解其含义。话语似乎脱离了任何背景,或者至少他不知道背景是什么。所以他没有回答。不管怎么说,眼下他对脑子里发生的事太感兴趣了。

然后,像往常一样,他不知不觉,那种新奇和陌生的感觉——他对这种跃迁和快门按下的有意识的认识——渐渐消失了。而他现在所在的世界,海底的世界,才是他真正的世界,是他唯一知道的世界。

在这个世界上,有一些事情要做。还有一件事要做,他已经忘记了。他想,这事怨他,他自己忘记了这件事,现在必须得记起来。他不可能一下子想到这一切,但迟早会想起来。

如果他不唠叨,而是顺其自然,就会想起来的。

出租车向肯辛顿飞驰而去。反射的灯光在出租车内部旋转,他望着出租车司机的黑色座椅后背,保持沉默,等待着它的到来。但现在她又跟他说话了。

"对不起,"她说,"你说要出去,但我不明白你是什么意思?"

这是什么意思?"出去?"从哪儿出去?出租车吗?或者他是她的合伙人?她在说什么?她这样跟他说话真讨厌。如果她总是打断他的话,他怎么能想起他必须想起的东西呢?

"我不知道。"他说道。

他什么也说不出来,因为他不知道她在说什么。他希望这能让她闭嘴。他看了看出租车司机的后背，试图恢复正常的精神状态来回忆……

但她显然是不会丢下他一个人的。"哦，天哪，"他听见她说道，"你现在不会又犯傻了吧？"

犯傻？犯什么傻？她说话的口气就好像他过去是个哑巴，或是闷闷不乐的人。什么时候？那天晚上吗？在他看来，她在胡言乱语。

他望着她，发现她正带着一种愤怒的好奇望着他，仿佛要他回答似的。他对这些打断感到恼火——事实上，她不肯放过他——但他觉得自己应该有礼貌。

"对不起。"他对她微笑着说。他意识到自己的微笑有些愚蠢，但他希望通过对她的微笑和礼貌，让她放过他。

这似乎奏效了。她有点专注地望着他，然后又转过头向窗外望去。现在他可以重新开始回忆了。

他不知道自己和内塔在这辆出租车里干什么。他们去参加聚会了吗？是什么可怕的狂欢结束了吗？他们显然是要回家去。他看了看表，才晚上九点四十五分。多么有趣的时光啊。但这一切都不重要。他所要做的就是想起来，如果他能轻松地想起来，如果她不再打断他的话，他就能想起来。

出租车颠簸的节奏、车内旋转的反射光、出租车司机黑色的座椅后背，交通灯平滑流畅的变化循环（红色，红琥珀色，绿色，琥珀色，红色），使他昏昏欲睡，他似乎睡着了，他在梦中，几乎什么都没有意识到。然后，就在他们经过艾伯特庄园之后，他毫不费力地想起了他必须做的事情：他必须杀死内塔·朗登。他要杀了她，然后去梅登黑德。此刻，他还不太清楚内塔·朗登是谁，但那也会回来的……

他以前应该记得的。他想不出自己为什么会忘记。他总是忘记这一点。一连几个小时，甚至好几天，他脑子里都没有这个念头。据他所知，自从在亨斯坦顿以后，他还没有想过这件事。他一再推迟这件事，一再忘记这件事。他喝得太多了，可能有点精神错乱了。

不——他是在冤枉自己。他一直在推迟，因为这些事情必须计划好。他在亨斯坦顿已经决定了。尽管这一切简单得令人难以置信，但仍然需要计划。他不要受到警察的任何干涉。这件事必须妥善处理。他一到梅登黑德，警察就碰不到他了。但他们很聪明，可能在他到达之前就开始干预了。他对他们来说太聪明了。

那他打算什么时候动手？在亨斯坦顿的悬崖上，他最后一次想到这件事时，他做了什么决定？哦，是的——他现在想起来了。他当时决定等到来年春天——等到天气暖和些。当时看来，天气这么冷，他是不可能杀死内塔·朗登的。这似乎很合理……

他听到一个声音，一个女人的声音在他耳边响起。

"你有烟吗?"那个声音说,"我的好像抽光了。"他转过头,看见内塔在他身边。她在包里翻找,但没有找到。她向他要根烟抽。

内塔……她身上有种似曾相识的感觉。

她就像某人……是谁?她是某个人的形象……天哪——他都看见了!她就像内塔·朗登。她是内塔·朗登!这就是他去梅登黑德之前要杀的内塔·朗登。她现在和他坐在一辆出租车里。这是怎么发生的?她坐在他身边,仿佛在等着被杀——她是特地跟他一起来的。多么美妙的巧合啊!

她现在正恶狠狠地看着他。

"好了,别坐在那儿瞪着我,"他听见她说,"看在上帝的分上,你到底有没有烟?"

"没有,"他有气无力,带着歉意,"恐怕我没有。"

七

他不想再说别的了,也不想在口袋里摸一摸,看看有没有烟。他内心一阵狂喜,因为她此刻正和他一起坐在出租车里,天赐良机,真的是"踏破铁鞋无觅处,得来全不费工夫"……

他一定要利用这个天赐的良机——他一定要在今晚杀了她。这是命运安排的——不是吗?

她现在又说话了。

"好吧,你能不能让这个人停在一台机器前,"她说,"我当然想要买些烟抽。"

他不明白这一点。哪个人?什么机器?有人在什么地方的机器前工作吗?

"你说什么?"他说道,希望她再重复一遍,他就能更好地理解了。

"我说,"她说道,仍然恶狠狠地望着他,"你能不能让这个人在自动售烟机前停下来?你是不是全聋了?"

有趣的是,她如此咄咄逼人,对他大吼大叫,而她其实和他在一起只是找死。你会以为她不知道自己死期到了。不过别傻了——她当然不知道。他犯了错误。重点是她不知道。绝不能让她知道。这就是整件事的巧妙之处——这事简单得出奇,容易得令人难以置信,而她对此却一无所知。他必须演戏,假装——这样她才猜不出来。他必须把自己投入到一个角色中去。他现在想起来了。

因为他心事重重,没有回答她,她又生气地看了他一眼,隔着车里的隔离栏用更高的声音对出租车司机说话。司机听见她叫他在自动售烟机前停下来。他现在明白她的意思了。出租车停了下来,他说了声"好吧"就自己下了车。

当他走到机器前,在口袋里摸索一先令时,他更清楚地认识到,他必须在这里表演一番。此刻,为了让自己镇定下来,他得呼吸新鲜空气,为此,他很高兴。如果他要杀了她,那么他就得装出一副疯了的样子。看来命运已经明确地告诉他,他今晚就得杀了她。他必须设法听懂她说的话,假装他在她的世界里,使她相信一切都在正常进行,他没有一心想着要杀死她和他将要采取的手段。嗯,他可以演得很好!——这正是他的聪明之处——他在这一点上没有任何怀疑。"给你。"说着,他把香烟扔到她腿上,关上车门,车又开动了。"你给我抽一根好吗?"

他说话的方式本身就很聪明。正常,冷漠,随意——恰到好处。现在他必须给她点燃——这又是一件美丽而正常的事情。他在口袋里摸火柴,同时掏出一盒香烟。

"哦,你看,"他说,"我竟然有烟。真是个傻瓜……"

又变聪明了!他并没有假装没有看到——而是亲自指出了事实。在表演方面,他是无人能敌的。他为她点燃了香烟,然后点燃了自己的。他向窗外望去,看到他们正在接近目的地。

"你不介意我跟你上楼待一会儿,"他说,"再喝一杯杜松子酒吧?"

"不介意,"她停了一下,继续说,"你可以上来喝最后一杯——如果你能理智一点的话。"

"哦,我会理智行事的……"

出租车在她家门口停了下来。他第一个下车,给她开门。这行为本身就是献殷勤。他多给了出租车司机小费,还和他谈天气。

她用钥匙开了门。楼梯口的灯光有点昏暗——这是从顶楼的一盏灯反射过来的。她走在他前面,高跟鞋在石头楼梯上发出时钟般的回声。

她把客厅的灯打开,点燃了煤气炉。她什么也没说就直接进了浴室。客厅里还保留着他们晚上早些时候离开的所有痕迹——她的衣服、鞋子、杜松子酒和玻璃杯都在那里。他给自己倒了一大杯杜松子酒,加了水,大口喝下一半。

现在他得好好想想了。他要在这里做掉她吗?如果要,怎么做?怎样都行!一切都那么容易。他不需要使用任何东西。他只要给她喝一杯,让她躺下,然后就可以为所欲为了。不会发出声音。为什么不现在就动手呢?为什么要担心计划?他担心计划太久了。肯定是她自找的,所以才和他同乘那辆出租车。肯定是时候了。

她回到起居室,捡起鞋子和一些奇怪的东西,走进卧室。

"你要来一杯吗?"他问道。

"好的,"他听见她说着,"我来一小杯。给我找找酸橙汁。"

他倒了一杯杜松子酒,又在橱柜里找到酸橙汁,在壁炉边给她倒了一杯。

她从卧室里回来，来到壁炉边和他在一起。她喝了一口饮料，开始对着镜子梳头。

他手里还拿着那个杜松子酒瓶。他仔细地看着她，瓶子就在自己背后脖子旁边。现在！现在！就是现在！他想。

抡起瓶子，砸她的头。用瓶子打破她的前额，不等她发出声音就能把她干掉。

但是瓶子里没有软木塞，杜松子酒会洒出来。见鬼，他一定要把软木塞塞进瓶子里。他不能把粘稠的杜松子酒弄得到处都是——弄得她和他身上到处都是。他不可能那么邋遢。

他在壁炉台上寻找软木塞。它在哪里？它到底在哪里？

她从壁炉边走开，手里拿着饮料。她打开收音机，一屁股坐在沙发上，把脚抬起来。

支舞蹈乐队在敲锣打鼓，歌手低声吟唱着情歌。

他把杜松子酒瓶放回壁炉台上。现在他得重新考虑了。

他很高兴她打开了收音机，因为这意味着他不必说话了。

他呷了一口酒，看着她，假装在听乐队演奏。现在该做什么？不知怎的，事情变了，现在她躺下了。他觉得自己不能击打她了，现在她又柔软又放松。她应该坚硬而稳固。

那他一定要把她从沙发上弄下来。他必须得想个法子干掉她。他必须马上动手,因为她马上就要把他赶出去了。她只说他可以待一会儿。

但是,当然,如果他杀了她,她就不能把他赶出去了!她会躺在那里死去,而他会自行离去。他本可以完成任务,然后去梅登黑德。

梅登黑德!天哪——他今晚必须要去梅登黑德吗?当然他必须要去!多么可怕的想法。他没有衣服,没有钱,没有收拾行李,他甚至不知道那些火车班次!你不能大半夜不穿衣服就到梅登黑德。这个想法是荒谬的。

真的,这让事情有了新的面貌。当他想到现在这样做的时候,他并没有想到他要怎么去梅登黑德。

他为什么没有想到这一点呢?他是疯了还是怎么的?他喝醉了吗?他失去了控制。

他喝醉了——就是这样。他喝得酩酊大醉,把一切都搞砸了!难道他不知道整个计划是建立在详细的计划之上的——建立在无限的聪明和细心之上的吗?虽然它精巧、简单,但这只是因为它是建立在无限的聪明和细心之上的。他又忘了。他喝醉了。他为自己感到羞愧。他又喝了一口杜松子酒。

然而他并不为自己感到羞耻,因为他及时想到了这一点。他这样做很聪明。换做旁人,在他的位置上,可能会感到困惑,可能没有及时想到。但他太聪明了。

他突然表现得非常高兴。简单,简单,如此简单。他很聪明。但今晚不行。他今晚得计划一下。

他最好现在就离开。也许明天,或者后天。但今晚不行。

他又看了看内塔。他很高兴今晚不用杀她了。她看上去很累。他也累了。他们俩都太累了。险些酿成大错。就像在不合时宜的时候想做爱。她又说话了。

"好了,乔治,"她说,"既然今晚我们的谈话似乎没有多大进展,我想我们还是到此为止吧。"

她喝完饮料,关了收音机,走过来把杯子放在壁炉台上。

他意识到她在赶走他。她非但没有被杀,反而把他赶了出去,这真是相当有趣,但也相当可悲。他有点同情她。因为他马上就要杀死她了——明天,或者后天,或者再过几个星期。

"好的,"他说,"我这就走。他喝完酒,戴上帽子,穿上外套。"

"好了,再见,内塔,"他握着她的手,说,"你今晚过得这么无聊,我很遗憾。"

"一点也不,"她说,"再见。"

她走进自己的卧室。

"把楼梯口的灯关掉!"她在里面喊道。

他走到前门时跄踉得厉害。他完全醉了,那是最后一杯杜松子酒使然。

但又不至于醉得太厉害,对她来说太聪明,对他们所有人来说都太聪明。

他关上前门,并关了那灯。顿时,周围一片漆黑。

他摸索着走下楼梯——黑暗之中,他缓慢地、摇摇晃晃地、巧妙地下楼而去。

约翰·利特尔约翰

常常,在寂静的夜里,

在睡眠的锁链束缚我之前,

温柔的记忆带来光亮

我想起前些日子:

那些微笑,那些泪水,

藏在少年时代的岁月里,

爱的言语抛出了;

那双眼睛闪闪发亮,

现在已经暗淡无神,

> 原本欢愉的心如今破碎了!
>
> 于是,在寂静的夜里,
>
> 在睡眠的锁链束缚我之前,
>
> 悲伤的记忆带来光亮
>
> 我想起前些日子。
>
> ——托马斯·穆尔

一

约翰·爱德华·利特尔约翰和乔治·哈维·伯恩是同学,在后来的生活中也经常见到他。午饭时间,他一个人坐在赛马场附近一家酒店的凳子上。

他一边喝啤酒,一边看书。吧台呈 L 形。无意之中,他从书本上抬起头来,看见他的老朋友乔治·哈维·伯恩站在酒吧的另一边。因此,虽然酒吧里挤满了人,他却能不间断地看到他。

外面是一个晴朗的夏日,但这个小酒馆终年灯火通明,此刻满是烟雾且人声鼎沸。灯光完全照在乔治·哈维·伯恩身上,他独自一人,端着一杯啤酒,忧郁而孤独地望着外面的天空。

约翰·爱德华·利特尔约翰,他的朋友们都叫他"小约翰"或"小约翰尼"（因为他身材矮小，他的教名和姓氏允许他使用或鼓励别人对他使用这种略显高高在上的称呼），他的外表很不起眼。玳瑁眼镜架在一个太过突出的鼻子上，脸有点瘦削，下巴有点向后缩，脸色苍白——所有这些，尤其是从侧面看，使他看起来有点像贝特曼的画像，可能会使一个不经意的旁观者误以为自己看到一个傻瓜，但事实并非如此。在那副眼镜后面的灰色眼睛里，闪烁着一种纯粹的、清醒的经验之光，闪烁着一种对外部事物的敏锐而活跃的兴趣之光，闪烁着一种高度的数学智慧之光。约翰·爱德华·利特尔约翰虽然心地善良，而且彬彬有礼，但他并不傻，一点也不傻。

他现在已经三十四岁了，虽然一开始不走运（自父母竭尽所能送他去就读的公立学校毕业后，他一直很拮据），但他把自己的天赋——在数字领域，他有着如同变戏法者的敏捷，这令人愉快——发挥到了极致，现在已经过上了不错的生活。在伦敦金融城做了多年的职员和会计之后，他来到伦敦西区，为著名的戏剧经纪和制片人菲茨杰拉德、卡斯泰尔斯和斯科特公司做会计。他得到这份好工作，是因为他在剧院以外的生意上认识的埃迪·卡斯泰尔斯对他有好感，敏锐地发现了他的价值并高度欣赏他。

最近午饭时间，他喜欢到这家小酒馆里溜达，因为他喜欢喝啤酒，它离他喜欢的一家餐馆很近，还因为在这里他不太可能遇到公司的其他员工——换句话说,就是"小伙子们"。这并不意味着他要和那些小伙子撇清关系,或者认为自己不是这些小伙子中的一员。在午餐时间,实际上在一天中其他几个奇怪的时刻,他们都会涌进杰明街办公室下面的小酒馆,在那里谈生意或娱乐。原因很简单,他最近觉得,在这幢房子里,在白天这段时间里,他喝了太多苦啤酒,玩了太多电桌球,浪费了太多时间,于是他决定暂时放弃这种生活。最近,在偶然读到《高老头》的英译本后,他对巴尔扎克的作品产生了兴趣,虽然他以前从未读过巴尔扎克的作品。每当他被一位新作家迷住时,他总是特别喜欢在午餐时间走开,欣赏其作品。现在,他坐在吧台的凳子上,把普通版的《乡村医生》摊开放在膝盖上,专心致志地读着。

抬头一看,他立刻认出了他的老朋友,自然是喜不自胜。他对这个人一直有一种非常温暖的感觉,从他们俩都上过的那所绝对严厉的公立学校开始,他就记得这个人。那时的他是一个高大、步履蹒跚、笨拙、害羞、令人难以忘怀、却又容易产生感情的人——在那种残酷而令人瞩目的气氛中,他显然是一个善良的孩子。他一向以落后、愚蠢和半睡半醒时的"傻乎乎"情绪著称。而且,他总是穿着相当古怪的衣服,因为他长大了,总是穿不下,给人的印象(几乎可以肯定是正确的印象)是他被父母忽视了。但他并没有那么傻,就像约翰·利特尔约翰在他们成为朋友后慢慢发现的那样。这种表面上的沉默,很大程度上是纯粹的口齿不清，或者，实际上，是一种以昏睡的方式表现出来的有趣的内心思考。至于他的那些"疯癫"情绪，那只是一种与生俱来的东西，可能是一种生理缺陷，他对此无能为力，只能容忍。

这时，他想起了这个善良的男孩已经成长为一个善良的年轻人。他们是在伦敦偶遇的，鲍勃·巴顿是第三个，可怜的"愚蠢的"乔治长得格外高大。在那些日子里，他们三个第一次抽烟斗，第一次蓄胡子，第一次喝酒，第一次和女人约会，为自己从毫无意义的约束中解脱出来、为自己能够享受世俗的快乐和独立的生活而感到自豪。那时，乔治似乎真的走出了他的壳。他和不屈不挠的鲍勃·巴顿一起做生意，不知怎的，他发生了变化，跟以前判若两人，他更加镇定、自信、机警。但后来生意都失败了。鲍勃·巴顿去了美国，从此，两人彼此联系得就少多了。约翰偶尔和他一起出去玩通宵，但渐渐地，他们无意中也疏远了。约翰心想大概有两三年没见到他了。

约翰尼观察他片刻，想与他对视，在此过程中，他看到了时间在他的老朋友身上所造成的变化。他发现他看起来更老了，更胖了，肤色更红了，也更臃肿了；他的眼袋说明，由于他长期抽烟喝酒，从而导致失眠和焦虑不安，这两者必然伴随而来。他看起来很痛苦，约翰·利特尔约翰不知道他在想什么。

的确，当乔治低头凝视着吧台对面的啤酒时，他似乎进入了一种恍惚状态。然后，慢慢地，好像一连串的想法已经结束了，他举起杯子，又喝了一口，又放下了杯子。醉眼开始悲伤地、毫无兴趣地在拥挤嘈杂的房间里扫视……

目光落在了约翰·利特尔约翰身上。它在那儿停了一会儿，凝视着。约翰·利特尔约翰挥了挥手，笑了笑，整个人的脸上都洋溢着喜悦。刹那间，他们就冲过来迎接彼此，互相握手，拍拍彼此的背。

"嗯，惊喜吗？"约翰·利特尔约翰说，"我一直在想你什么时候才能认出我来呢！"

"上帝啊！"乔治说，"嗯，茫茫人海，出乎意料！……上帝啊，这真是太好了！……茫茫人海！……"

在约翰尼看来，对方似乎高兴得快要发狂了。约翰尼甚至有点吃惊，但他一点也不让别人看出来，而是积极地回敬每一个热情的问候和恭维。

"嗯，你一点也没变，"乔治说，"你还是那个杰出的数学天才吗？"

"你也没变，"约翰尼说，"还是那个讨厌的傻瓜？"

"哦——当然！更傻了，如果可能的话！"

"不可能。"约翰尼说道。他们笑了起来，虽然有些害羞，却十分友好。人们总是幽默地说乔治·哈维·伯恩是个十足的傻瓜，这是理所当然的。这种质疑非但不使他生气，反而使他生动而亲切地回忆起自己的个性，而感到非常高兴。

"还能控制自己的疯癫情绪吗?"约翰尼继续开玩笑。

"哦,更确切地说……更糟了!"乔治洋洋得意,而又轻率地说道,"我最近好几天都晕过去!"

他们喝完了啤酒,又要了一些,很快就陷入了回忆。这自然使他们立刻想到了鲍勃·巴顿,他是一个多么伟大的人。

"我知道我想念他,"乔治说,用的是他那种天真、坦率的语气,"非常想念。"

"哦,我也想他。"约翰尼说道。但他突然想到,他可能并不像想念乔治那样想念鲍勃,或者达到任何类似的程度。他记得,鲍勃·巴顿对这个身材高大、忧郁、笨拙的人产生了一种奇怪的影响。只要他们在一起,乔治就像变了一个人——更有活力,更健谈,更自信,更快乐。他仿佛享受到了鲍勃慷慨而又不假思索地给予他的友谊。当乔治和他的朋友在一起时,他的兴致和忠诚甚至有点像狗——鲍勃当然从来没有利用过这种关系,因为他确实是个了不起的家伙。约翰·利特尔约翰望着乔治,看到他的脸和行为举止清楚地流露出酗酒、抽烟、痛苦和孤独的迹象,他突然意识到,鲍勃去了美国,无意中对乔治造成了巨大的伤害,甚至可能是永久的伤害。

"好吧,"乔治说,"现在我又找到你了,所以你得补偿我。我希望今后我们能经常见面。"

"我们想到一块去了。"约翰尼热情地说道,因为他既被对方的话打动了,也被他说这话时的态度打动了——他说这话时的态度是那么简单、直接,在这个艰难而复杂的世界里未免太简单、太直接了。

他们又谈了些别的事情。过了一会儿,乔治抱歉地说:"我刚才谈的都是我自己。你呢?你最近在做什么?你现在和谁在一起,约翰尼?"

"哦,我现在在伦敦西区,"约翰尼说,"我是菲茨杰拉德、卡斯泰尔斯和斯科特公司的会计。他们是戏剧界的人。我敢说你听说过他们。"

闻听此言,乔治的脸上出现了一种不同寻常的变化,一种惊讶、惊奇和钦佩的表情。

"上帝啊!"他说,"菲茨杰拉德、卡斯泰尔斯和斯科特!你和他们在一起吗?"

"是的……有什么问题吗?你认识他们?"

"不……只是非同寻常,仅此而已……"

"怎么了?……有什么特别的?"

"哦……没有什么……只是我认识一个认识他们的姑娘,仅此而已……"

有那么一会儿,约翰尼觉得有点难以理解,乔治认识一个姑娘,而这个姑娘又认识这家公司,这有什么了不起的。这家公司认识的女孩不计其数。然后他敏锐地意识到,在乔治的心目中,不寻常的不是环境,而是那个女孩。当一个男人向他的朋友提到一个"女孩"时,那种模糊而难以捉摸的语气,总是暗指一个他认为与众不同的女孩。不用说,似乎他可怜的朋友乔治爱上人家了。这确实是一个新的起点。他不知道这种情绪是否有助于乔治的幸福,并对此深表怀疑。

"一个女演员吗?"他问道,希望乔治能卸下负担。

"是的……"乔治说,"嗯,她……她在电影里演过一些小角色。但她现在似乎什么戏也接不到。"

"哦,"约翰尼说,"事情就是这样,吃这碗饭可不容易。愿意告诉我她的名字吗?"

"不……我没指望……她叫内塔·朗登……我想你没有听说过她。"

"没错,"约翰尼说,"我没有……事实上……"

他又加上了一句道歉的话,"事实上",以表明这只是一个意外,一个自然的反常现象,他个人并不是来听这个女孩的消息的——这样他就小心翼翼地希望避免对乔治可能对她产生的自尊心造成任何打击。他现在也本能地相信,从乔治提到她名字时脸上的表情来看,乔治"剃头挑子一头热"。他隐约觉得好笑,又隐约感到担心。

乔治似乎不想再谈这件事了,他们继续谈别的事情。他们又点了些啤酒,决定在酒吧里吃些三明治,而不去别的任何地方吃午饭,然后继续聊天。但最后约翰尼看了看表,觉得他得走了。乔治还约了牙医,时间越来越紧迫了。他们很快把酒喝光了,走出来,置身于阳光和嘈杂的车流之中。在这里,他们被中午喝酒的喧闹声和亮光弄得有点晕眩,他们再次表示很高兴再次见面,并约定通过电话联系。几天后他们要出去玩通宵,并且决定最好是让约翰尼到伯爵宫来接乔治。

他们分手后,约翰尼穿过莱斯特广场向办公室走去。他的身体沐浴在白天的温暖和光明中,但正是这种温暖和光明使他的心灵染上了某种悲伤和忧虑,这种忧虑在一天的这个时候降临到他身上,他无法驱散。像这样温暖、晴朗的天气,已经连续三个星期没有间断了……

在茂密的绿树间,鸟儿尖声歌唱,盖过了车辆低沉的轰鸣声。在广场中央,莎士比亚的肖像灰蒙蒙地盯着帝国电影院的方向,那里有罗伯特·多纳特和格里尔·加森主演的《再见,奇普斯先生》的醒目广告。一只鸽子落在这位诗人的头上,他似乎在注视着那个在男厕所顶上擦鞋的人穿的红色外套(像一件老式的高尔夫球运动员的外套,但又给整个场面增添了一抹热辣的异国情调)。

> 好,好,好……到处都是蓝色和阳光……
>
> 对身在加拿大的国王和王后来说还好……
>
> 拯救忐提斯号还行……

西印度队没事……

爱尔兰共和军和他们的盥洗室没事……

希特勒在捷克斯洛伐克没事……

斯特朗先生在莫斯科没事……

张伯伦先生很好,他相信我们身处和平年代——他的伞是阳伞!……

炸弹一定会掉下来,你相信它永远不会炸开。

二

不幸的是,由于一系列的约会相互冲突,约翰尼和乔治不能按时见面。他们在伦敦西区相遇大约两个星期后,一天晚上,约翰尼下班乘地铁去伯爵宫车站接乔治,时间是差一刻七点。

虽然他早到了七分钟,但他发现乔治已经在拱廊处等着他。这让他觉得很抱歉——既因为乔治除了在车站闲逛没有别的事可做,也因为这表明乔治很想再见到他的老朋友——于是,这个小个子男人对大个子男人突然产生了一种几乎是责任感的感觉。

他们去了对面的"罗金厄姆"酒吧,喝了第一杯啤酒后,乔治建议换个地方。当乔治提出这个建议时,他的眼睛里有一种神情,使约翰尼觉得他是别有用心,但是他什么也没说,于是他们就走出酒吧到街上去了。

他们经过邮局和广播电台,然后拐进右边一条狭窄的路,这条路间接通向克伦威尔路。

走到半路,他们来到一家小酒馆,乔治领着他走了进去。他们在柜台上买了啤酒,然后坐在门边一张铺着绿色漆布的桌子旁。

漫长、温暖、明媚的日子还在继续,酒馆的门被推开又关上了。屋里凉爽、昏暗、宁静,夜间的生意开始平静地进行,这令人愉快——两个人安静地交谈,还有个人在看报纸;笼子里金丝雀发出嗡嗡的声音;去往其它酒吧服务的女招待又回来了;啤酒机偶尔油光一闪,啤酒轻轻地喷出。坐在这个提神的"洞穴"里,凝视着外面耀眼的阳光、人行道、温和但疲惫的行人满是灰尘的脚,感觉很好。

"这个地方我常来。"乔治说道。

"哦,真的吗?"约翰尼说,"很好。"

他环顾四周,似乎在礼貌地欣赏大自然,并品味他的朋友带他来的这个地方。当然,他看不见乔治能看见的东西——那些房门关闭后外面潮湿的冬夜,抽烟、吵闹、湿漉漉的人们,内塔在电灯下的痛苦,米奇喝醉了和彼得争吵,十一月阴天的宿醉,飞镖游戏和无聊,午餐时间的醉鬼、午餐时间的零食、楼上的午餐室,醉鬼的整个中毒的噩梦般的生活。他看到的不过是夏日里休憩的地方。

在接下来的四十分钟里，他们又喝了两杯啤酒，酒吧里开始坐满了人。这时进来了两个人，一个黑皮肤没戴帽子的女孩和一个留着小胡子的白皙男子，乔治对他们说："你好，内塔……你好，彼得……"然后他们走向吧台，站在那里聊天。

　　乔治向这两位打招呼时，眼睛里流露出某种神情，与他建议他们离开"罗金厄姆"酒吧时的神情十分相似，这使约翰尼以为这两个人的目光之间有一种直接的偶然的联系。换句话说，他似乎是出于他朋友的自觉或半自觉的意愿，才被带到这里，见到这两个人的。接着，他继续跟乔治说话，乔治的态度有点模糊了，他想起了"内塔"这个名字，是乔治上次见面时提到的那个女孩的名字，他立刻明白了一切。乔治把他带到这儿来，也许是因为他想让他见见他心爱的姑娘，也许是因为他无法避开她可能去的任何地方。约翰尼一时感到失望，甚至有点嫉妒，因为今天晚上他们出来玩，乔治的心思在别处。他也有点担心在不久的将来，作为一个被信任的人，他会感到无聊，但他没有表现出这一点。

　　与此同时，他一边跟乔治说话，一边抓住一切机会打量着站在吧台前的那对男女。无论是从个人判断的角度来看，还是从自感幸福的乔治的角度来看，他对自己看到的一切都不满意。事实上，他脑子里突然闪过一个念头：乔治和一群"坏蛋"混在一起。约翰尼不喜欢他的姿态，不喜欢他那白皙而冷酷的脸，不喜欢他那漂亮的卫兵式的小胡子，不喜欢他那古怪的衣着。他穿着格子裤和浅灰色的高领毛衣，没有戴帽子——毫无疑问，足够"朴素"，但在这种情况下，可以肯定的是，这不是一个谦虚的人想刻意朴素，而是一个自命不凡、超级阳刚的男子想从人群中脱颖而出。他穿的是一件"制服"，而其他人则将就着穿着普通的带领子的衬衫。

约翰尼想，这些人的外表表现出了与三流艺术家一样的虚荣和炫耀，但这些艺术不是诗歌、音乐、绘画、布卢姆斯伯里派或切尔西派的艺术，而是大波特兰街的艺术，是二手车交易的艺术，是可疑的交易的艺术，是在酒馆里劝说的艺术，是借款和过期支票的艺术。他也不太喜欢那姑娘的长相。他看出，她确实很有魅力，但心地不善，且没有教养。由于他与菲茨杰拉德、卡斯泰尔斯和斯科特的关系，约翰尼对各种美女的外表和不同的行为方式有着广泛的了解：她们成群来到办公室，个个是血色的美甲，脸上涂着苍白的可可。有些人迷人而单纯,有些人则复杂而傲慢。这位姑娘属于后一种人，如果他主动搭讪，她们就会不理睬他，或者阴沉地盯着他，直到她们知道真正的钱是从他那里支出来的，她们的态度才变得美妙起来。这个姑娘并不像女孩子应有的那样，单纯地、自觉地把美貌当作一顶快乐的王冠，而更像是把美貌当作一件杀人的武器，她可以随意拿来左右伤人，只有在适合自己的目的时，她才会用它来取悦别人。她们就像坏脾气的在街头拉客的妓女，不用走在街上招摇。她们行走于次等电影公司和制片厂的办公室，和面部长有青春痘的高个子年轻人一起坐在脏兮兮的小吃店里吃东西，开着敞篷跑车到处跑，有时住在郊区，有时住在迈达谷，或者伯爵宫。她们对表演丝毫没有天赋，除了把它当作达到目的的手段——目的和手段都可疑——之外，对它也没有丝毫的兴趣。

约翰尼对这个姑娘的判断大致就是这一类人，不过他也意识到，由于她所在的那家酒吧和附近的邻居，以及和她在一起的那个面目可憎的男人，他对她的判断可能有误。乔治竟然看上她了，然而，他确信此女子是个扫把星。他猜想，没有哪一种女人比他的身材高大、性格单纯的朋友更不懂得算计了。他想知道两人发展到什么程度了，他们俩之间是什么关系。

过了一会儿，那个面目可憎的小白脸走了出去，留下姑娘独自坐在吧台的一张凳子上。此刻，乔治在谈话中完全心不在焉了，很明显，他想走过去和那姑娘说话。最后他说："我说——原谅我一下，好吗？"然后向她走过去。

约翰尼机智地望着门外的街道，过了一会儿，乔治带着那姑娘走了过来，把她介绍给他。

"你好，"约翰尼和蔼可亲地说道，"过来坐下。你想喝点什么？"

"不——还是我来吧。"女孩坐下后,乔治说道。当他们决定要喝什么酒时,他就去吧台买酒。

和那姑娘单独在一起,他觉得无话可说,很明显,她是不会帮助他的。她不是那种在这种紧急情况下会帮忙的人。她是那种和你坐在一起时,不跟你说话也不看你,而一点也不会感到尴尬的女孩。另外,约翰尼看得出来,她心情也很不好,因为她是被强拉过来介绍给一个戴着眼镜、相貌平平的小个子男人,并和他坐在一起,而她对他却一无所知。他认为这很有道理。然而,她本可以把一件糟糕的事情做到最好,而她之所以不去努力,很大程度上无疑是由于瞧不起他的朋友乔治。这是他首先注意到的一点——她瞧不起乔治。他注意到的另一件事是,她在近处比在远处更有魅力。

三

乔治端着酒回来了,他高兴、慌张、害羞。

"你们俩见了面,我真是高兴极了,"他说,"约翰尼是我认识最早的朋友。我们是同学,不是吗,约翰尼?"他坐了下来。

"不错,"约翰尼说,"嗯——是这样的。"他们边喝边聊。

姑娘听了这话,虽然还在生气,但她显然意识到,接下来的十分钟里，她已经被卷入其中了，她觉得该适当缓和一下气氛。

"他总是这么傻吗？"她说道，带着一种真诚而幽默的口气，"我的上帝——他这么傻吗？"他们都笑了，气氛不那么紧张了，大家开始交谈起来。

他注意到，当她说他傻的时候，乔治的脸上一亮，变得跟原来判若两人。他看到乔治用一种迷惑、单纯、明显爱慕的眼神偷偷地看她。毫无疑问，他已无可救药地坠入爱河，而那姑娘也异乎寻常地迷人。

下一个轮到约翰尼点酒了，他们都只点了一小杯。约翰尼到吧台去拿酒，他回来时，乔治开始和盘托出约翰尼的人脉。对此，约翰尼早有预料，迟早的事。

"事实上，我很奇怪你们俩以前没见过面。"乔治看着内塔说道，"约翰尼与菲茨杰拉德、卡斯泰尔斯和斯科特合作。你认识他们，是不是，内塔？"

"哦，真的吗？"内塔用好奇的声音说，"你……？"

"对，就是这样。"约翰尼说道。他呷了一口酒，发觉内塔正盯着他看，她无疑在想，这样一个不起眼的小个子男人，跟这些大人物究竟有什么关系。约翰尼在陌生人中引起这种反应，已经不是第一次了——当然，尤其是那些和影视圈有联系的人。成为这家实力强大的公司一员，可以说是获得了一张迅速而神奇的通行证，能得到中下层影视圈势利小人和逢场作戏的人的尊敬和青睐，在这样的圈子里暗中引起的惊愕，就像在福克斯顿的老年妇女寄宿公寓里听到一个人上过伊顿公学和牛津大学这样的消息一样，令人刮目相看。这个叫内塔的女孩是不是这样一个势利小人和奉迎者，还有待观察。

"是的。他是他们的会计，"乔治说，"他在数字方面是个天才。约翰尼一向如此。"

他们谈了几分钟别的事情，但很快就回到了公司话题。

"这么说，你为埃迪家工作，是吗？"内塔说。

跟这家公司有往来的人常常亲切地称他们为"埃迪家"或"两个埃迪"（指埃迪·菲茨杰拉德和埃迪·卡斯泰尔斯），约翰尼觉得她这样说他们是在试图证明她自己和他们有关系，并急于从他那里打听到更多关于这个问题的消息。事实上，作为一名演员，她很有可能从一开始就预感到有可能谋得一份工作。

"是的，"他说，"他们都很棒，不是吗？你了解他们吗？"

"不，"她说，"我只认识埃迪·卡斯泰尔斯……我去过他的办公室。"

当她提到埃迪·卡斯泰尔斯的时候，她的眼睛里流露出一种很奇怪的神情，他不知道她对埃迪有多了解。也许她是那些对埃迪有激情的女人中的一个：这样的女人有几十个，埃迪就是这样一个好色之徒。但约翰尼不认为她很了解他，因为他会在办公室看到她。他注意到乔治在谈话开始时显得非常高兴，他想他能理解为什么。也许乔治认为，把他心爱的姑娘介绍给自己的一位老朋友认识，此人可能对她的职业发展有所帮助，就能在她心目中赢得威望。嗯，他必须得帮助可怜的老朋友乔治。

"是的。埃迪·卡斯泰尔斯，他是个了不起的家伙，"他说，"我认识他很多年了。实际上，我是通过他进的公司。"

他们聊起了公司，聊起了剧院，越聊越友好，乔治也显得越高兴。不久，又到了点酒的时候，约翰尼很清楚，他们都要喝醉了。

他像往常一样，带着几分忧郁得出了这个结论，但他从哲学上认识到，这一次多少是一种实际的需要。他的朋友乔治正处于一种他无法破坏的快乐状态：那个女孩，以前的敌意，现在变得成熟和友好，他自己也变得兴高采烈，口若悬河。此时此刻，他只好享受饮酒的乐趣，明智地告诉自己，人生得意须尽欢，莫使金樽空对月，还是活在当下吧！明天可能是另一种心情。当下的快乐与明天的痛苦，可能会相互抵消。这在很大程度上是一个时间问题，约翰尼总是认为，只要你能在第二天早晨，或第二天晚上进行忏悔，那么整个酗酒问题，乃至生活中的越轨行为和罪恶问题，都会得到简化或解决。

当然，对于那些住在郊区的人来说，意识到自己就要喝醉了，第一件事就是跳上一辆出租车，驶向伦敦西区。现在他们几乎没有商量就这样做了。

这一巡结束后,他们不由自主地站了起来,走到外面,一副征服者的模样,认为这点酒算不了什么。

在伯爵宫路上叫了一辆出租车,起初他们不知道该去哪里。接着,约翰尼说他要带他们大家到索霍区一个他熟悉的地方去吃饭,于是就把地址给了那人。但在路上,他们讨论起了地点和酒吧,于是改变了计划,改去牧羊人市场,因为内塔知道一个地方。

在这里,他们又喝了三巡,彼此疯狂地交谈着。内塔和约翰尼谈论剧院及其人物,约翰尼和乔治谈论他们的学生时代和他们共同的朋友。然后他们去了附近的另一家酒吧,又开始了。可是,他们还没喝完两巡,灯光就熄灭了,"打烊了"。他们匆匆喝了最后一杯,然后向奥德埃尼诺餐厅走去,在那里他们可以再喝酒,还可以吃三明治。

这时,约翰尼感到一阵轻微的忧郁和头晕,就像长期不吃不喝的醉汉一样,但他看到乔治的兴致不减,情绪一直保持高涨。

他似乎对自己两位朋友的这次会面赋予了极大的意义,他无法从中恢复过来。

当他们来到奥德埃尼诺饭店,享用着啤酒和三明治的时候,乔治的这种热情达到了顶峰。第二天早晨,他和约翰尼谈了一场令后者感到后悔的谈话。

他无意中提到，后天他要到布莱顿[1]去过夜，看公司的一场新演出，这是在去伦敦之前在黑波德若姆剧院举行的一个星期的演出。

"我希望我能来，"乔治说，"我想呼吸一下海边的空气。事实上，我希望我们都能去。"

"嗯，为什么不呢？"约翰尼礼貌地说。

"是的——为什么不呢？"内塔说道。闻听此言，约翰尼看见乔治用怀疑的目光望着她。

"你什么意思？"他说，"你愿意去布莱顿吗，内塔？"

"是的，"她说，"我看不出有什么不可以；事实上，要不是我囊中羞涩，我早就去了。"

但乔治仍然不满意。

"你是说你要到布莱顿去？"他说。

"是的，"内塔说，"事实上，如果你愿意借钱给我，那就是一次约会。"

"借给你钱，"极度兴奋的乔治说道，"我给你钱！咦——好极了！这太棒了！"

在接下来的几分钟里，他完全失去了理智。他从侍者那里要了一份报纸，开始讨论火车、旅馆、他们怎么见面、怎么去看戏、住多久。

---

[1] 布莱顿（Brighton），英格兰南部海滨城市。——译者注

当然，约翰尼第二天早上就得回来，但内塔说她不介意住到周末。这使乔治更加高兴起来，事实上，在酒醉和快乐的联合作用下，他忘乎所以，开始有点像个傻瓜。乔治以前和鲍勃·巴顿在一起时，约翰尼见过乔治在喝醉时的这个样子。

他们想再拿点酒喝，却被拒绝了，因为已经夜里零点多了。他们只好走到凉爽的街道上，在那里摇晃着身子，深情地告别。

乔治要在上午给他打个电话，他们下次见面是在维多利亚车站。

乔治和内塔上了一辆出租车，但约翰尼在菲茨罗伊广场有个房间，他决定步行去。

夏夜回来的路上，他头脑清醒了，决定机智地摆脱布莱顿这件事。他现在的生活，已经够他喝一壶了，他不想让自己进入一个新的圈子，做更多的事情，不想给自己增加负担。此外，如果他再见到乔治，他想单独见他。他喜欢乔治，但只喜欢他一个人。他还是不喜欢那个女孩。

彼 得

请告诉，在大街小巷

是否都在说唱，骂我是个傻子？

他们是不是说，"他活该受罪"？

为什么呢？

——约翰·弥尔顿《斗士参孙》

一

如今，乔治·哈维·伯恩每天早上都会被酒店的一只毛茸茸的白猫叫醒。大约七点钟的时候，他会听到门外传来一声小小的叫声——与其说是恳求，不如说是暴躁的叫声，于是他就会在黑暗中跌跌撞撞地从床上爬起来，打开门。他会跌跌撞撞地回到床上，再也听不到任何声音。

然后，他的身体会突然有一个柔软的重量，猫会开始在他的头部附近移动。虽然他很困，但他可以伸出手来抚摸它的皮毛。

过了一会儿，这个动作似乎在动物体内产生了一种电子干扰——一种像飞机一样的悸动，音量慢慢增大，越来越近——猫在他耳边发出呼噜声。这种呼噜声，这种猫屈服于一种有节奏的、外部可听得见的悸动，似乎又引起了猫的一种狂乱，这种狂乱主要表现在它的前爪上，前爪在不安分的快乐的痛苦中，时而伸展，时而放松，右爪伸展，左爪放松，而另一方面，又是热切地交替着。乔治把这叫做"弹钢琴"。他不知道这只猫的名字，所以他叫它"猫咪"。"别这么吵，猫咪，"这个大酒鬼会在黑暗中轻声嘀咕，"别再弹钢琴了。"但是这只猫不会停下来，直到在乔治的头附近的床单下面找到一个地方，然后它就睡着了，乔治也会试图这样做。

但通常已经太迟了，过不了多久，他就会完全清醒过来，琢磨着自己生活中的问题，琢磨着前一天晚上发生的事情，想看看自己到底走到了哪里，又停在哪里。今天早晨，由于心里难受，脑子里发晕,他知道自己喝醉了,但一开始他记不起是怎么喝醉的,在哪里喝醉的……

然后一切都回来了——约翰尼·利特尔约翰和内塔!他们是一起出去的。还有一件事……还有什么?布莱顿!

是的。布莱顿。这就是他醉得这么厉害的原因——因为内塔说过他们都要去布莱顿。真是个傻瓜。好像会有什么结果似的。他们一定都喝醉了。真的,是吗?

和内塔一起去布莱顿……梦中的旧梦……他要把她带走,独自拥有她,远离所有的人,远离彼得和米奇,远离伦敦,远离喧嚣,安静地待在乡下,或者海边。一家小旅馆。不一定要和她上床——只要能安静地看着她,和她说话。

这曾经是他理想的天堂——当然,现在已经太晚了。自从在小储藏室里不经意间所看到的,一切都太迟了。一切都结束了。他不再那样爱内塔了。至少他不应该这样。

那是好几个星期以前的事了——它发生在早春的时候——第一个真正温暖的春日——就像夏天一样。耀眼的阳光照在伯爵宫的人行道上之后,温暖而柔和的夜色降临了,他们开着窗户……

他们围坐在米奇家打扑克——米奇母亲的公寓,一楼的餐厅面向广场。有彼得、米奇、内塔、他自己,还有那个可怕的、爱说俏皮话的、忸怩不安的苏格兰人麦克雷，他是新来的，但傲慢自信。

像往常一样，他，乔治，输了，又像往常一样加倍下注以弥补损失，又像往常一样输得更多。大约十点钟的时候，他让步了，说他要"看"。然后他们想让他出去买三明治和啤酒。但一开始他不愿意。他对输钱暗自生气：他们把他所有的钱都赢走了，现在他们想把他像跑腿的一样打发出去。他们以前也这么干过：他总是输，而且他总是跑腿，他们以为自己可以随意对待他。"不，"他说，"我一会儿再打。如果想要什么东西，我们就一起去吧。"

对此，大家异口同声地表示反对。"哦——闭嘴吧。"——"别娘娘腔。"——"如果你不玩，为什么你不能做个有用的人？"……但他坚持己见，最后内塔开口了。

"别犯傻了，乔治，"她说，"照我说的做，规矩点。我渴了。"

他们都为此欢呼鼓掌，但他仍然坚持自己的立场，最后米奇说他要去。接着是更多的争论，最后，因为米奇至少做了一个手势，他让步了。他知道自己既愚蠢又懦弱，不可能这么做，但他们对他来说太难了。他们俩在一起总是让他吃不开。

他被冷落了，被孤立了，但还是很听话，在天鹅绒般的夜色中，他绕到"黑鹿"酒吧去了。他故意让他们等着，不管怎样，他自己喝了两杯酒。然后他买了一堆三明治和三夸脱的瓶装酒就回去了。

当他到达房子时,门外除了彼得的车外还有一辆车,他们都要离开了。米奇的表弟杰拉尔德也来了,他留着小胡子,长得很像米奇(他以前见过一次),他们都要和他一起到别的地方去喝酒。他不知道他们要去哪里,但他在前面找了个座位,旁边是开车的杰拉尔德。他们现在不想要三明治和啤酒了,因为杰拉尔德带来了一些威士忌,他们正从保温瓶里倒酒喝。

他不知道他们到底住在哪里,但大概是在郊区的某个地方——奇斯威克或阿克顿之类的地方——在一长排房子中间的一所小房子里。他们很吵闹,以至于一个老妇人从窗口对他们大喊大叫,这引起了许多欢笑和争吵。然后他们被带到一间前屋,那里有三明治和许多饮料。有人结婚了,或者中了彩票,或者两者兼而有之。不管怎么说,这里有许多可喝的,这就是杰拉尔德把他们带来的原因。有几个陌生人,他们很快就都喝醉了。在这一切的过程中,他们在黑暗的房子里玩起了捉迷藏,然后来到了小储藏室。

它在楼上的一间卧室里,他正挣扎着想找个地方躲起来。他拉开门,看见他们——内塔和彼得——在那里面。外面街上,灯光如水,他把他们看得一清二楚。他保持了头脑冷静——感谢上帝——他保持了头脑冷静。

"啊——哈——活生生的春宫图啊,我看见了。"他漫不经心地、快活地说，仿佛他什么也没看见，仿佛他们是陌生人似的，他立刻把门关上，跌跌撞撞地走出了房间。他的反应像闪电一样快：他们不可能知道他看到了什么。他们一定以为他认为他们是另一对。这是他唯一的安慰，当时也是，就像现在一样——唯一一件保全他自尊心的小事。

当他走出房间时，他找到了通往屋顶的路，在漆黑的楼梯上坐下来。内塔和彼得竟然这样！

一直都是这种关系，他却不知道！内塔和彼得！他们一定从一开始就在嘲笑他。他绝对不会相信的。就是这样。好了，现在一切都结束了。他现在完了。他坐在楼梯上，由于受到惊吓而昏昏沉沉的，由于喝得醉醺醺的，他相信自己几乎是高兴的，因为现在他想通了。

过了一会儿，楼下的灯亮了——游戏结束了，醉汉继续往前走。他想留在楼梯上，把这一切重新考虑一遍，但他决定必须装出一副严肃的样子。不管怎样，总有一天，他会报复的，只要他们不知道他知道。后来，以某种方式，在他们最意想不到的时候，他会漫不经心地说一句，表示他一直都知道，表示他对他们很明智，表示他不在乎，也从来不在乎。不是现在，而是以后，当他以某种方式高高在上，当他找到另一个女孩的时候。他必须再找一个女朋友——他必须假装找到了一个。

他下楼又给自己倒了一杯。与此同时，彼得也给自己倒了一杯，他对他说话，脸上没有露出任何表情，声音中也没有透露任何信息。

内塔在房间里，但他不敢看她。她会发现他是否看着她或对她说话。

很快，一切都变得疯狂起来———一个女人摔倒在灯座上，受了伤；米奇把灯罩罩在头上，过了一会儿，他摇摇晃晃地上楼想吐。他走上去把米奇扶了出来，当他们下来的时候，大家都觉得聚会结束了。

在回去的车里，他又和杰拉尔德坐在前面，彼得和内塔坐在后面，还有一个喝醉酒的男孩，大约二十一岁，他们让他搭车，他大部分时间都在唱歌——唱歌，而彼得和内塔却沉默着——像橱柜一样沉默着。他不时地从反光镜里看到他们，彼得的嘴贴在她的嘴上，她高兴地抬起了膝盖……然后他们加入唱歌，然后他们又沉默了……他们以为自己骗过了他。他们没有意识到有反光镜。或者他们不在乎？两种可能都有。他们当然喝醉了……

他们把内塔送到她的公寓，然后他和彼得在车站下车。他和彼得去了咖啡摊，和他一起吃三明治。彼得买了一些袋装的三明治，他们互道晚安。然后，他在夜晚的寒冷和恐惧中颤抖着，沿着伯爵宫路跟踪彼得，看着他向内塔的公寓走去。彼得拿着那把大钥匙从前门进去了，这把钥匙正是乔治去给内塔买东西时她给他的那一把。

他看见内塔的窗帘后面有一道光。就是这样。他想四处逛逛，但天太冷了。这个夜晚，他们又暖和又舒服，他可不想在寒冷的天气里晃荡。他们把他撇在外面受冻。屋内温暖，外面严寒，这个漫长的春日夜晚在凌晨两点钟结束了，他得上床睡觉了。早上，他要面对宿醉。

二

奇怪的是，宿醉并不像预期的那样。当他醒来并回忆起来的时候，他感觉到的不是令人呻吟的痛苦，而是一种有趣的平静和解脱的感觉。他有一种感觉，觉得自己在喝酒这件事上总算有一次表现得恰到好处而且明智。他保持了头脑清醒，他没有暴露自己，也没有丢掉尊严，他有完美的不在场证明。他们什么都不知道，而他什么都知道。以一种奇怪的、颠倒的方式，他觉得自己才是老大。

但还有别的东西。从内塔身上有种解脱的感觉。通过委身彼得，她把自己变成了另一个人——一个放下身段、更卑劣、不那么难以接近的人。当然，对他来说是不可接近的，但不是人人不可接近她。他不但不嫉妒彼得，反而有点感激他。他把她贬到了彼得那样卑劣的层次——在这个层面上，她并没有那么伤心。她不再是四月雨中的紫罗兰和樱草花，她是伯爵宫一个与下流男人同床共枕的女人。彼得干得好。

这种情绪能维持下去吗？他是不是他们所说的"令人厌恶的人"？他现在有机会不再爱她了吗？

使他吃惊的是，他一度觉得有这种可能。那天早上，他绕道去接他们,到"黑鹿"酒吧喝了几杯,对自己的冷静感到惊讶。他一边跟他们说话,一边望着他们俩,他想起他们俩一起干的好事,他意识到自己对内塔的感情发生了变化。她仍然很可爱,他仍然想要她,但现在他不再像以前那样疯狂地爱慕她了。他想要她,就像彼得想要她那样——毫无疑问,她也曾委身其他男人。她是男人的玩物,得不到手,日子照过不误。至少他是这么认为的。

的确,那天上午喝了几杯酒后,他的灵魂开始暗自微笑。它对他感情上的这种变化和他对真相的秘密了解都报以微笑。他比几个月来任何时候都高兴。他很欢快,几乎熠熠生辉。大部分的酒是他买的。米奇吐过酒不禁后悔,他让米奇振作起来。他与内塔对视了一下,和彼得玩飞镖。"你今天上午状态很好。"内塔说。这使他内心更加畅快,因为这表明他完全成功地把他的新认知隐藏在他们的视线之外了。就连内塔也不知道,他之所以高兴,是因为他发现她和另一个男人睡过了。

在那个令人愉快的上午,他相信他已经和这帮肮脏的家伙一刀两断了,不久他就会从这个注定要在地狱里漂泊太久的悲惨圈子里出来。虽然到了晚上,他不再那么高兴了,他不得不尝试平息身体上的嫉妒和愤怒的骄傲带来的第一次令人作呕的痛苦,但他仍然竭力相信发生了好事,而不是坏事,几杯酒就使他恢复了正常,又高兴起来。

可怕的日子随之而来。他坚持要到他们身边去,和他们一起喝酒,像往常一样多和他们见面，举止要正常。只有这样，他才能暂时保住自己的秘密和骄傲。但是他发现，正如他所希望的那样，以前的那种渴望，那种必须像狗一样趴在她家台阶上的旧感觉，开始非常微弱地消失了。他发现自己有四十八小时甚至更长时间没有给她打电话，他发现自己整天在城里熬夜，他发现自己晚上不跟任何人商量就去肯辛顿看电影，然后沿着伯爵宫路走回去，在咖啡摊上喝杯茶，然后上床睡觉。

后来有一天，或多或少是出于偶然，他从肯辛顿公共图书馆借了一本《大卫·科波菲尔》。他多年前读过这本书，他想自己可以再读一遍。他认为这是一个好兆头，他甚至可以考虑再次阅读，实验取得了巨大的成功。他全神贯注地读着这本大部头的小说，在随后温暖的阳光灿烂的日子里，这本书几乎剥夺了他生活中的凄凉和孤独。温暖的天气和大卫·科波菲尔似乎共同使他心情平静。他有时在九点钟天还没黑就上床去，睡前读一会儿《大卫·科波菲尔》。

三

他开始感觉好些了，想到要"度个假"，到什么地方去泡个澡，打打高尔夫球。他开始把健康和戒酒看作是一个实际的问题。除此之外，他还注意到最近他的"麻木"情绪不那么频繁来袭了,他想这可能是因为他喝酒少了,生活也不那么喧闹了。圣诞节刚过,他的这种情绪就发作过一次——事实上,这种情绪已经开始把他吓得魂飞魄散了——但是现在,天气暖和了,有《大卫·科波菲尔》读,这些坏情绪似乎都要消失了。

有些日子他几乎不去想内塔,有些日子他什么也不想。一切都结束了,他对自己如是说,但为了保住自尊,他还得继续见她和彼得。他不知道自己是不是在骗自己,只知道见她是因为自己还是离不开她。

后来有一天,彼得去了约克郡,她给他打了电话(她给他主动打了电话!)请他过来。她收到了一封来自一个小裁缝的威胁和半是勒索的信,她希望他能帮助她。他赶过去,看见了那个女人,便自掏腰包解决了这件事。那天晚上,她在自己的公寓里请他喝了几杯,并表示,如果他愿意的话,他可以带她出去吃饭。他带她出去了。她没有坚持要去佩里耶酒店,于是他们去了苏荷区一家便宜的小饭馆。

这当然是致命的。他曾试着认为那并没有发生,那并没有使他重新振作起来,但现在他知道那确实发生了。

那个地方小而安静,坐在她对面,仿佛回到了过去——他刚认识她的那三个星期,那时他天真地想象着她没有背景,没有醉鬼,没有彼得在背后支持。那天晚上她非常非常可爱。他隔着桌子望着她,她又变成了紫罗兰和樱草花。他没办法。他只是不想为彼得和他所知道的事而烦恼。彼得走了——这是过去的事了——至少不是眼前的事了——内塔又变回了内塔。

接着,她说了一句话,使他激动起来。他不记得上下文,但他能准确地记住单词。"恰恰相反,我亲爱的伯恩,"她说,"你这些天显得体面多了。"这使他兴奋起来,令他念念不忘。那天晚上,他把这些话语带回到床上,仔细品味。如果他振作起来,少抽烟少喝酒,有没有可能还有机会得到她?如果彼得得到了她,他为什么不能呢?毕竟,她是可以得到的。他就不能像个男子汉一样,振作起来,得到她吗?并不是说他真的那么想要她。他想永远拥有她,爱她,娶她,住在乡下。但如果他能让她这么做,这将是第一步,这将是一些东西。此外,如果他能那样得手,他可能就不再爱她了。事情就是这样发生的。

他又开始胡思乱想了,这就意味着他又开始酗酒了。

他读完了《大卫·科波菲尔》,没有按原计划把它还回图书馆,而是接着读了《马丁·丘兹莱维特》。大卫·科波菲尔的时代结束了。

然后重要的日子来了,他碰到了约翰尼·利特尔约翰——一个非常重要的日子。他也不知道自己为什么在再次见到约翰尼后如此高兴,但他的心情比多年来任何时候都轻松。这并不仅仅是因为他喜欢约翰尼,或者约翰尼使他想起了过去的日子,而是另有原因。这是一种感觉,也许他现在有了一个朋友——一个真正的朋友——他有了一个背景。

以前有过这种背景的总是内塔,而被孤立的总是他——她那陌生的、自以为了不起的帮派中的一个闯入者。总是他孤身一人面对着许多人,他成了跑腿的,去拿三明治的,被那些不友好的人当做蠢人。但是,如果他一直有一个自己的朋友,一个可以与内塔竞争的背景,又会怎样呢?如果,毕竟,他有其他朋友圈——有密友并从中获得快乐——一个她可能被排除在外的圈子,而他在其中得到了充分的人的尊严和其他人的尊重呢?这是一种治愈的想法,他很快就下定决心,一定要安排内塔和约翰尼见一面。

他有一个聪明、令人印象深刻且事业有成的朋友。当得知约翰尼供职于菲茨杰拉德、卡斯泰尔斯和斯科特公司时,他大吃一惊。他知道内塔——那个很少对人感到敬畏的内塔——对他的公司怀有一种隐秘的敬畏。他知道在某种程度上她是在追求著名的埃迪·卡斯泰尔斯(上帝保佑,他似乎不为所动)。他想起了在佩里耶酒店的那一幕。这就是为什么她经常光顾佩里耶酒店——只是想偶遇埃迪·卡斯泰尔斯。他居然有个朋友在那个公司里!——他是埃迪·卡斯泰尔斯的朋友,他每天都和埃迪·卡斯泰尔斯见面交谈!他会让她大开眼界的!他会向她展示他有一些朋友——而且是一些非常有用的高层朋友。

唔,他也许可以通过约翰尼把她介绍给公司,给她找个工作呢。

那就太可笑了，毕竟发生了那么多事情。彼得会怎么想？他必须让约翰尼保持警惕。只要他保持头脑清醒，就会有惊人的可能性。这一次，命运似乎给了他一个善意的而不是肮脏的诡计，而且，突然地，把秘密武器交到了他手里。

事情不是在好转吗？她不是说过"恰恰相反，我亲爱的伯恩，你这些日子比以前体面多了"吗？约翰尼于他，是新的武器、新的资源，他不是从这位好友那里找回尊严了吗？

然后，昨天晚上，事情发生了——约翰尼和内塔相遇了——他当然喝醉了，把一切都搞砸了。就在他想保持清醒的时候，他喝醉了。内塔和约翰尼在一起，喝着酒，显然很喜欢对方，他高兴得发疯了：有一个体面的、绝不是平庸的朋友可以展示给内塔看，这是一种非常新奇和愉快的感觉，可以说是和他在一起，以二比一的方式对抗内塔——他简直无法阻止自己喝醉。后来，有人提议去布莱顿，内塔说她要去，他简直为之疯狂了。昨晚喝酒时，他以为他所有的烦恼都差不多结束了，内塔同意一起去，开启了一种新的时代，自是妙不可言，不在话下。

他一定是出丑了。他向上帝祈祷，希望自己没有使约翰尼感到震惊或厌恶。既然他找到了他最好的朋友，如果得而复失，将情何以堪！

这一切意味着什么呢？当然，什么也没有。这都是些醉醺醺的胡言乱语,要是再对他们俩提起布莱顿,恐怕就有失品味,有失饮者的礼仪了。只是第二天没有认真对待这样的事情。

或者他们是认真的?他得给约翰尼打电话打听一下。内塔当然不会来了,但他可以和约翰尼在海边过夜。但他并不喜欢。像他这样的脑袋,他都不知道怎么起床,更不用说去海边了。

他希望自己不至于这样惨。他走近那只白猫,抚摸着它的毛。如果他想吃早饭的话,马上就要起床了,他得自己弄点吃的。

他听见女仆在外面楼梯平台上吱吱嘎嘎地走动,从远处传来旅馆各处水龙头打开的嘶嘶声,水管里神秘的汩汩声,以及那些清醒的、敬畏上帝的住客卧室里热水和冷水流动的声音。那只白猫,经他一抚摸,精神振奋,开始呜呜地叫了起来。新的一天开始了。

四

乔治·哈维·伯恩十一点钟给她打电话时,内塔·朗登还在睡觉。

喝了一夜酒之后,她总是在早上五点半左右醒来,打开灯,看两个小时左右的杂志或报纸,然后再睡个回笼觉,一直睡到十一点或十二点。

她拿起听筒,模模糊糊地听到乔治在说什么布莱顿的事。她听见他说，事情似乎告吹了，因为约翰尼（她记得，约翰尼就是昨晚跟他们一起出去的那个小个子男人的名字）刚刚打电话给他，说他终究不能去了。当然，她"头疼"，她懒得听他说话。

"好了，"她说，"我现在很困，就要睡着了。等我醒了再过来谈谈。"

然后，乔治说他会在十二点后的某个时间过来。她放下听筒，又睡着了。大约半小时后，她又醒了，呆呆地想着各种各样的事情，忽然想起她曾邀请乔治大约半小时后到她的公寓来。她平时上午不让乔治进她的公寓，她不明白这次为什么破例了。然后，她的思绪又回到了前一天晚上，她模模糊糊地意识到，她听从了正确的本能，允许他来看她。

内塔·朗登对每件事都用一种奇怪的迟钝而野蛮的方式去思考，而且在很大程度上是凭本能行事。她的脸和身体表面所显示出的那些品质——沉思、优雅、热情、敏捷、美丽——全都荡然无存，她的的确确就是个阴险的女子。从外表上看，这位伯爵宫里的夜猫子，这位经常出入电影经纪人办公室的人，正是诗人拜伦所描绘的那种人。

　　她款款而行，

　　美丽无限，

　　无云夜晚，

繁星满天,

难掩其容颜。

行动处,天地精华尽收其眼间……

多一道阴影,少一道光线,

岂能看清其容颜?

宁静而甜蜜的思念,

徘徊在心间,

多么纯洁,多么强健。

然而,她的思想就像一条鱼——一种漂浮在水箱里的东西,沉思着,只顾自己,冷漠,一本正经地朝着目标前进,或者毫无动机地慢慢转向一边。显然,她生来就对思想和行为没有任何天生的偏好,而她早年生活的环境似乎也使这两种偏好都显得多余。由于外表美丽,她从一开始就被"宠坏"了;她大张旗鼓地要实现自己的愿望,而且实现的速度与她的想法大致相同,但她却变得完全麻木了:思想和行动都衰退了。她没有天生的慷慨(正如乔治所察觉的那样),没有本能去"善待"别人或小题大做去回报别人,她变得像一条鱼。

或者,她变得像个罪犯。由于缺乏慷慨,她缺乏想象力;由于冷漠,她形成了一种既不向前看，也不回头看，不比较，不推理，也不综合考虑的心态。因此，在眼前，她想要什么，就去做什么，从不考虑道德或物质这些因素，而这些因素通常是由无犯罪行为或有远见的社会成员考虑的。

今天早上内塔醒来时，她明白自己感到很不舒服，头晕目眩，她感到"头疼"，但她并没有把她的"头疼"和前一天晚上——和她喝醉的事实——联系起来。她也没有能力把她现在的病感和未来联系起来：她不知道通过努力不再喝醉可以防止这种感觉的复发。她只是在默默地忍受着——作为一个惯犯，一生都在"监狱"进进出出，忍受着"牢狱"之苦。

这并不是说内塔在有意识的思考和行动方面已经半萎缩了，不能有效地过她的生活，也不能有效地实现她的大部分愿望。她可能或多或少是无意识地找到了自己的路，但这将是相当精确的，就像一个梦游者跨过障碍，关注自己的切身利益一样。当她告诉乔治今天上午过来时，她当时并不知道自己为什么要这样做。然而，有一个很好的理由。她必须从他那里讨些钱花的时候到了，因为昨晚就布莱顿的话题谈了那么多，他把自己说得心花怒放，一副一掷千金的神态，现在时机成熟了。

她对当地的紧急生活所采取的那种枯燥无味的、鱼一般的思维方式，概括地描述了她对自己存在的态度。她并不是没有野心，她在操纵着一种路线，但是很模糊，没有任何热情和连贯性。她曾一度希望能在电影方面有所成就，现在她还隐约抱有这样的希望，但她无法把这种雄心壮志同使其成熟所必需的劳动联系起来。她期待着它会像迄今为止所有的好事一样降临到她身上，因为她的美貌具有一种固定不变的磁力。她过去的工作就是这样得到的，这就是她那冷酷无情的头脑对将来的设想。

再者说，她并非没有激情。例如，她对目前的生活方式非常不满——这本身就可以说是一种激情。但她也并非没有肉体上的激情：她喜欢富裕舒适的环境，她喜欢喝酒，甚至喜欢男人。但即使于此，她也没有任何动力或协调能力。她继续忍受着肮脏的环境，只要喝醉了酒，一不小心就和男人上床，没有计划，只要机会或意愿出现。

乔治以为她和彼得有永久的关系，有过去也有未来，但他错了。她只是在喝得酩酊大醉时才偶尔委身于他，而他则强迫她这样做——断断续续地，毫无真爱可言。总的来说，她不喜欢彼得，并且也鄙视他，哪怕只是作为她不喜欢和鄙视的环境的一部分。

奇怪的是，如果说她此刻对哪个男人有什么强烈的感情的话，那就是对菲茨杰拉德、卡斯泰尔斯和斯科特公司的埃迪·卡斯泰尔斯，而她却无法与人家建立任何令自己满意的联系。

大约一年前,她在一两次宴会上见过他,出于种种原因,她被他吸引住了。她被他的外表、他的世故、他的衣着、他的个性所吸引;她被他的冷漠、漫不经心的态度所吸引,这种态度带着一种略带嘲弄的友好;当然,最重要的是,她被他的富裕和权力、他交往的人、他经常光顾的地方、他作为合伙人的公司所吸引。和埃迪·卡斯泰尔斯在一起就是和高层人物在一起,无限的可能性向其敞开,抛开所有令人厌烦的准备工作,她可能会从伯爵宫一个普通女子直接进入成功者、富豪或明星的行列。他并没有向她示好,但是在她单独和他在一起的几次短暂的场合,或者她在他的公寓里只有几个人的时候,她觉得他不止一次向她投来好奇的、幽默的、短暂的一瞥。她无法理解那目光的确切含义,但它立刻使她想到有可能成为他的情妇,这个想法一产生,就以其巨大的潜力,形成了一个秘密的实际野心。从那以后,每当跟她在一起的人提到埃迪·卡斯泰尔斯的名字时,内塔·朗登的脸上就会露出一种心不在焉的神情,表示她在思考,她就会想要改变话题,好像她的私事正在被讨论似的。

在这件事上,她没有进展,既然她已经失业了,她没有任何实际的办法同这个人进一步接触,正是由于这个原因,正如乔治自己所猜测的那样,他偶尔会有幸带她去佩里耶酒店楼上的房间,她知道他经常去那里,她希望在那里偶然遇见他。

但是，卡斯泰尔斯先生似乎对偶遇没有任何反应，在没有朝这个方向前进的情况下，总的来说，内塔越来越倾向于彼得。除了那个她得不到的男人，她不需要别的男人，任何一个离她最近的男人，都能满足她的目的。虽然她不喜欢彼得，看不起他，但是他身上有某些品质，微妙地，或多或少地，不知不觉地，引起了她自己性格中的某种东西的共鸣——一种冷酷、残忍和刚强，也许和她自己的性格很相配。

比如，她喜欢彼得，是因为她知道他的过去——他曾两次入狱，这一点很少有人知道。他曾因在一次政治会议上袭击并打伤一名男子而入狱，又因酒后驾车撞死一名行人而入狱，这一点她很喜欢，这一点刺激了她。她喜欢整个气氛，她喜欢这些行为本身，也喜欢监狱。两者都提供了一些血腥、残酷和不寻常的东西，给他带来了一种独创性的光环。

此外，这个男人还有其他方面也引起了内塔的反应，这些方面使他变得有趣而容易相处，使她能够"忍受"他，而她却不能"忍受"那些强迫她注意的普通男人。她对他了如指掌，她知道他是那种内心深处想强烈报复社会的市侩小人。她知道，在他那张像菲利普四世一样苍白、阴沉的脸背后，只要一提到有钱阶层的人，不管是有爵位的还是有钱的人，他就会皱起眉头。她知道他心里对自己的教养怀有恐惧和病态的愤怒，知道他没有上过一所像样的公立学校。她知道，在故意装出一副漠不关心的样子的背后,他对为数不多的几个在他看来是对的人,每一个都紧紧抓住不放。她知道他的政治活动,他过去的实际"法西斯主义",就是源于这种病态的嫉妒和激情。由于出身贫寒的缘故,他被驱逐出了那个他曾秘密地狂热地想要成为其中一员的阶级,但他并没有愤怒地转向那个阶级,也没有与其他阶级同甘共苦。那就等于承认失败。相反,他想美化它,巩固它,把它浪漫化,使它比原来更加自我——他希望这样,在他那野心勃勃的、扭曲的头脑中,最终能从它那里得到某种回报,在他所预见到的那种更加激烈的情况下,在它里面占有一席之地,甚至是领导地位。内塔知道这一切,非但不排斥,这反而对她有一种明确的吸引力。这是因为,她像鱼一样,有着和他一样的社交抱负和虚荣心。

因为尽管内塔的生活方式放荡不羁,她公开承认并多少有点"特立独行",但在她的内心深处,她却有着完全不同的自我形象。她真正的心并不在二手跑车、路边小屋、小吃店和伯爵宫酒店里的飞镖板上,而是在社会专栏、《素描》《闲谈者》或《时尚》的插图页上萦绕不去的某个地方。即使对她自己,她也不会承认这一点,但这正是她内心的审美幻想所在。她没有彼得那种狂热的、痛苦的社交虚荣心和抱负,但她和彼得一样,私下里和他在精神上是一致的。

除此之外,她还有另外一种感觉——一种对现代世界中普遍存在的东西的感觉，一种难以理解和难以描述的东西，但她知道彼得和她自己一样能体会到。

这种东西，她描述不了，也许无法描述，与那些社会专栏有关，与血腥、残忍和法西斯主义有关——两者的混合。这件事对她的刺激和微妙的吸引力，就像彼得进过监狱这件事一样。这不是公开的法西斯主义意识形态；她会嘲笑一切有任何强烈意见的人。另一方面，它很可能是法西斯主义意识形态的一个方面。她嘲笑法西斯主义，人们以为她不喜欢它，但实际上她非常喜欢它。私下里，她喜欢那些列队行进、严守军规的男人的照片；私下里，她为希特勒的外表所吸引；她并不是真的认为墨索里尼长得像个滑稽的窃贼。她喜欢制服，喜欢枪，喜欢马裤，喜欢靴子，喜欢纳粹标志，喜欢衬衫。她很可能受到这些东西的性刺激，就像她受到斗牛的性刺激一样。不知怎的，她模模糊糊地意识到这一切的阶级内涵：她把它与自己秘密的社交抱负联系起来，她真希望在这个国家也能看到类似的东西。当然，战争的念头使她心烦意乱，因此，在《慕尼黑协定》期间，她产生了无上的喜悦（乔治看到了），因为战争一下子就避免了，她本来不喜欢和嘲笑的事情，实际上却如此吸引她，被允许以新的力量继续前进。

可以说，这种对暴力和残暴的感觉，对欧洲大陆法西斯主义的壮观和全景的感觉，构成了她首要的冷漠的审美乐趣。她几乎没有别的朋友。她几乎什么也不读，对音乐和绘画也没有什么反应，从不去看戏，也很少去看电影。虽然她有一种本能，只要她愿意，就能穿得漂漂亮亮，但她甚至不喜欢漂亮的东西。她只喜欢对她个人和身体产生直接影响的东西——睡眠、温暖、一定数量的陪伴和交谈、酒、喝醉、美食、出租车、安逸。她甚至对阿谀奉承也没有什么反应，除非是男人恭维她并答应提供这些必需品。她自甘堕落，虽然她看上去像拜伦笔下的美人，但其实她是一条鱼。

然而，对于乔治的奉承和崇拜，她不仅仅是无动于衷，而是怀有敌意。这不仅是因为他的无能、他的沉默、他的天真和他那挥之不去的执着，所有这些无论如何都会使她烦恼，还因为他并非完全没有用处，因为他不像她（也不像彼得、米奇和其他人），他在银行里有一笔存款，这很奇怪而又不可改变，天意如此。光是有这么一笔不寻常的钱就使她十分恼火，更使她恼火的是，她得不断地花这些钱，要么是花在酒店、出租车、餐馆，要么就是直接向他借钱。他的固执和愚蠢，使她既恼火又丢脸，但乔治天生如此，因此也就更使她恼火和丢脸了。

当然，正是由于这些原因，她很少能对他彬彬有礼，只要有机会，她就喜欢在别人面前或私下里看他受辱。乔治在她的圈子里是一个走狗，一个愚蠢的跟班，一个跑腿的，这种观念实际上是由她产生的，并且是由她延续下去的。

不过，也有一些时候，她不得不努力表现得非常有礼貌。今天早上，她躺在床上，意识到自己采取了一种不同寻常的方式，请他过来看她，这时她意识到，这样的时刻终于来了。昨晚喝酒时，他答应给她必要的钱，带她去布莱顿。她可以借此得到一些钱，然后被带到布莱顿，就像她当时看到的那样。她甚至认为她不去布莱顿也能弄到那笔钱。实际上，如果这个小个子男人（利特尔约翰，或者别的什么名字）也在布莱顿，因为他和她非常感兴趣的那家公司有关系，她并不反对布莱顿。可是现在乔治打电话来说他不能去了。那么，她怎样才能弄到钱呢？她想要十五英镑，当然，她还得有十英镑来支付紧急催缴的房租并用来打发打杂的女工。

她不太清楚。她已经洗了澡，泡了茶，穿好了衣服，不去想这些事就不烦恼。她生活在真空中，几乎看不到未来，也几乎不知道过去，她对任何事情都不怎么操心——尤其是乔治，奇怪的是，他们两人都不知道，他在某些时候一心只想着用暴力杀死她。

布莱顿

> 啊！疯狂的人才想借烈酒
>
> 浓酿来作养身的饮料。
>
> ……
>
> 我也混在他们中间暗暗地站着。
>
> 宴饮到了兴高采烈、日近中天时，
>
> 酒足饭饱，兴致勃勃，
>
> 于是转到余兴娱乐，便打发人去带参孙。
>
> ——约翰·弥尔顿《斗士参孙》

一

突然，当他们在这个阳光明媚、湿热的下午穿过海沃德希思车站时，他的心情变得沮丧起来。

他在一节普尔曼豪华火车车厢里。他坐在右边，面朝布莱顿方向，他那张桌子旁没有别人。车厢里只有几个人。午饭结束了，但桌上还放着被午饭弄脏的白布。他喝着啤酒，突然心情一阵沮丧，意识到自己很可能又出洋相了。

在那一刻之前，他一直沉浸在欢乐、啤酒和夏日午后的温暖与壮丽景色之中。自从内塔叫他出去搞一份列车时刻表以来，他从十二点就一直在喝啤酒。他变得越来越快乐，越来越快乐。当他登上火车时，他感到无比的快乐，他没有吃午饭，而是点了啤酒。可是现在，当火车驶过海沃德希斯时，他突然想到，他又像往常一样出丑了。

这一切似乎都是那么美好和简单。他是在差一刻十二点到那儿去的，从一开始就有一种滑稽的气氛。

前门是开着的，他摇了摇门环，走进客厅，立刻听到她从卧室里传来的声音。"是你吗，乔治？"她喊道，"坐一会儿，我就要出去了！"

他立刻从她的语气中感觉到一丝友好，当然，他立刻认为自己搞错了。"如果你能找到的话，橱柜里有啤酒。"她喊道。他说："谢谢你，内塔。"他从喝剩的一夸脱沃特尼酒中给自己倒了半杯。当然,他仍然不相信她的语气中有什么奇怪的亲切感,但他还是忍不住感到有点高兴。

她走出卧室,穿过起居室,去浴室拿东西。除了裙子,该穿的衣服她都穿上了。也就是说,她穿了套头衫、鞋子、长袜和内衣,但没有穿裙子。因此,如果你愿意看的话,你可以看到她膝盖以上的腿,到达腰部的内衣。当彼得和米奇在她的公寓里时,她经常这样走来走去,这总是让他感到震惊、尴尬和恼火。他知道,他不能因为眼皮一眨就表现出难为情的样子。他知道,她这一套装束,人们认为,如果她意识到自己没有盛装打扮,那在某种程度上是传统的、文雅的,甚至是淫荡的。但他暗地里却认为这是一种装模作样的行为。他既为这种装模作样的行为感到不快,又为自己被迫参与其中而感到不快。他也讨厌看她的内衣,因为,当然,这些内衣和她穿的其他衣服一样可爱得要命,这是他第一次看到。

这时他突然想到,以前只有他一个人在的时候,她还从来没有这样走进过客厅,而且总是有其他人在场——仿佛一大群人,这样一来,她的这种装腔作势就不具有任何个人的或亲密的意义了。他注意到了这一点,把这一点和她说话时的亲切,或者至少是不那么粗鲁相结合,他又感到高兴了,几乎敢于相信事情正在发生。

然后她回到起居室，没有回到卧室，而是走到壁炉前，拿了一支烟，点燃了，然后扑通一声坐在长靠椅上。

"喂，"她说，"你有什么心事？"

他把约翰尼的事告诉了她，还说那天早上他给她打过电话，说他去不成布莱顿了。然后他们谈了一会儿。接下来，不知怎么的，他不记得她是怎么说的了，她说："当然，不管怎么说，我的困境很糟糕。"

"困境？"他说，"你什么意思，内塔？什么样的困境？"

"哦，一般就是钱和物，"她说，"反正我也到不了布莱顿。"

"哦，我本来打算请你去布莱顿的。"他说道。

"是吗？"她说，"好吧，即使这样也不能让我摆脱困境。我真是一团糟。当然啦，你的精打细算是惊人的，你没有陷入这些麻烦。"

这里的气氛非常奇怪——他根本看不出来。她那安静而又信任的语气，她穿着内衣坐在他面前抽着烟，光是她早上邀请他到家里来，这一切都令人费解。她是在向他"求爱"，是要请他帮个忙，这难道可以想象吗？不——对他认识的那个严厉、骄傲、独立的内塔来说，这是不可思议的。尽管如此，他还是突然灵机一现，决定利用这个机会，利用这种他无法理解的奇怪的新气氛。他说："我想你不会跟我一起去布莱顿吧？"

令他惊讶的是，他看到她在回答之前停顿了一下（好像她正在考虑这个问题似的),然后她弹了弹烟灰,看着地板:"你到底是什么意思,乔治?什么时候?"

"我的意思是说现在,不要为约翰尼操心。"他说道,然后又害羞地笑着补充说,"我的意思不是说未婚同居!……只是去……"

再一次,使他大为吃惊的是,她停顿了一下,仍然望着地板,听着他关于未婚同居[1]的挖苦,微微地笑了笑,但并没有恶意。然后她站了起来,显然是想把烟灰缸里的香烟灭了,她和他一起来到壁炉旁。她离他只有两英尺远,而他就在那可怕的光环范围内。但他对她接下来要说的话太感兴趣了,几乎无法对光环做出反应。她终于开口了。

"嗯,我不知道,"她说,"如果你能帮我付一些账单,我不介意离开一段时间。"

当然,从那一刻起,他欣喜若狂。

"付你的账单!"他说,"唔,我当然会替你付账。嘿,内塔,这太棒了。我当然会付你的账单!啊,这太棒了!"

"嗯,"她说,"可不是一笔小钱……"可他就是不愿意听她说下去了。后来他才知道,他得给她十五英镑,但那时他已经很激动了,别说十五英镑,即使给她五十英镑,他也几乎不在乎了。

---

[1] 原文为"living in sin",西方教义认为未婚同居违犯道德规范。——译者注

又谈了一会儿,她说她今天确实去不了,因为她有些事情要做,不过她明天就去。最后,他们决定由他先去找一家旅馆,她和他一起去。这使他非常高兴。多么艰巨的任务啊!去布莱顿找一家旅馆为内塔的到来做准备!

甚至准备去布莱顿也是一项艰巨的任务!他今天必须走——他马上就决定了。当然,他们得留意火车,为此他们需要一份列车时刻表。"好吧,我们很快就能解决这个问题,"他说,"我现在就去!"他非常高兴,想要行动。他甚至想离开她,这样他就可以想着她,想着这一切。他离开了她,答应带一份列车时刻表回来,当然,他做的第一件事就是去最近的酒吧点了一品脱[1]啤酒。在这之后,他喝了一杯杜松子酒和法国酒,并设法从酒馆借了一份列车时刻表,酒馆的人说,如果他将来把它还回来,他可以把它拿走。

"我恐怕是太激动了,所以我去喝了一杯。"他回来时说。然后他们开始谈论火车,而她在房间里走来走去,穿好衣服。他们决定五点五分出发,六点五分到达,这是她应该赶上的火车,他将在车站与她会合。"好吧——就这么定了。"她说。然后他给了她一张十五英镑的支票,这张支票是他在酒馆里写好的。

---

[1] 品脱:液体单位,约等于半升。——译者注

"真的,乔治,你真是太体贴了。"她用她那有趣而干脆的口吻说道,好像是在模仿正式讲话,"我会还你的,不过你可能得等一阵子。"

"哦——别为这事操心了。"他说道,他不知道这到底是借给她的,还是他自己白白送给她的。

终于到了该走的时候了,因为她和一个女人约好吃午饭。当他在门口告别的时候,他觉得自己充满了自信,以一种坦率的、几乎是兄弟般的方式充满了深情和感激,他想吻她一下。他犹豫了一下,然后决定不去这样做。这看上去好像他是在利用自己对她的恩惠,好像他期望将来从她那里得到比平时更多的东西,甚至好像他粗暴地想象着她同意和他一起去一个有名的海滨小镇是一种交易。所以他只是握了握她的手,就像他总是做的那样。当他离开她时,是那么悲伤、奇怪、害羞、笨拙。

他径直回到酒馆,又要了一杯啤酒。他通常在中午尽量不喝太多酒,但今天他想喝多少就喝多少。难道他没有东西喝,没有东西想吗?

他边想边喝,边喝边想边抽烟。看在上帝的分上,这一切意味着什么?这是一种改变吗?难道她的感情改变了,他的坚持战胜了她,使她将来对他好些,使他将来甚至有机会和她在一起吗?

如果有变化——为什么?她是因为自己变了才变的,还是有别的动机?她是想从他嘴里套出什么吗?是的,十五英磅。但是内塔,那个蔑视他的精明而残忍的内塔,绝不会使用这样庸俗而明显的诡计——她会太骄傲还是不会太骄傲?也许,她只是一个普通的小阴谋家,为了从他那里得到一些钱而玩弄他?像妓女一样?也许她只是一个普通的小妓女?啊——如果她是妓女就好了!如果她是,你可以花钱买,然后拥有,然后再摆脱,这样就好了!

她就那样不穿裙子在房间里走来走去……也许他完全看错了这个女人。也许(你永远不知道)她和彼得在一起只是因为他给了她钱!也许到了布莱顿以后,他自己也应该试着像个男人一样(而不是像伊丽莎白时代诗歌中一个孤独的牧羊人那样)跟她做爱。也许她预料到了。这并非不可能。

接着就是约翰尼的问题了。他的这种联系给她留下了深刻的印象——这一点他看得很清楚。不管出于什么原因,她对菲茨杰拉德、卡斯泰尔斯和斯科特公司非常感兴趣,约翰尼是这家公司的一员,他又是约翰尼的老朋友,因而大大增加了他的身价。如果她态度的改变是由于他和约翰尼的关系——这是她昨晚才发现的吗?如果约翰尼是他的王牌呢?这也不是不可能的,他一定要尽全力去玩。

但这又有什么关系呢?她的态度改变是纯粹出于自私、精明和物质的原因,还是因为某种原因她突然更喜欢他了,这又有什么关系呢?问题是,她的态度变了,答应跟他单独住在布莱顿。

这对彼得来说是一个多么大的打击啊！对米奇和他们所有人来说，这是多么大的打击啊！连续几天，他将一个人陪着内塔——内塔·朗登——这个骄傲的、令人垂涎的美人。独自一人，远离他们。他要和她在波光粼粼的海边交谈，倾听，观看海景，一起散步，一起被人看见，一起静静地，甚至愉快地厮混。他甚至可以和她做爱，在黑暗中伴着大海的声音吻她——像个男人一样和她做爱——任何事情都有可能发生。

他真诚地相信，形势已经发生了变化，潮流已经发生了转变。他非常高兴。他边喝酒边思考，边喝酒边抽烟。最后，他回到旅馆，收拾好行李，乘出租车穿过阳光灿烂的街道前往维多利亚。然后，他在自助餐厅又喝了一杯啤酒，然后上了火车。

然后，一切都保持得很好，很可爱，直到突然，当火车驶过海沃德希思时，他想起自己中午喝醉了，又像往常一样出丑了。

当然，她是不会来的，她会找个借口的。他只是因为中午狂饮了一顿，坐上了开往布莱顿的火车。他扔掉了自己珍藏的十五英镑，一切都失去了。

火车仿佛觉察到他突然又回到了悲惨的境地，它自己也突然犹豫起来，慢了下来，最后停了下来，不是停在车站，而是神秘地、悲惨地、困惑地停在了旷野上……

阳光照在他的头上。现在车轮静止了,可以听到一只黄蜂或一只青蝇从车厢的另一端嗡嗡作响……一个无聊的乘客在翻动报纸时把报纸弄得嘎嘎作响……还可以听到陶器的叮当声和后面厨房里服务员的谈话声。

伦敦,内塔,一切都那么遥远,那么炎热,那么平静……你怎么能想象她收拾好行李,搭上出租车和火车,到布莱顿去见他呢?

他真希望自己没有出丑。他希望自己不是这样一个傻瓜。

二

有一大群鲜艳的女孩,从伦敦的"幸运蒂普"卷烟厂出来,在镇上大喊大叫,四处乱窜,到处是鲜艳的颜色和喧嚣的声音,影响了这座城镇的品质,就像一滴高锰酸钾会影响一大杯水一样。

他们三五成群地走来走去,在他向海边走去的路上,大胆地、不怀好意地、但也许并非不招人喜欢地望着他。她们戴着美国水手帽,带着奇怪颜色的礼物。他没有预料到这一点,这使他的生活和他突然被送到"海边的伦敦"更显得奇怪。

他们最密集的地方是宫殿码头,所以他沿着船头向西走去——但到处都很拥挤,甲板上的遮篷和躺椅都坐满了,一边是令人眼花缭乱的缎蓝色大海，闪闪发光，发出咕噜咕噜的声音，另一边是呼啸而过的车流、沥青和灰尘，人们身上都散发着热气。

在后面，如果你愿意听的话，可以听到远处隐约传来人们在下面拥挤的海滩上行走的声音，或者更确切地说，是在沙滩上滑行的声音——这是布莱顿旅游旺季特有的嘈杂声。

他把手提箱留在车站了，他告诉自己，他正在四处闲逛，为自己和内塔找一家合适的旅馆。但他并没有这么做，因为他很清楚自己要待在哪里。他打算住在城堡广场旁边的小城堡里，因为这是他在鲍勃·巴顿时代和鲍勃·巴顿一起住过的地方，因为他想住在他熟悉的地方，因为他知道那里相当便宜，因为他没有精力和主动性去开辟新的领域，去找一家不熟悉的旅馆。

他没有料到会有这么多吵闹声、人群和"幸运蒂普"卷烟厂的女孩。即使内塔来了，他也无法想象她会在这样的环境中出现。他该拿她怎么办呢？他该把她带到哪里去呢？嗯，也许他可以在白天带她到乡下去，他们可以在小旅馆里安静地吃饭，而且，不管怎样，"幸运蒂普"卷烟厂的女孩们今晚就要回去了。反正布莱顿晚上也会很安静，他们可以找个地方安静地吃顿饭，然后沿着前门安静地散步，然后回到他知道那里很安静的小城堡。

他在西码头转过身，走回城堡广场。他走进了小城堡，看门人记得他，收款台的女人也记得他。他们说今晚给他留了一间房，明天再给他的"朋友"留一间。

他乘公共汽车回到车站，从衣帽间拿了他的手提箱，然后乘出租车回到酒店。他打开行李，发现他答应给内塔住的房间就在他自己的隔壁，他自己也不知道是否满意。然后他出去到北街的里昂家喝了杯茶。"幸运蒂普"卷烟厂的女孩们也在这里，过了很长时间才招待他。他出来时已经过了六点，该喝酒了。

"幸运蒂普"卷烟厂的女孩们也在酒吧里，发出可怕的声音。他们越来越喧嚣，你几乎听不见自己在想什么，他们在尖叫，你必须战斗，等几个小时才能得到服务。他一家酒吧接一家酒吧地试过，总共试了五家，但就是甩不掉。突然间，他厌倦了这种生活，决定回到小城堡，吃一顿"全包"的饭。今晚早睡。他午饭时喝醉了，而且已经累得要死。

他走到前面，前面沉浸在夕阳的余晖中，高大的、阴云密布的建筑在浩瀚的大海上闪闪发光，在大海的边缘，戴着水手帽的"幸运蒂普"卷烟厂的小女孩们选择了举行她们肆无忌惮的节日。当他到达小城堡的时候，一间老式的、有点闷的小餐室里亮着灯，他立刻坐下来吃饭。除了靠窗的那张桌子上坐着一个男人、他的妻子和他们的孩子，其他的食客都走了。

他点了比目鱼和薯条，看了看报纸。这个男人和他的妻子和孩子笨拙地调整着他们的声音，因为每个字都能在房间的另一端听到。

后来，门房来了，那人还记得他在鲍勃·巴顿时代的样子，来和他说话，最后出去替他给内塔发了一封电报："万一有变，小城堡旅馆城堡广场明天六点五分见，爱你的乔治。"

晚饭后，他坐了很久，看了看报纸，然后出去散步。他置身于一个安静的夜晚。

夜幕降临了，在凉爽的空气中，淅淅沥沥下着细雨。他感到凉爽和快乐。他穿过彩灯照耀的城堡广场，来到海边，沿着闪闪发光的前面走着。尽管下着雨，海面上还是有几颗星星在高高的白灯上方闪烁着。海面上有几盏小灯，正对着雄伟的大都会。他想知道这一切都是关于什么——汹涌的大海、海滩、雨水、星星、灯光、码头、布莱顿、希特勒、内塔、他自己，一切。为什么？

很难说。但不知怎的，它比他自己更大、更冷、更黑、更漂亮，他为此感到高兴。他走回旅馆，径直走进自己的房间,脱下衣服,灭了灯，躺在床上，几分钟后，他自己就完全融入了这个又大又凉、又暗又美的东西中了——与天空、雨、大海、布莱顿和"幸运蒂普"卷烟厂的姑娘们融为一体了。此时此刻，她们正坐在灯火通明且拥挤不堪的火车上，一路唱着歌，尖叫着回城里去。

三

更冷静更快乐。这是他醒来时的想法,他从表上看到已经快上午十点钟了,他几乎已经睡了整整十二个小时。昨晚他更冷静、更快乐,现在他更冷静、更快乐。换句话说,他清醒地上床睡觉,度过了一个美好的夜晚。

他听到城堡广场外面繁忙的交通声,觉得自己可以面对了。他觉得自己可以面对生活,甚至享受生活。他快速洗了个澡,穿好衣服,及时下楼吃早饭。

好几年来,他都不记得吃过这样的早餐了。当他出来的时候,看门人说有一封给他的电报。是内塔发来的。

伯恩 七点五分,小城堡酒店见面,不是六点五分 内塔留

原来她要来了!在门房面前,他几乎控制不住自己,他走出去,在旅馆的台阶上和这位了不起的人交谈。她来了!他昨晚是清醒的;他很冷静,很好,很开心,而她就要来了!她——内塔——那个神圣而可怕的人——竟不辞劳苦给他回电报了!

他该如何度过这美好的一天呢？门房离开了他，他看了看布告板上的几张布告。访客们请注意，然后是"润典高尔夫球场，两先令、六第纳里，每一局"。门房又出来了，乔治问他这件事。

门房告诉他，从城堡广场坐电车很容易就能到那儿，他还说了一句"为什么不呢"。这句话突然在他心里响起。为什么不从职业球员那里借几根球杆随便玩玩呢？就这么办！他拿了帽子，五分钟后就上了电车。

高尔夫球！有多长时间没打了？从鲍勃·巴顿时代起就没有再碰过——他已经完全忘记了。他们过去总是对他大惊小怪——鲍勃和他们所有人——甚至是那些讨厌的人——这是他唯一擅长的事情。那是学校里唯一体面的东西——大约一英里外的九洞高尔夫球场。"唔，伯恩，"老索恩有一次傲慢地说，"有你这样的干劲和过硬的本领，我想可以说，你的一生并非完全没有意义。"如果真的需要的话，他也能打。他离开学校时已经达到二级水平了，每个人都说，如果他能坚持下去，他会打得相当棒。当然，他没有坚持下去，也有好多年没想过这件事了。

专职教练人很好，给了他一个相当不错的袋子，并向他解释了球场的位置，这个球场从小镇后面的高处开始，一直延伸到丘陵地带。他出发时已经十一点半了，所以周围没有人。

他在第一洞前把球垫起来开球——不长不短——一个困难的三分下坡到一个倾斜的果岭[1]。他得意洋洋地看了看自己的得分（这是多么容易让人想起过去的事啊），然后逆风断定那是一个高挑球。他把球垫好，挥了几下球杆。这没什么难的，从来就没有什么难的——你只需要放松，放松，放松，保持你的下巴一直指向球的后面。没人提示，无需废话，放松，下巴翘起来。只要假装你在最后几个洞打得非常好，并挺起你的下巴。他向球走去。

　　他得手了！他得手了！他得手了！最高水平！他击在了球中间——球棒正打中这一记高挑球，他得手了！他离球钉大约十二英尺。

　　在他击球之前，他就知道他的球杆要推下去了，球进了！两分。非常感谢——旗开得胜。

　　他打出了下一杆，但很顺利，他在果岭后面打进了一个使人惊叹的四杆洞。（四杆洞很巧妙且具有挑战性。虽然球道相当宽敞，但球员会偏向左侧，因为右侧向右长草区倾斜。）他在打高尔夫球！他知道他在打高尔夫球！你要么有这种感觉，要么没有！

　　他明白了。他要把那该死的球彻底打完！

---

[1] 果岭：高尔夫运动中的一个术语，指球洞所在地。"果岭"二字从英文"green"音译而来。——译者注

他打了个四柏忌[1]，在下一个洞——五分——他以一个漂亮的削杆（就像小刀合上一样）完成了四柏忌，轻击入洞。现在，没有什么能阻止他了。他愈战愈强。他已经打"疯"了，而且还会继续疯下去。

他打出了三十四分。他轻推一杆，大声笑了起来，他深深地吸了一口气，为回家而战……

他一个人走在唐斯丘陵上。这个悲伤、笨拙的男人，有着一双啤酒眼，爱上了伯爵宫的一个女孩——他背着一个旧袋子，里面装着借来的球杆，一心只想着打高尔夫球。他容光焕发，眼睛炯炯有神。他感到在内心深处，自己并不像几个小时以前所认为的那样干啥啥不行，原来自己有特长。因为有特长，所以他可以做一个快乐的人，只要他能打破七十分，他就再也不会不快乐了。

他在第十四洞得了六分，但他没有因此而气馁，他跑到最后一洞，一个长长的五杆洞，再得五分，打出六十九分。

他不会慌乱的。现在什么也不能使他惊慌了。他把球打进了左边的长洞，这并没有使他惊慌。球的位置还不算太坏。他在考虑是拿下三分（他没有拿二分）保险一点，还是用球杆试试。他决定用球杆——他不想慌乱。

---

[1] 在高尔夫中，某一球洞或球场预先估计的完成杆数称为标准杆（Par），高于一杆称为柏忌（Bogey），高于两杆称为双柏忌，依次类推。

那是一记烂球……但它命中了，命中了，命中了！走了一个低得可怕的 S 形，从右边到左边，然后从右边消失，但它命中了！在一个丘陵果岭上，它离球钉大约二十英尺远。

他不想要六十八分，他只想要六十九分。他不打算尝试六十八分；他只打算稳稳地把球打到洞上——如此稳稳地打到洞外——两次推杆，打出六十九分。他小心翼翼地端详着边界，一碰到边界，他就知道自己的六十九分已经稳操胜券了。球离右边的洞还不到一英尺，他只用一只手就把球打了进去。

六十八分！好几年没打了——在一个陌生的球场上用借来的球杆，打出了六十八分！他高兴得头晕目眩。他想告诉别人。他看到两个人走近第一个发球台，他想去告诉他们。他好不容易才忍住没这么做。幸运的是，专职教练还在他的店里。"球杆令人满意，"他边说边把球杆递给他，"很好用。对了，我打出了六十八分。在一个陌生的球场上还不错。我也很多年没打过球了。"他的声音里充满了自豪。专职教练热情地向他表示祝贺，他们还聊了聊球场。

他走进那间破烂不堪、空无一人的俱乐部会所，喝了半杯啤酒，点了些三明治坐下。

六十八分！高尔夫球！他是怎么忘记高尔夫球的——忘记他能打好一场比赛的事实——忘记他擅长某件事的事实？

原来自己有特长！这个想法把内塔拉了回来。他已经三个小时没有想起她了，今晚她要和他在一起。她会怎么看待他的六十八分呢？当然，这没什么了不起，但自己并非一无是处。他想看彼得打出六十八分！也许，明天，她会来和他一起玩。也许她会来看他打球。她也许会……但与其说是打出六十八分高兴，倒不如说是更喜欢打高尔夫——清新的空气和神清气爽。昨晚他很安静，他已经好多年没这么舒服了。为什么不戒酒，而改打高尔夫球呢？一个假期，一个打高尔夫球的假期——这也许是他一直想要的。如果他以前有过假期的话，他就不会陷入这样的困境了。现在是振作起来的时候了。是的。现在。时不再来。

内塔今晚也会来。他平生将第一次安静地和内塔单独在一起，这感觉很好。此刻，他状态极佳。这一刻肯定已经到来，一切都对他有利。要是他能抓住机会保持冷静就好了。就像打高尔夫一样，自信和放松——这就是一切。

他不会喝醉的。如果她想喝，她可以喝，但他不打算喝——至少只能喝一点。他要保持头脑清醒。

然后，如果他不能和她有任何进展，他就会把她赶出去。自从认识她以来，他第一次觉得自己可以和她断绝关系了。他会去打高尔夫球，并和她断绝关系，从头再来。

但为什么要和她断绝关系？她最近对他不是很有魅力吗？在海滨度假胜地，她和他在一起度假，不愉快吗？为什么一个理智的人要和她断绝关系？

难道现在不正是他希望能如愿以偿，使她尊敬他，使她爱他的时候吗？

在布莱顿举行的这次几乎是秘密的会面，真是太令人兴奋了。就像你小时候第一次恋爱一样。这就是他对这件事的看法，也是他见到她时对她的态度。他打算假装刚刚遇见她——把过去的一切都忘掉。他心里已经有了一个计划。在这里，他不会只是一个酒徒。他打算花钱，把事情办妥。他要穿上他最好的衣服去见她，梳好头发，然后洗个澡。她会被他的外表吓一跳。然后他会乘出租车把她接到旅馆，然后等她打开行李，他们再乘另一辆出租车去斯威廷斯。斯威廷斯就是目的地，他不在乎要花多少钱。他们会在那里吃晚饭，然后，如果她愿意，他们会去剧院或看电影。清醒，文明，平静，理智。他要让她知道他熟悉这条路。

他又喝了一杯啤酒。打高尔夫球，他打出了六十八分，异常满意。他的三明治送来了，他看到已经快三点钟了。

他吃了三明治。不要再喝啤酒了。他现在是个清醒的人了。

他点了根烟，离开俱乐部会所，乘坐有轨电车回旅馆。

他躺在床上睡了一觉，一觉把高尔夫球抛在脑后，七点钟还能精神抖擞地迎接她。门房按照他的吩咐，在差一刻六点叫醒了他，他去洗了个澡。他穿上他最好的蓝色西装，梳理好头发。

没有喝酒。距离接她的时候有足够的时间。他乘公共汽车，七点差一刻到达车站。

车站里非常拥挤，这让他感到有点害怕——这里人很多，人声鼎沸，噪音回荡，而且他没有喝任何东西。如此说来，在海边小镇，他不是独自一人来接内塔，在自己感觉良好的时候，在生命中的每一天，他都知道自己唯一的机会来了！但他还是不想喝酒。此时此刻，他感觉神清气爽，仍念念不忘上午打高尔夫球打出的六十八分。他洗过澡，身着蓝色西装，下定决心来车站接她。耐心等吧，直到她到来。

火车非常准时——他还没来得及准备，火车就摇摇晃晃、嘶嘶作响地停了下来。门开了，人群涌了出来，涌向出站口。

没过多久他就看见了内塔。然后，透过那些晃动的脑袋，他看到了彼得，彼得正挽着她的胳膊。

接着，他看到彼得的另一只胳膊上架着一个陌生人——一个年轻人，大约二十二岁，帽子歪戴着，罩住了眼睛，脑袋耷拉着。他们一走到出站口，彼得就向他打招呼，他才意识到他们三个人都大醉了——已经烂醉好几个小时了。

四

"哈喽,伯恩!"内塔叫道,"你好!"她挥挥手,微笑着,眼里没有一丝内疚,"酒吧在哪儿?我们想喝一杯。"

她很严肃,虽然像往常一样,她不像男人们那样用完全愚蠢的方式表现出来,而是用比平时更响亮、更严厉、更干脆的声音和更明亮的眼睛,一种既傲慢又专横的态度表现出来。

"哈喽,乔治·哈维·伯恩,"陌生的年轻人说,"我一直听说你的事。对不起,我不能握手。我手里拎着包呢。(他提着内塔的手提箱。)"

"走吧,"彼得说,"把那该死的东西存放好,我们去喝一杯。"

"没必要存放,"乔治说,"我来拿吧。"他从陌生人手里把手提箱接过来。他猜想这两个不速之客不久就要回伦敦去了,他觉得他替内塔提箱子是在表明他和她有私情,同时也在暗示他们最好早点离开。

"老乔治真好!"内塔说,"拎包的老好人。我们都很喜欢你,乔治。"

她抓住他的胳膊:"走吧。现在你可以领我们到酒馆去了。"

"酒馆,嗬!"年轻人说道。此人面目可憎,身材矮小,阳刚健壮——皮肤黝黑、伤痕累累,一副好斗的模样。橄榄球式的脸、两片厚嘴唇加上一双燃烧着的棕色眼睛,就像校园恶霸一样。当他们在自助酒吧排队时,他没有征求任何人的意见就给他们都点了双份威士忌。

"这是谁?"乔治一边等着饮料端上来,一边轻声向内塔问道。

"你说谁?"

"这个人。"他说道,用他的眼神表明指的是谁。

"哦,他呀。我不知道。"内塔说,"嘿!你!你叫什么名字!你是谁?乔治·哈维·伯恩想知道!"

"我?"年轻人说,"我不知道。我是谁?嘿!你,对不起,"他对酒吧女招待喊道,"你能告诉我我是谁吗?这儿有一位先生想知道。"

"我很确定,我不知道。"酒吧女招待说道,走过时微微一笑。

"但这是可耻的。我走进一家酒吧,以一种完全合理的方式问我是谁,没有人能告诉我。我的意思是说这很荒谬。我是说……"他开始和酒吧女招待吵起来,吵了很久,最后连彼得和内塔都觉得很无聊。

"不,他到底是谁,内塔?"乔治问道。这时她正在从包里找口红,回答道:"我不知道。我们捡来的。我们在午餐时间都不假思索,就把他捡来了。"

"我一点也不喜欢他这副模样。"他斗胆说道。

"你不喜欢吗?"内塔说,"我反而喜欢他。"

"喂,乔治,"彼得说,"你看上去不太高兴。"

"恰恰相反,我很高兴。我只是没有喝酒,仅此而已。"

"真的……这极不寻常。你得赶快喝点,补上。"

"嗯，我是想吃顿饭。"乔治说，"大致的想法是什么？你们俩什么时候回去？"

"哦——我们不回去了。"彼得赶紧说，喝得身子微微摇晃，手里拿着杯子望着他，脸上带着一种纯粹的恶意，乔治从来没有在他脸上看到过这么生动的表情，"我还以为你认为我们要回去呢。"

"不，我没有，"乔治说，"我只是想知道你打算怎么处理行李。"

"哦，没关系。都在内塔的行李箱里。我们匆匆忙忙地打包，都装在内塔的行李箱里了。"

"这是怎么回事？"年轻人说。酒吧女侍者再也不想听他说话了。"打包是怎么回事？"

"我正在告诉乔治我们是如何收拾行李的，"彼得说，"他以为我们要回家了。"

"回家？你什么意思？我们要和你在一起，不是吗？我知道我们要和你住在一起。你怎么了，乔治·哈维·伯恩？"

"是的，当然，我们要和他住在一起。"内塔说，"我们要住在小城堡旅馆。他给我们安排了房间。闭嘴，亲爱的伯恩，请我喝一杯。"

他们在自助餐厅又喝了两巡，然后去了皇后大道不远的一家酒吧。他们在这里喝了三巡，并玩起了弹球机游戏。当他们出来的时候，天黑了，又下起了雨。他们回到车站，叫了一辆出租车。

"去哪儿?"彼得在车外摇摇晃晃,问道。

"到小城堡旅馆去,"内塔叫道,"拼命开车,朋友!"

她比他见过的任何时候都紧张。她挽着他的胳膊,开始唱歌。

他们在灯火通明的城市里疾驰而过,经过瑞金特酒店时——"你怎么了,乔治?"彼得说,"你看起来还是很笨。"

"没错,他很笨,"陌生人说,"我想我不喜欢你的朋友。他怎么了?他不喜欢我们吗?你们告诉我他很笨,可我不知道他这么笨。"

"哎呀,"乔治说,"你们一直在背后议论我?"

"是的,亲爱的,"内塔说,"我们在火车上议论过你。"

"好吧,如果我很笨,我很抱歉,但我不知道这会是一场狂欢。我原以为我去接的是内塔一个人呢。"

"我的上帝,"内塔说,"你知道我受不了你一个人,我亲爱的伯恩,是不是?"听了这话,他们都笑了起来。过了一会儿,他们在小旅馆门前停了下来。

五

所有人斜眼一看,犹豫了一下,然后善意地决定把它当作一个玩笑。"不,闭嘴!"乔治小声说,"闭嘴!"内塔也跟着他说:"是的,闭嘴,否则我们会被逐出去的。"

"我不想登记，"彼得说，"我想去洗手间。洗手间在哪里？"他叹了口气，就去找洗手间了，另外两个人也差不多默默地叹了口气。旅馆里只剩下一个房间了，但可以安排那个古怪的人睡在附楼里。"不，我可不住附楼那个房间。"年轻人说道，他把旅馆房间的钥匙装进了口袋，发现房间就在内塔的隔壁。

他们问晚饭可以吃到多晚，对方告诉他们有半个小时的时间，于是他们走进了酒吧。乔治偷偷溜到办公室说他很抱歉。那个女人对这件事表现得很好。门房是他值得信赖的朋友，说："别担心，先生。他们吃点东西就会安定下来的。"

他让他们在九点四十五分进场。现在他自己也喝了不少酒，也能忍受得住了。不幸的是，房间里还有另外两位就餐者，他们盯着看，但很高兴地接受了，很快他们就出去了。侍者的脾气也很好，门房也在附近徘徊，仿佛如果事情变得太艰难，他愿意来帮忙。

一开始，内塔是最难对付的，让侍者无所适从。"服务员，我想要一些家常面包！"然后，当面包没有马上送来的时候，"服务员！——我想要一些家常面包——我想要一些家常面包——我想要一些家常面包——我想要一些家常面包。"——她有节奏地唱着，双手敲打着桌子。他从来没有见过，也没有想到会看到她这么坏，然而他没有看到什么新的东西，对她的性格没有什么新的发现。他看到的只是她平时平静的外表下他一直看到的东西——他知道她小时候一定是一个严厉、残忍、蛮横、暴虐的小女孩，而且她一直都是这样。在她狂躁和吵闹的时候看到这一切，并不比在她平静和镇定的时候看到这一切更痛苦，而且，不管怎么说，他此刻确实已经不痛苦了。

很快，彼得就开始把整卷整卷的面包扔得到处都是，他一兴奋起来就会这样做，圈子里的新成员非常享受。他们在整个房间里互相传，内塔欢呼起来。

然后他们开始踢"足球"，彼得躺下，拿着小圆面包，而新来的人一脚飞踢使对方得分，然后后者躺下，彼得踢。内塔不时地欢呼起来，她那双眼睛明眸善睐，影响着众人，并评判着奖品归谁。

这时侍者走进来说："对不起，你们能不能安静一点，因为有些客人已经上床睡觉了。"

彼得回应道："讨厌，去死吧！我不会原谅你，但如果你能再拿些啤酒来，情况可能就不一样了。"

事实上，他们安静了一点，侍者又给他们拿了些啤酒，他们继续吃饭。

这时，彼得忽然想看晚报，他请门房去要一份，因为他想看看爱姆·莫洛托夫到底在搞什么鬼。有很多丑闻正在发生,他想看晚报。不久,他们开始谈论莫洛托夫和张伯伦,并争吵起来。

"对不起,英国的张伯伦不是那种人。"彼得说道。

"对不起,英国的张伯伦就是那种人。"他的对手说道。

"英国的老张伯伦好样的!我说他是个英雄。"内塔高声叫道。

"该死的英雄?他是个该死的胆小鬼。"新来的人说道。

"你们俩都别废话了,"彼得说,"你们俩都不知道自己在说什么。听好了,张伯伦先生……"说完他就开始演讲了,另外两个人没有听,但他们愣了一会儿,一言不发,装出在听的样子,然后同时打断了他。

张伯伦先生……张伯伦先生……张伯伦先生……阿道夫……慕尼黑……张伯伦先生!打扰一下!……恰恰相反!接着,他们又点了一轮酒。张伯伦先生……慕尼黑……好样的阿道夫……

"嗯,不管怎么说,他为国家做了些事情。"新来的人说道。

"好极了!"内塔说,"我就是这么说的。我完全支持我的阿道夫。"

"听着——你们不明白,"彼得疲倦地说道,"在政治上,你们还很幼稚——幼稚。"

"嗯,不管怎么说,你是个该死的法西斯分子。"内塔说道。

"你不明白。"彼得说道。

"好吧,说到这一点,法西斯主义的事可真不少。"新来的人说道。

两人慢慢和解了。

他坐在那里，和他们一起抽烟喝酒，一句话也不说。他知道他们会和解的。他知道他们都喜欢张伯伦、法西斯主义和希特勒，他们会和解的。最后，他们变得伤感起来。

"你说得对，老伙计，你说得对，"新来的人说，"你说得很对。你给我看了一些东西。不，我没有拍马屁——我不会拍马屁——你向我展示了一些东西。你是对的。"

"嗯，我想我是对的。"蓄着小胡子的彼得说，"反正我已经为此进过监狱了！"说着，他用他那讨厌的方式笑了起来。

"监狱？"新来的人礼貌地说道，他的头歪在一品脱啤酒罐上。"真的吗？"

"哦，上帝，是的，"内塔说，"可怜的老彼得坐过两次牢。来吧，彼得，告诉我们你是怎么坐牢的！"

"确切地说，我坐过两次牢。"彼得说着，又点了一支烟，这时他突然用一种傲慢的教授腔调说道，"有一次，我在某个左翼分子腹部重重地踹了一脚，结果正踹在太阳神经丛（位于腹腔中部的一组神经网络，主要负责调节消化系统的功能）正中；还有一次，我开着一辆汽车，犯了轻微的杀人罪……"

他坐在那里，和他们一起抽烟喝酒，一句话也不说。他心灰意冷。现在一切都原形毕露了——一切都原形毕露了！坐过牢，还以此为荣。

毫无疑问,很快就会发现内塔是个扒手。不要紧。他能接受。

他心灰意冷。

他不知道彼得明天早上醒来时是否还记得自己说过这些话。奇怪的是,这个秘密居然一直瞒着他。内塔也参与了进来——他们俩非常亲密,比他想象的还要亲密。你本以为这事早就该说出来了:他们俩在他面前太亲密了。不过,今晚彼得当然是欣喜若狂了。

那个阳刚、好斗的新来者听到这些消息,既高兴,又受鼓舞,同时又感到谦卑。他的酒友突然出名了,在内塔的怂恿下,他和盘托出了这些秘密。此刻,张伯伦先生被遗忘了,彼得成为了焦点。

"监狱?……是的……监狱是个奇怪的东西……"他向后一靠,身体向前倾,做了很多手势。他完全未加思考。最后,他叫侍者再来点酒喝,但门房却走过来,说很抱歉,已经零点多了,他们不能再供应了。

"你到底在说什么?"彼得说,"我们在住店,不是吗?"

然后,随着争论的加剧,一件奇怪的事情发生了。内塔没有支持彼得,也没有正确地辩称,作为住宿者,他们有权利随时点酒喝,而是突然说:"哦,好吧,如果我们不能,我们就不能——让我们上床去睡觉吧。"她一边说着,一边把香烟插在盘子上,一边滑稽地斜视了新来的人一眼。新来的人也同样斜视了她一眼,然后说:"是的。今天就到此为止吧。反正我已经受够了。"乔治看到了这两个人的眼神,他相信自己明白了。

不！不！不！上帝啊，不要！

六

他躺在床上，试图放松一下。他穿得整整齐齐，却把灯关掉了。他面对着床，双手抱着头。如果他稍微放松一下，他很快就能思考了。

最后一扇门关上了。彼得住在附楼里。他们在大厅里把自己的东西从内塔的手提箱里拣出来，门房把彼得送到附楼里去了。他们互相道了声"晚安"。"晚安，伯恩。"她说。最后一扇门关上了。灯灭了。他镇定下来。外面开始下雨了。

最后一扇门关上了。他们巧妙地关上了最后一扇门。谁也不准偷偷溜进去。那样做，他们太聪明了。他们大胆地关上了门，几乎是砰地一声关上了，好像是在忙忙碌碌地上厕所，整理行李，在睡觉前来回走动……但他隔着薄薄的墙壁听到了第一次咯咯的笑声，以及第一次咯咯的笑声之后漫长的沉默和嘎吱声。

现在他们胆子更大了——现在他们开始叫了。刚才他们还在窃窃私语，就像所有在夜里窃窃私语的人一样，但他们控制不住声音。他们不停地喘息，然后又羞怯地低声耳语起来。这就像黎明时分鸟儿的第一次啁啾，它会越来越大，很快它们就会齐声合唱。

他们为什么要叫？如果他们继续叫，他该怎么办呢？难道他们不知道他能听见吗？或者他们不在乎？他们为什么选择内塔的房间——在他的隔壁？

她为什么不来他的房间？他们喝得酩酊大醉，不在乎——根本不在乎。

就在今天上午，他在高尔夫球场打出了六十八分！他在丘陵上走了一段路，发现自己很优秀，生活很美好，他可以冷静、平静地重新开始，内塔也许还是属于他的。可是现在已经是午夜过后半小时了，他的冷静和平静把他带到了这条狭窄水道，他的激情就这样注定要达到极点！

要是他们不叫就好了……他们的声音越来越大，他听见内塔在咯咯地笑，有人走过房间。他们在做什么？他听到了玻璃杯的叮当声。天啊，他们本来要去喝酒的。他们准备喝他在内塔的手提箱里看到的那半瓶威士忌。他们会用牙杯喝。是的——声音消失了——声音很微弱——水管里发出汩汩声，水龙头发出充满水的嘶嘶声！他们做得很有风格。既不短暂，也不残忍。这是个爱之夜。

那天上午，高尔夫球他打出了一个六十八分，自鸣得意。就在他沾沾自喜、呼吸新鲜空气的时候，来自伦敦的人正在为他酿造这杯苦酒。他看到了这一切：他可以从他们晚上的谈话中拼凑出一些东西来。那天上午,她和彼得一起去了"黑鹿"酒吧。期间,他们和这个陌生人聊了起来。她可能立刻就喜欢上了他——这个二十二岁的好斗的小伙子,有着貌似好斗的鼻子和学校恶霸的棕色眼睛——他可能是她喜欢的类型。他们之间一定从一开始就有默契。这个自甘堕落的女人!然后,当他们都喝醉了,这个计划也成熟了。计划一定是她制定的,她把在布莱顿的约会说了一遍,又说了一遍那将是多么无聊,又问他们怎样才能脱身。然后是灵感迸发的一刻,因为他们都附和着说他们都要去!然后又喝了一杯来庆祝!彼得在那一刻一定很得意,因为他知道乔治终究逃不掉了。其实,彼得太聪明了。他选择住在了附楼里。

原本期待一个愉快的假期,在海边度过一个愉快的假期。为此他给了她十五英镑。

要是他们不说话就好了。咕嘟,咕嘟,咕嘟。他们现在已经不再窃窃私语——他们正静下心来做。又来了!——还有管子里那轻柔的汩汩声!满耳都是。所有卧室里的热水和冷水在流动——所有的现代便利设施……

一阵叮当声,一阵嘎吱声,一阵低沉的笑声……咕嘟,咕嘟,咕嘟……液体,亲密……难道他们不知道他能听见吗?

为什么这些人要这样对待他?是他的错吗?他活该吗?他做错什么了吗?他今天上午打高尔夫球打出了六十八分,想重新开始生活,是不是做错了？看起来他已经做到了，因为这就是结果。

还是他的性格出了什么问题？他要求那家伙所得到的一切了吗？他是不是应该冲到他们面前，去吵一架，把这个小坏蛋的脸揍个稀巴烂，把他赶出去？把住店的人全吵醒？换个男人会这么做吗？他不理解。这是她的事，她的风流韵事。他不能把住店的人全吵醒。他可能错了，但他不理解。

咕嘟，咕嘟，咕嘟……他受不了了。他必须做点什么。他在床上坐了起来，盯着窗户，外面的灯发出淡紫色的水光，照在花边窗帘后面被雨水淋湿的玻璃上。他无法忍受这一整夜。他必须做点什么。怎么啦？怎么啦？出去敲门，让他们闭嘴？敲着墙大喊？假装他什么都知道，若无其事——假装他只是想睡觉？

又是轻拍的声音，还有汩汩的声音……现在他们甚至都不压低声音了；他们在喝酒，咯咯地笑，说话，好像是在一个公共房间里。其他客人很快就会抱怨了——也许这样就能解决问题了。

他又听到了液体流出的声音和杯子的叮当声，他突然想起自己的箱子里还有一整瓶威士忌。就这么办！唯一的办法。他必须打开瓶子，自己喝——自己喝到睡着。他们不是唯一能在凌晨喝酒的人。

他蹑手蹑脚地走到开关旁边，轻轻地转动它。他为什么要蹑手蹑脚地？他为什么轻轻地把灯打开？他为什么感到羞耻？

奇怪的是,那是因为他骄傲。他以前也经历过这种事,当他发现彼得干这事时。他现在唯一能做的就是挽回自尊心,或者挽回一点自尊心——不要让她知道她利用了他,侮辱了他,践踏了他——假装自己像她认为的那样,是个十足的傻瓜。这样比较好——虽然很糟糕。这样他就保住了一点自尊。如果她知道他逆来顺受,忍受了她选择施舍给他的东西,还回来要更多,他就再也不敢正视她了。

他一定是睡得很熟,是个傻瓜——十足的傻瓜——一头肥猪。他慢慢地蹑手蹑脚地走到手提箱前,拿出威士忌。他悄悄地打开瓶塞,拿起他的牙杯,无声无息地倒出大量的酒,然后走到水龙头旁。现在外面正下着倾盆大雨——这是他酗酒的帮凶。水龙头轻轻转动,水随着外面的雨声倾泻而下——他自己几乎听不见。就这样,两个房间里的两个水龙头在夜深人静的时候发出汩汩的声音,互相应和。

他又关了灯,喝了一大口。他在水汪汪的灯光下看着蕾丝窗帘后面被雨水淋湿的窗户。他几乎立刻感觉好多了。没有什么比得上喝酒。他在黑暗中摸索着找到酒瓶子,又大口喝了一通。就是这样,这就对了!

咕嘟,咕嘟,咕嘟……舒适、流畅、亲密……他们永远不会停止吗?他又喝了一口……

喂——这是什么情况?他们终于停下来了吗?他们停下来了吗?他把头靠在墙上,专心地听着。

哦，上帝啊，他们停下来了……他们沉默了。现在他该怎么办呢？

要是他们肯说话，他就能忍受了，但这种情况他受不了。现在他该怎么办呢？

外面下着倾盆大雨。他把杯子里剩下的酒一饮而尽，跌跌撞撞地在房间里找瓶子。

大约三小时后，他感到一阵寒冷。原来，他躺在床上，身上没有盖任何东西。他突然醒来，一切都记得非常清楚。

他从床上坐起来，借着外面淡紫色的灯光看着蕾丝窗帘。雨已经停了。

现在他们不再沉默了，他们又在发出咕哝声了，声音很轻。也许是这种非常轻柔的咕哝声，而不是寒冷，唤醒了他。

他听着他们的咕哝声，大约五分钟，然后又安静下来。一片寂静。他不知道自己该怎么办。他必须做点什么。他必须摆脱这种寂静。他必须离开。

离开吗？是什么阻止了他？为什么他以前没有想到呢？他为什么不走出旅馆？他从床上跳了起来，在朦胧的灯光下看了看手表。

五点一刻。虽然时间还很早，但时值夏天，天马上就要亮了。他要去散步——在大清早沿着楼前散步——去健身！

他不用穿衣服——这很了不起。他想到了洗衣服，但那就意味着打开水龙头,他们可能会听到。他小心翼翼地转动门把手,蹑手蹑脚地走到楼梯口。

他蹑手蹑脚地下了楼。大厅里有一盏昏暗的灯,照亮了他下楼的路。他希望周围没有人,但就在他转动前门的门闩时,一个声音说:"怎么了?先生,您想干什么?"那是值夜班的门房,他以前从未见过他。

"没事,"他咧开嘴笑着说,"我只是出去走走。我是这里的住客,不是窃贼!"

他们俩都轻声地笑了起来,那是一种对人的尊重。接着,他就走到外面湿漉漉的、灯火通明的街道上了。

他穿过城堡广场向海边走去。当他到达海边时,他看到黎明正在海面上破晓,在被撕裂的雨云中,一切都那么朦胧、忧郁、无力。他吸了几口新鲜空气,感觉好多了。他很高兴自己这么做了。他想散散步。他在做最好的事。

接下来,他感到脑袋里突然咔嚓一声。

夏 末

他们一心只想着游戏作乐,

正好招致他们自己的毁灭。

是他们愚蠢无知,触犯真神圣怒,

自己祈求毁灭的迅速来临。

——约翰·弥尔顿《斗士参孙》

一

"咔嚓!"……"咔哒!"……就是这样的声音……

他在布莱顿的海滨散步。黎明时分,他心情忧郁,泪眼朦胧,而这一幕又发生了……

"咔哒!"……就好像他的头是一部价值五先令的柯达照相机,有人按下了用以曝光的快门。他很熟悉这种感觉,但总是对这种奇怪的感觉感到惊奇。

像照相机一样。但是,与曝光相反的是,发生了一次闭光,是关闭,是锁定。片刻之前,他的头、他的大脑还在外面的世界里,直接看到、听到、感知物体;现在它们被封闭在玻璃后面(像皇冠上的宝石,像维多利亚时代的蜡果),被封闭在胶片后面——也许是照相机的胶片,继续摄影的类比——在这片胶片后面,所有的事物和人都在奇怪地移动,没有色彩,没有活力,也没有意义,一切都冷酷无情,像木偶一样,没有动机,也没有自己的意志……

片刻之前,他的头脑还在倾听和回答,现在他在精神上又聋又哑了。他面对的是自己——他那个沉默、麻木的自我。

麻木并失去知觉,但还是有事情要做,这就是问题的关键——必须做点什么。在快门按下不久,他就明白了这一点。

这一切都是非常奇怪和模糊的——比平常更奇怪更模糊,因为黑暗、环境、时间、布莱顿海滨被雨水冲刷过的朦胧的黎明……此时此刻,他究竟在这里干什么?

哦，对了——他刚刚离开了内塔和彼得——不，不是内塔和彼得——他刚刚离开了内塔和那个新来的年轻人——那个长着拳击运动员的鼻子和棕色校园恶霸眼睛的年轻人——他刚刚离开了跟内塔一起住在隔壁卧室的那个年轻人。他已经忍无可忍，于是决定出去走走，因为他非常讨厌这件事。但此刻他不能被内塔和那个年轻人打扰，因为有事情要做，他必须弄清楚是什么事。

像这样麻木，失去知觉，真的是一种极大的解脱，不用再为内塔操心了，只需要集中精力找出必须做的事情——在经历了那么多痛苦之后，这是一种极大的解脱。

但那是什么呢？起初他根本没有想到这一点。没关系，它会来的。如果他不唠叨，如果他放松精神，它就会来。

此刻，布莱顿还没有醒来——北街、西街、东街、西马路、普雷斯顿街、霍夫、旅馆、商店、餐馆、电影院、澡堂、摊位、教堂、市场、邮局、酒吧、古董店、二手书店——还在沉睡，深蓝色的黎明闪烁着爬上海面，这位身材魁梧、面色阴沉的男子沿着海滨走着，在黑暗中几乎看不见他。他似乎是唯一的行人，唯一醒着的人。他望着大海，不知道自己该做些什么。

当他想起来时，他已经到了大教堂的对面。此刻，他毫不费力地想起来了。他必须得杀了内塔·朗登。他必须得杀了她，然后去梅登黑德。

他在梅登黑德会很开心的。

但这是什么？这个内塔·朗登是谁？内塔是谁？——那个他认识的女孩——那个他留在旅馆里的女孩？当然了！多么奇怪。他要杀的是内塔。并且她和他都在布莱顿。

他必须得杀了她，因为事情拖得太久了，他必须回到梅登黑德，让自己平静下来。为什么以前不杀了她？为什么他一再推延？

对了——他现在想起来了。这是他的一大过错——他老是推延这件事。有什么东西一直在阻止他——他总是以一种异乎寻常的方式忘记这件事，把这件事推后。唉，他还记得早在圣诞节的时候，他和姨妈在亨斯坦顿……然后他想杀了她，但他把这件事推迟到了春天——天气暖和的时候。现在春天过去了，到了夏天！如果他不小心，天就会再次变冷，他要到明年才能杀死她。

是的。他必须认真对待这件事；他必须马上做这件事，现在就开始考虑吧。这真的不需要太多的思考，因为这简直太简单了，但必须得计划一下。

他经过西码头，看到天亮了。

这个时候在布莱顿海滨散步，真奇怪。他通常在伯爵宫散步。还有这个女孩——内塔·朗登，他不得不在布莱顿干掉她。这看起来像是命运之手的安排。看来她是在追赶他，一路跟着他，就是为了寻死。

他们是怎么到这儿来的？他必须努力记起……哦，是的，想起来了。他原本要和她一起来度假。他先来打前站，她后到，他们就要单独在一起了。但是当他到车站接她的时候，竟然是三个人，而且他们都喝醉了。

这太卑鄙了。他们真的很刻薄。这是内塔的残忍——她一定知道这会伤害他，但她不在乎。她就是那样。被人杀死是她活该，真的。有生以来，她总是随心所欲。他对她没有什么怨恨，但也没有多少怜悯。

彼得也很刻薄。事实上，他比内塔更该死。这个彼得是个坏人，真正犯过罪。他亲手杀过一个人——那是昨天夜里才知道的。他还袭击过另一名男子，并入狱两次。如果这还不算犯罪，那什么才算得上？

彼得就是个阴险的畜生。他心里一直都知道这一点，但昨天晚上，一切正派、理智的人都看到了这一点。但是内塔没有看见，如今在内塔房间里的那个小霸王也没有看见。他们认为在酒驾撞死一个人，并把另一个人打晕是很聪明的。他们是一群彻头彻尾的坏蛋，理应受到惩罚。

然而，彼得显然没有受到惩罚，而要杀的只有内塔。这似乎不太对。他真的应该把彼得也宰了。

但这是不可能的，不是吗？他只要杀了内塔，就能阻止这一切，到达梅登黑德？他不知道怎么就想到了彼得。

想到他了吗？想到他了？这个突然的想法在他脑子里慢慢浮现。他是不是又犯了一个错误，是不是把整个事情搞混了？当然，为了离开这里，为了去梅登黑德，他必须杀死的不仅仅是内塔——当然，是内塔和彼得，当然，他脑子里想的一直都是内塔和彼得！

当然！他必须把彼得也杀了！这是最有趣的。他把一切都搞混了。把事情弄得这样混乱，这就是他的风格，就像他总是拖延一样。但他现在要振作起来了。

哎呀，彼得和内塔是一条绳上的蚂蚱。他们是一伙的，他是无意中发现这一点的。你杀了内塔就不得不杀掉彼得，杀掉彼得就得杀掉内塔，一个也不能留，把他们俩一勺烩了。

他对此很高兴，因为这使事情更加公正了——他不喜欢彼得逍遥法外，全身而退。彼得杀过人，恶有恶报，这回轮到他被人杀掉了。

现在和内塔上床的那个新来的小伙子呢？难道他不应该被杀死吗，因为他和内塔也是一伙的？不，不。这是完全不同的事情。他刚刚出现在现场。他根本没参与那件事。他跟内塔和彼得不一样，他们在一起太久了。他只需要杀了他们就行了，然后远遁梅登黑德，否则就说不通了。

真奇怪，此刻他们就在布莱顿，躺在旅馆里睡觉。内塔和住在附楼里的男朋友彼得，却从来没有想到自己自投罗网，马上就要没命了。如果早知道会发生这种事，他们是决不会到布莱顿来的！

那么，他打算现在就在布莱顿杀死他们，今天还是明天？是的，他当然是——不要再拖延了。他现在已经清醒过来了。夏天已经过去了一半，天气很快就会变冷，他还得再等一年。在伯爵宫再等一年！

但这必须得计划好。他将不得不让他们住在海边，必要时他得支付账单。问题是在哪里下手：他一直是想在伯爵宫内塔的公寓里动手的。现在他们两个人都在——这可一点也不容易。彼得是个男人——这是一个小障碍——他必须耍个聪明的花招，趁他不注意的时候击打他，然后把他干掉。这并不像做掉一个女孩那么容易。

问题是布莱顿离梅登黑德太远了。它不像伦敦离梅登黑德那么近，如果警察干预的话，他不可能很快赶到那里。为了不让警察抓到他，他得先到伦敦去，然后再采取下一步行动。

是的——警察的干涉——"质询"——不应该有这样的事。这就是重点。或者，如果有任何干涉，他一定是在去梅登黑德的路上。也许在布莱顿做这件事很危险……

不！——他又站在那儿，犹犹豫豫——想把这件事推迟。这次他是认真的——他现在就要做。如果他现在不这么做，不知何故，他还会忘记的，寒冷就会来临，他就会在伯爵宫再过一个冬天……

如果他能计划一下，好好想想，那就易如反掌了……那为什么不趁现在，趁他独自一人在黎明散步的时候，好好计划一下,好好想想呢?

他必须继续走路,继续思考。他边走边想,直到想出了计划。他不会回去,他不会回头,直到他找到它。然后他会回去做这件事。可能是今天,也可能是明天,但一定是在布莱顿,而且他会这么做的。这次他是认真的。

他经过爱德华国王和平雕像,沿着霍夫的草坪走去。黎明的光线越来越红,越来越亮,天快亮了。他注意到并非只有他一个人,在他前面有一个穿着晨衣的胖子,爬过栏杆,向海边去了——当然,那是个疯疯癫癫的疯子,但世界就是由各种各样的人组成的。

霍夫和布莱顿还未醒来。黎明闪耀着粉红色的光芒——在最近的雨中,前方闪耀着光芒。那个胡言乱语的疯子在波涛汹涌的海面上上下颠簸。他注意到他自己没有穿大衣,也没有戴帽子——他从旅馆出来的时候,还穿着穿给内塔看的那套蓝西装,他一整夜都不曾脱衣。

他朝沃辛走去。

二

"嘣啪!"……

差点把他撞倒。这使他大吃一惊。他好像被什么东西击中了。但他知道那是什么。只有他的脑袋在反击。随着噼啪的一声，一切都涌了回来，冲了回来，咆哮着——声音、色彩、光线、现实世界的狂暴。这几乎使他无法忍受。事情会安定下来的，他很快就会调整自己，但眼下他受不了。他靠在墙上，头昏眼花。

这噼啪声！通常是咔哒一声，砰一声，啪一声。但这一次，他的大脑几乎裂成两半，几乎把他打倒在地。这些袭击越来越严重。他又犯病了。

来自深处，现实世界的影响太大了。他就是无法镇定下来。他仍然靠在墙上。他在哪里？

一个女人向他走来。"对不起，"她惊恐地说，"你需要帮助吗？"

她是一位身穿黑色衣服的中年工人阶级妇女。她带着一个稻草编织的购物袋。

"不。我没事，谢谢！"他说，"我只是有点头晕。我没事。非常感谢。"

"你真的没事吗？"她说。

"是的。多谢您的好意。我只是有点头晕。这种情况经常发作，过一会儿就没事了。非常感谢。"

她疑惑地笑了笑，继续往前走。他在哪里？他到底在哪里？他抬起头。

他走在一条狭窄的街道上。他看见一艘船的桅杆：一个木材场——

一个煤场——一条运河——大海——轮船——拖船——起重机——码头——仓库……

他无法镇定下来。他在哪里？他一定在某个港口。在哪里？南安普顿，朴茨茅斯，雅茅斯，普利茅斯，卡迪夫？他是怎么来到港口一条狭窄的街道上的？他跟港口一点关系都没有。

上帝啊，这太可怕了。他不知道自己身在何处——他不知道自己是谁——他就是不知道。他没戴帽子，头发蓬乱，又冷又累。他穿着他最好的蓝色西装。他可能在都柏林，他可能在美国，他可能在法国——他只是不知道。不，不是法国，因为那个女人说的是英语。

他必须保持冷静。他必须找人问问，去找警察。一定要他们替他查出来。到此结束吧。

他是怎么到这儿来的？要是他能记起他是怎么到这儿来的就好了！

他开始走路。他必须去警察局，请他们向他解释这一切。

但他不能自己找出答案吗？

他看见一个商店跑差在一家小烟草店外面正在撑起他的自行车。他过了马路，向他走去。

"劳驾，问一下，"他说，"这是什么地方？"

商店跑差惊恐地盯着他。

"这里？"他一脸茫然,说,"这里是斯莱德港……"

"哦——谢谢……"

他似乎把每个人都吓坏了。先是女人,现在是小伙子。但他们不像他那么害怕!

斯莱德港。斯莱德。斯莱德在哪里?他从未听说过斯莱德。斯莱德艺术学院,但不是港口。斯莱德港。

不是……

然而,还是有些似曾相识的感觉。塞得港!对了,像塞得港?但这不可能是塞得港——在塞得港,你不会遇到带着购物袋的女人、商店跑差和像这样的烟草店……

不,这里是斯莱德港。或者是斯雷德港。确实有这样一个港口——他在什么地方模模糊糊地听说过。他就是想不起来。

一辆绿色的货车开了过来。他看见上面写着几个整齐的金色大字:"斯莱德港样板洗衣店"。

"啊!斯莱德港!斯莱德港!斯莱德港!"那辆绿色小货车救了他的命——使他神志清楚了!斯莱德港!——布莱顿旁边的一个小镇。布莱顿!一切都回来了。他正住在布莱顿。一切都很正常了。他和内塔在一起,与内塔、彼得在一起,还有那个被他们带来的校园小恶霸。

但是,他是怎么来到斯莱德港的呢?事件发生的顺序是什么?他在车站接了他们,他们都喝醉了,然后他们回到旅馆里大吵了一架,然后——哦,上帝,是的,它又回来了——他们上床去睡觉了。最后一扇门关上了。液体留出的汩汩声、嘎吱声、咯咯的笑声,一整晚的咕哝声,最后的寂静。整整一夜,他们把他逼得神魂颠倒。这是内塔对他的聪明报复,因为他给了她十五英镑,逼她来布莱顿。最后,他忍无可忍,在黎明前的黑暗时分,他跑出去了。

然后是空白。一片空白,直到他脑袋里传来可怕的响声,他在斯莱德港醒来。为什么在斯莱德港?他是怎么到这里的?是坐公共汽车来的吗?是坐火车来的吗?还是他自己走着来的?他看了看手表,发现时间是九点二十五分,是吃早饭的时间。他大概是走着来的。他觉得自己好像一直在走。他精疲力竭,浑身发冷,睡不着觉,浑身发抖。自从昨晚到车站接到他们以来,在此之前,他从未受到过这样的打击。

他脑袋里出现噼啪声。这真的把他吓坏了。通常,他从深渊中爬上来,从一种"麻木"情绪中挣脱出来,或多或少有一种令人愉快的兴奋感,随之而来的是头脑清醒,这令人满意。但这噼啪声,以及随后的彻底混乱——是全新的东西。他奇怪的精神错乱恶化了吗?他所受的压力是不是开始对他产生影响了?他应该做点什么,他应该去看医生。

他自言自语地说,他这种"麻木"情绪正在好转。在圣诞节前后和之后的一段时间里,他的病发作得很厉害,在早春的时候也犯过一两次,但在那之后,他几乎完全自由了。突然发作过好几次了,他现在知道了。

他应该去看医生。医生会叫他去别的地方休息一下。但是他"在度假"——不是吗?他在布莱顿,不就是来"度假"的吗?

现在,事实上,他在斯莱德港。他现在又能看见大海了,正往布莱顿走去。他看到了几个公共汽车站,希望能很快搭上一辆公共汽车,但他真的不太在乎。

愉快的假期。起风了,打在他的脸上。风起云涌,暴风雨即将来临。平静的日子,漫长的夏天,像他一样,陷入了暴风雨和痛苦之中。他心情难过,难以言述。

最后,他搭上了一辆公共汽车。车厢里温暖,座椅是软垫的,汽车行驶平稳,速度适中,对这一切,他感到由衷的满意。

现在该做什么?回酒店找他们?去他的卧室?这个想法使他痛苦不堪,头晕目眩。

现在是九点半,他将在差一刻十点到那里,而他们几乎肯定不会起床。当然,他们会有可怕的宿醉,然后继续睡觉。不,别再折磨我了!他不敢面对自己的卧室,他们在的时候他不能上楼。他怀疑自己是否能面对他们。

那他怎么回去收拾他的东西呢——怎么洗澡并把自己捯饬干净呢？他的情况很糟糕，他必须做点什么。他也饿了。

他想他总有一天要面对他们。但是不会——直到他们下了床，直到他们下楼，他才会自信地和他们见面。

那么他必须在外面洗漱、刮胡子、吃饭——去理发店和里昂餐馆。对——就是这样——把自己捯饬干净利落了，再见他们。

他将采取什么样的态度——他将如何面对内塔的目光？在他们两个面前，他怎样才能保全自己的尊严呢？他要怎样面对那个校园小恶霸的目光呢？毫无疑问，她已经把他的一切情况——他对她长期可笑的爱慕之情——都告诉了他。他们昨晚可能边喝威士忌边笑谈这件事。

他所能做的就是假装他没有受伤，假装他没有注意到，假装他很好，假装很快乐，站在世界之巅。假装，真的，要么假装他是个十足的傻瓜，要么假装他根本不在乎内塔。不管怎样，这都行不通，但这是唯一能做的事：如果他看起来状态很好，可能会使他们感到迷惑，甚至生气。尽管他们知道，他可能有自己的秘密。

就这么办！他必须气色很好，状态很好。因此，他就到理发店去，刮脸梳洗，然后到里昂餐馆吃顿饭，当他遇到他们的时候，他就演戏——假装前一天晚上没有发生过什么——没有咯咯的笑声，没有汩汩的倒酒的声音，没有沉寂——假装他感觉很好。他们会有宿醉，但他会感觉很好。虽然不怎么好，但这是唯一的办法。

他看见西码头正在靠近。他最好在这里下车。公共汽车在普雷斯顿街停了下来，他下了车。

他沿着普雷斯顿街走，在左边发现了一家理发店。他走了进去，在暖暖的电灯下舒舒服服地剃了胡子。理发师没有说话，只是用刷子在脸上打了一团香甜的泡沫，然后像圣礼一样安静地用剃刀刮了刮。在此过程中，理发师用正式的语气问道："先生，我剃的您还满意吗？"乔治·哈维·伯恩回答说："很好，谢谢。"就这样，这两个人，理发师和乔治·哈维·伯恩，前者有自己的过去和私生活，后者有他的私生活，他们相遇了，互相感动，在电灯下沉默不语，然后分手，再也没有见面。

他走在外面，带着电灯光下的记忆——脸剃光了，头发梳理过了，衣服刷净了，衣领和领带整理过了——从理发师的镜子里看出来——他感到好极了。他走上西马路，朝钟楼走去，钟楼上的钟指着十点一刻。一阵大风从铅灰色的海面上呼啸着刮过西街，他沿着北街走到尽头的里昂餐馆。

他点了鸡蛋、熏肉、家常面包和咖啡。他觉得全身暖和起来，于是开始读别人放在桌子上的报纸。吃完饭，他抽了一根烟。很快就到了十一点。这会儿他们该起床了,他想他该走了。相反,他又点燃了一根香烟,坐在那里看报纸。让他们等吧。让他们疑惑他在做什么吧,哪怕就一次。

时间慢慢地到了十一点一刻,然后到了二十分。也许现在他该走了。他从女孩那里拿了结账单,付了账,走到街上。

离旅馆只有步行两分钟的路程,他突然感到害怕。昨晚过后,这毕竟是一种折磨。但他拉了拉外套,直了直身子,想起自己刮过胡子,穿着最好的衣服。

他径直走上旅馆的台阶。他朝餐室里看了看,但他们不在那里——只有侍者在摆放午饭的餐具。然后他朝对面的小客厅里看了看——可是他们也不在那儿。然后他去了接待处,但那里也没有人。似乎哪里也没有他要见到的人。

最后,那个女人——接待员——从她办公室后面的一扇门里走了出来。

"哦,早上好,"他微笑着说,"您见到我的朋友了吗?"

"哦……他们吗?"她盯着他,惊恐地说道,就像他在斯莱德港站在墙边时,那个惊恐的女人一样,"他们走了……您不知道吗?"

"啊,"他说,"他们已经……?"

他凝视着她,大吃一惊。

三

"他们今天早上走的——大约十点钟……"她说道。

"哦……真的吗?"他想不出还有什么可说的。

"他们说你会付账的,"她说,"这样行吗?"

"哦……真的吗?……是的,没关系……他们给我留什么话了吗?"

"没有。他们什么也没说。"

"哦,"他微微一笑,说,"真有趣……嗯,如果他们走了,那就是走了,我想是这样。"

他们仍然面面相觑。

"说实话,"她说,"我想有些事应该告诉您。"

"哦——真的吗?什么事?"

"好吧,跟您说实话,女经理不得不问他们是否介意走人。您看,昨晚太吵了,还有这样那样的事,我们真觉得不能再让他们住下去了。我想我应该告诉您。我相信您会理解的。"

"哦,亲爱的。我很抱歉。恐怕是我的错……我很抱歉。"

"哦,不——这根本不是您的错。我们很高兴您能来。但我们真觉得他们对我们来说有点太过分了。我相信您会理解的。"

"哦,是的。我确实理解。非常感谢。恐怕他们太吵了。"

"是的。他们真是这样,不是吗?而且不仅仅是噪音,真的……"她笑了笑,改变了话题,"不管怎样,我希望您能留下来。"

"哦。是的。我想我会留下来。不管怎样,再过一个晚上……我会告诉你的……好的,非常感谢。我非常抱歉。"他开始走开。

"不,别客气。我只是觉得我们应该告诉您……"

"是的。非常感谢。"他说,然后迷迷糊糊地沿着大厅走到前面的台阶上。那个快活而友好的门房现在就站在这里。

"早上好,先生。"他说道。

"您好吗,先生?"

"哦,我没事,"他说,"我听说我的朋友们被赶出去了。"

"哦,我不知道,先生,"门房害羞地咧嘴笑着说,"他们有点吵,不是吗?我相信别人会有一些抱怨。"

"他们没有给你留什么话吧?"

"留话,先生?"

"是的。我是说给我的信息。"

"我不知道,先生。您在办公室问过了吗?"

"哦,是的。我问过了。我想知道他们有没有通过您留什么话。"

"没有,先生。没有通过我留话,先生。恐怕没有,先生。"两人望着外面的街道尴尬地沉默了一会儿。"喂,"他说,这是他第一次注意到,"开始下雨了。"

"是的。现在开始下了,对,先生。"门房说道。过了一会儿,门房说:"失陪一会儿,好吗,先生?"然后就去干他的事了。

他站在那里,凝视着雨。他不知道自己现在该做什么。到目前为止,他对这一新的变化几乎没有什么反应,只是在梦中对那女人和门房作了一些不自觉的回答。现在他必须弄清楚到底发生了什么事,这意味着什么。

站在这里盯着雨是没有用的。他必须得出去走走。他跑上楼去拿帽子和雨衣。

他的房间很整洁,床也铺好了。他听见女服务员在隔壁房间里走动。(她有一堆东西要收拾!)他跑下楼,跑到街上。

他沿着东街向海边走去。大雨滂沱,风吹得他耳朵发胀。啊——夏天已经崩溃了,他也跟着崩溃了!暴风雨和灾难就在前面——只有暴风雨和灾难!

他知道如果继续走下去会被淋成落汤鸡,但他不想为此烦恼,他必须走着去。是什么命运使他总是一个人走路呢?

没有留言,没有留言的打算,却留下他来付账!他本想挽救他的自尊,但最后却给了它毁灭性的打击。他们刚刚在他选择的这个安静的旅馆里,把他当众羞辱了一番,嘲笑他一番,诋毁他,把他撕成碎片,然后又猛然退去。当然,这就是结局:他再也不能忍受了,是不是?

他们是一群肮脏的人,而内塔是最肮脏的。他真想揍她一顿,给她点身体上的伤害,打烂她的脸,叫她去见鬼。他能理解男人想打女人。

不幸的是,这不是他的方式。他不是那种喜欢泡妞的人。现在演卡格尼戏太迟了!但他为什么要买单呢?为什么不拒绝付款,让旅馆问他们去要钱呢?不,那不是他的风格。是他把他们带来的,他要负责任。旅馆一直很好,这不是他们的错。

那么,他能怎么办呢?只有一件事,跟他们一刀两断,永远不要再见到他们。到某个新地方,重新开始。但是离开这里,他能去哪儿呢?

他到了海滨,雨是不可能——不能逾越的。他进了格兰德附近的一家酒馆。在这个有吧台和桌子的酒吧间里,他点了一杯苦咖啡,注意到尽管还不到生火季节,炉火还是生得很周到。夏天已经结束了。他走过去,烤湿漉漉的腿,两条裤腿在炉火前冒着蒸汽。

他呷了一口啤酒,想着自己要去哪里,要做些什么。他必须得离开这里,找份工作,重新开始。但不是在伦敦,也不是在布莱顿。

当然,他得回伦敦去——他所有的东西都在那儿。他明天就回去。但在那之后呢?他到哪里去找工作呢?谁能帮助他,他认识谁?没有一个人,除了约翰尼。也许约翰尼会帮助他。是的。他明天就回去给约翰尼打个电话。他再也不要见到他们了。

他要给约翰尼打电话,也许约翰尼会帮他找份工作——在别的地方找份工作——远离伦敦。然后他就会好起来。他又要了一杯啤酒,然后又回来烤腿。

逃走——他现在满脑子想的就是这个。但除了伦敦和布莱顿,还有哪里呢?乡下?萨默塞特?……康沃尔郡[1]?……汉普郡[2]?……约克郡[3]?或者在河下游的某个地方,他小时候待过的地方,那时他妹妹艾伦还活着……谢珀顿,库克姆,梅登黑德?……

"梅登黑德"……当他对自己提起梅登黑德的时候,一种隐隐的、相当滑稽的感觉涌上心头——一种仿佛他想起了什么——仿佛他应该记住一些关于梅登黑德的事情……这种感觉就像你走进一个陌生的房间,或者一个陌生的地方,感觉自己以前去过那里……(人们说这是轮回或者是大脑的把戏。)"梅登黑德"……那是什么地方?他困惑了一会儿,然后就放弃了,继续一边思考,一边烤裤子。

他一共喝了四瓶啤酒,然后向海滨走去。

雨已经停了,但风在流着水的广场上疯狂地咆哮着。他在镇上找了个避风的地方。在一条小街上,他经过一家体育用品商店,看到陈

---

1 康沃尔郡(Cornwall):英国英格兰西南部的一郡。——译者注
2 汉普郡(Hampshire):英国英格兰东南部的一郡。——译者注
3 约克郡(Yorkshire):英国英格兰东北的一郡。——译者注

列着几套高尔夫球杆,便停下来看了看。

他总是忍不住看一眼橱窗里的高尔夫球杆,想起了昨天打出的六十八分。是的,就在昨天,在他经历了那么多事之后,这似乎令人难以置信……然后他感觉好多了,然后他计划再次成为一名高尔夫球手。他原本美好的愿望都泡了汤。刚刚,他在海滨小镇夏天结束的时候喝着啤酒,借酒浇愁。

他曾计划成为一名高尔夫球手,重新开始。他现在不是打算重新开始吗?那为什么不买根球杆,从打高尔夫球开始他的新生活呢?打高尔夫球是他唯一擅长的事情。不——那太荒谬了——他买不起多根高尔夫球杆。但为什么不买一根球杆——就一根——让他想起高尔夫呢?五号,比如说,把它带回去,也许可以在小球场打球,他们管它叫什么?——在肯辛顿电影院对面位于伯爵宫路高处的那个"荷兰公园"打?

打高尔夫球。这事你能做。他走进店里,几分钟后拿着一根标着七号的球杆出来了。他认为,大致来说,七号是为荷兰公园做的最好的选择。

他感到出奇的高兴。球杆是用牛皮纸包着的———一种专门为高尔夫球杆制作的牛皮纸袋子——但他知道里面的球杆是多么惹人喜爱、闪闪发光、令人爱不释手,他看到了他要用它击球的地方。他走近球洞,边走边击球。你腋下夹着这样一件东西，一定会很高兴的。

他兴高采烈，不再喝酒，决定吃午饭，然后去看电影。

他在雷金特酒店一楼的餐厅吃了午饭，然后拿着他的牛皮纸包裹的高尔夫杆走进楼下的电影院。

他六点钟出门，又喝了几杯，十点钟上床睡觉。这样，他在布莱顿的假期就结束了。他睡得很香。早晨，他收拾好行李，给兴高采烈的搬运工付了小费，然后乘出租车赶九点五分的火车去伦敦。谁承想快到伦敦的半路上，他的脑袋再次发出了咔哒声。

四

他在看报纸……

直到菲尔兹小姐亲自恳求'借过'，她才得以进入广播大厦。

看上去精疲力尽

她走到前厅时，显得苍白而疲惫。

菲尔兹对听众说："我的天哪，能再次回到这个旧麦克风前，能够向所有了不起的人讲话，并感谢你们在我这四十一年最可怕的磨难中给予我的爱和感情，这真是太好了。

"感谢上帝，感谢外科医生塞尔先生，感谢切尔西妇女医院所有优秀的姐妹和护士。

"我想说谢谢布莱克本的主教。他来看我的那天，我想是我病情最危急的一天。我觉得我已经失去了生命，我能感觉到自己在往后退。"

这一切太棒了

"亲爱的主教，在您的祈祷之后——如果您在听的话——奇迹似乎发生了。我感到自己又慢慢恢复了体力。太棒了。

"现在，我想对来自世界各地的所有了不起的人说声'谢谢'，你们给我写了如此美丽的信，还送给我那么多美好的鲜花、电报和礼物。

"我告诉您，您把我感动哭了。我为您的虔诚所折服。

"也许您想听听那个老声音——他们可不是在胡闹。我要唱一些你们都知道的歌曲的歌词。这些文字表达了我……"

"咔哒！"

"咔哒……"又来了。他坐在一间潮湿、闷热的三等舱车厢里看报纸，事情又发生了。

他试图继续读下去。

> 她唱道:"我爱月亮……"歌曲结束时,她说:"谢谢您,B.B.C.先生,晚安,愿上帝保佑您……"菲尔兹小姐今天要去卡普里。预计……

但他完全看不懂这些话的意思。他只想着脑袋里发生的事。

他的目光越过报纸,狡猾地看了看周围的乘客,看他们是否注意到发生了什么事,是否注意到他的外表有什么变化,但他们似乎没有注意到。

他坐在那里,一动也不动,假装在看报纸。他看上去就像在大庭广众之下突然感到一阵剧痛——耳朵疼、牙疼、绞痛,但他竭力掩饰。像这样的人一样:他的眼睛鬼鬼祟祟地瞥了一眼,然后又目不转睛了……又瞥了一眼,又目不转睛了,若有所思,眼珠一动不动。

他意识到自己正坐在从布莱顿开往伦敦的火车上。片刻以前,这种认识还有些道理和意义,而现在,这不过是一个麻木的世界里一个麻木的念头……

三等舱的车厢、车厢里的人、溅在窗玻璃上的雨点、他面前的报纸、一切都是灰色的,死气沉沉。但他有事要做。车轮在他身下隆隆作响,他等着看那是什么……

车轮的声音使他迷迷糊糊地打了几分钟的盹，等他醒过来时，一切都明白了。当然，他必须杀死内塔·朗登。内塔·朗登和彼得一勺烩。他可能正在去找他们的路上，他不太记得了。

是的，没错。他记得那天早晨沿着布莱顿的海滨走到斯莱德港时，他搞清楚了这个问题。起初，他想在布莱顿动手，但走着走着，他觉得在那里不安全。首先，因为在布莱顿没有一个真正有用的私人场所可以杀死他们。其次，因为他离梅登黑德太远了。他得去伦敦才能到达那里，警察可能会抓住他的，他们动作太快了。他们可能在火车上就把他逮捕了！他对他们来说太聪明了。你得小心点。他总是忘记你必须小心。

现在，他在哪里？他在火车上，很聪明，没有杀死他们。他们在哪里？哦，是的——他们已经回来了：他们昨天一大早就走了——离开了旅馆。一切都配合得很好。他已决定不在布莱顿杀他们。他们马上就在伦敦亲切地迎接他。现在他正跟着他们回到伯爵宫，他原计划一回来就立刻这么做。他在去斯莱德港的路上制订出了他的计划。他不太记得细节了，但他知道他已经安排好了一回来就做这件事。

"立即。"意思是说现在——今天吗？有点艰难，不是吗？他应该花时间考虑一下。

不——又来了！拖延——犹豫不决，拖延！今天怎么了？和其它日子一样好,不是吗?今晚去梅登黑德?多有趣的主意啊。可是他的行李不是收拾好了吗?不是一切都准备好了吗?这看起来像是命运。

梅登黑德!今晚!和平!一种前所未有的激动传遍了他的全身。今晚在梅登黑德——远离一切——整个该死的事情已经进行得太久了!梅登黑德,和平,那条河、一家旅店、一杯静置的啤酒,还有安全,绝对的安全。梅登黑德,他和可怜的艾伦一起在那里生活过。泛舟河上,阳光中,树阴下,他把手伸到船侧的水里,波光粼粼,阳光颤颤地反射在船舷上。他身穿白法兰绒衣服,一边喝着篮子里的茶,一边听着留声机。傍晚有股潮湿的气味,夕阳西下。睡觉!今晚!

不好,又下雨了,但明天是晴天。还是夏天。他起得很早,中午就会在库克汉姆坐上一艘平底船。阳光灿烂,他会躲到树下,没有内塔,没有警察,没有杀戮和肮脏。新的生活开始了!新的时代开始了!

只有一件龌龊的事要做。嗯,他从来没有逃避过责任。"是的,我承认你有某种——呃——迟钝的责任心,伯恩。"老索恩曾经说过。这意味着他是一个拖沓的人,他以自己单调的方式完成了事情。好吧,他会让老索恩知道他是对的。他会在天黑前把事情做完。

他的计划是什么?在去斯莱德港的路上,他把这一切都想好了,但现在又想不起来了。他必须把他们俩都弄到内塔的公寓里,这就是问题所在。这就是困难所在,要确保他们俩在一起。只有内塔的时候,这简直是小菜一碟，但现在他要做掉两个人了。

该死的彼得，竟然这样来搅局。他就不能别把彼得扯进来吗？不，不——现在那是不可能的了。如果让彼得活蹦乱跳地活着，就不会有梅登黑德的幸福生活了，那里就不会有安宁了——这想法太荒唐了——他还不如杀了彼得，把内塔留下呢！他们俩谁也别想跑掉——一勺烩。

那他打算怎样把他们聚在一起呢？啊，有了——想起来了——用一瓶杜松子酒就可以做到。他要用一瓶杜松子酒把他们聚到一起，用钝器击打他们。

伯纳德·斯皮尔伯里爵士说过——"显然是某种钝器"。如果他不把它变成伯纳德·斯皮尔伯里爵士口中的钝器，那就不对了。他记得自己做过这样的决定。

但是他决定用什么器具呢？什么是钝的？他环视了一下车厢。雨伞吗？这不是钝器。手提箱——很钝，但太笨重了。然后，在他的行李箱顶上，他看到了用牛皮纸包着的高尔夫球杆。

高尔夫球杆！高尔夫球杆怎么样？完美？还有什么比高尔夫球杆看起来更无害，还有什么比高尔夫球杆挥舞得更熟练，效果更好呢？本身清白！这真是天才……在内塔的房间里练习——练习挥杆，然后发生了可怕的事故。他没想到彼得站在那里！彼得喝醉了。无论如何也要把内塔干掉——把他们两个都干掉。

这简直是天才的想法，聪明得不可思议。他现在真的很兴奋——既为眼前的一切，也为自己的聪明。他看看周围的乘客，看他们是否注意到他有多聪明，他们中间有这样一个人。

"对不起，先生，"对面那个有点傲慢的人说，"如果您看完了那张报纸，能和我换一下吗？我这一张都看累了。"

"没看完。当然可以，"他说，"好主意。"他把《新闻纪事报》递了过去，拿起了对方的《每日邮报》。

"恐怕没有什么东西。"他说道。

"没有，"那人说，"没什么新鲜事。"

他打开《每日邮报》，假装在看。你很聪明。"恐怕没有什么新鲜事。"这样讲，太自然了。他就在这里，计划在接下来的几个小时里杀人，他可以在火车上完全自然地交谈。"恐怕没有什么新鲜事。"这时他打开报纸，假装在看他感兴趣的专栏，就这样，骗过了对面那位傲慢的先生。他能骗过任何人。这几乎太容易了。

但他不能自负。那样他就不再聪明了。他很聪明，连这点都能看出来。他必须聪明，狡猾，直到最后一刻，直到他到达梅登黑德。这样，就不会再有奸诈和肮脏了，只有平静，只有船侧涟漪反射的明亮的、水汪汪的、颤动的倒影……

五

他沿着维多利亚车站的站台向栅栏走去。他的脑袋在人群中晃来晃去,从检票员身边,他进入了人类密集的瓶颈。有那么一会儿,他感到有点不安:他有一种可怕的感觉,好像完全是在做梦。在这个梦里,他不得不强迫自己保持清醒。他不明白这些人在干什么,他们没有一个打算杀人,他们到底想干什么。他们都不存在,什么都不存在。他的脑子里只有计划:他有他的计划,现在他正在执行它。在这个混乱、无意义、没有计划的世界里,他的计划是他唯一要坚持的。

他感到不安,所以他去自助餐厅喝了一杯啤酒。他觉得这能让他改过自新。这杯啤酒果真起到了这种作用。

他走了出来,拖着手提箱和牛皮纸包裹的高尔夫球杆,径直走向电话亭。

电话亭都被人占用了,里面亮着灯,他只好等一段时间才进入其中一个。他终于抓住了机会,拖着皮箱走了进去,把他的包裹有牛皮纸的高尔夫球杆靠在软木墙上,墙上有人们不耐烦地用硬币在上面画出的巧克力色的圆圈。他有自己的计划,毫不犹豫地把两个便士投了进去。

他立即拨通了她的电话。

"喂。"她说。

"喂,是你吗,内塔?"

"是的,你哪位?"

"内塔,我是乔治。"

"哦——是吗?"

"你怎么了?你就这么消失了。我刚到维多利亚。"

"哦……是吗?"

"是的……你怎么了,你就这么消失了?你连个口信都没留。"

都是所有计划的一部分……他早想好了。他不得不故作自然,假装自己很受伤。如果不这样,他们会认为有什么事是假的。

"我们没留吗?"她说,"嗯,事实上我们不能留。我们是被赶出来的。我很抱歉。"

"你说'被赶出来'是什么意思?"

"被赶出来。他们叫我们走的。"

"嗯,我还是觉得你可能留了言。"

"你这样想?我不明白为什么……我很抱歉,但我们只是没有考虑到这一点。"

"我得付账单,不是吗?"

"你真爱吵架,乔治。如果你担心钱的问题,我们会还给你的。你怎么了?"

"哦,没有什么……内塔。听我说。"

"好的。"

"我可以过来看看你吗?我刚在手提箱里发现了一瓶杜松子酒。我全忘了。我想彼得可能会过来,我们一起把它打开。"

她停顿了一下。

"好吧,"她说,"如果你愿意,就过来吧。"

"彼得在吗?"

"不在,我没见过他。"

"哦,好吧,我给他打电话。我大约十二点左右到。这样可以吗?"

"好的。"

"那好吧。再见,内塔。"

"再见。"

他出来进了车站。此刻,他仍然感到如梦如幻、呆滞、困惑,但他知道自己做得还不错。

现在该打车去帕丁顿了……

帕丁顿!事情越来越近了,越来越近了,变得非常真实了!帕丁顿到梅登黑德——现在已经到站了!在他的脑海里,他曾无数次地想到这次旅行,但当它即将成为现实时,他却从来没有真正地想到过。

维多利亚到帕丁顿，帕丁顿到梅登黑德。这一切都非常令人兴奋。

车站广场上停着许多出租车。他等着其中一辆的乘客下了车，然后对司机说："请到帕丁顿车站。"然后带着他的手提箱和高尔夫球杆上了车。

天正下着倾盆大雨。他们沿着白金汉宫的城墙走，然后进入公园，来到大理石拱门，然后沿着贝斯沃特路，然后进入海德公园广场，经过那个自称药剂师的化学家门前，再到帕丁顿。

一个搬运工打开门，帮他拿手提箱和高尔夫球杆。他付了车费，对搬运工说："我只想把它放在寄存处。"搬运工说："好的，先生。"然后领着他向寄存处走去。

当他们在嘈杂的车站等着寄存处服务员拿手提箱的时候，搬运工说："您什么时候来取，先生？"他犹豫了一下，回答说："嗯——我真的不知道——今天某个时候吧。"

"去哪里，先生？"搬运工问道。

"嗯——梅登黑德，"他说，"晚上有几点的火车——你知道吗？"

"嗯——有五点十五分的，六点十三分的……"搬运工说，一口气说出了许多车次。

服务员终于来了，抓住皮箱和高尔夫球杆。

"不，那个不要拿走。"他说道，他指的是高尔夫球杆。球杆还给了他。

他付了三便士的账,收了存根,给了搬运工一个先令,然后走进快餐部,又喝了一杯啤酒。然后他走出车站,在街上叫了一辆出租车。

"请到伯爵宫车站。"他对司机说道。

六

当出租车在街道上疾驰而过的时候,他模糊地想知道为什么他必须换一辆出租车,为什么他必须按照这个顺序做事。当他到达伯爵宫时,他意识到他必须从车站给彼得打电话。为什么?他给内塔打电话后,为什么不直接在维多利亚给彼得打电话,把事情办妥呢?为什么他要先把手提箱寄存在帕丁顿,然后再打车去伯爵宫给彼得打电话?

就好像有人告诉他要按照这个顺序做这些事情。谁告诉他的?有人知道吗?当然没有。没有一个人。他记得做事的计划。如果忘记了,他就真是个傻瓜。这就是他的计划。他在执行他在火车上制定的计划。

按照计划去做,一切都会好起来的。他注意到,这是个相当昂贵的计划,还要坐这么多出租车。当然,现在钱已经不重要了——这就是乐趣所在。他今晚会在梅登黑德,钱不是问题。这就是整件事的简单之处。

但在他到达那里之前,他必须有足够的钱。如果他发现他因为没有足够的钱而无法到达那里,那就糟糕了!他在口袋里摸了摸,发现有两英镑纸币和一些银币。这还不够：可能会有一些障碍，他想要的远不止这些。他得去趟银行。这并没有在计划中，但他还是得这么做。

这一切都不容易。你得时刻保持大脑运转。你不可能就这样陷入梦境，不假思索地绝对服从计划。嗯，他可以好好思考。不过，他会很高兴的，因为一切都要结束了，再也不用思考了。

他到了伯爵宫车站，付了车钱。现在是差五分十一点。天下着倾盆大雨。现在该给彼得打电话了。当走进电话亭时，他又感到莫名其妙的恐惧，怪哉！如果找不到彼得，他就得重新制订计划，那就太糟糕了。他振作起来，把他的两个便士投了进去。

他一下子就找到了彼得。太神奇了，他是怎么找到这些人的！当他制订这个计划时，就好像他有预言的天赋。也许是这样。(这个世界很奇怪，其中的事情比你的哲学所能想象到的还要多，霍雷肖。)

"喂。"彼得说。

"喂，是你吗，彼得？"他说，"我是乔治。"

"哦，"彼得说，"你好。"

"你好吗？"

"我很好，你呢？"

"我很好。看，彼得。我刚跟内塔通了电话。我发现了一瓶忘在一旁的杜松子酒，我想我们应该打开它喝掉。我十二点到她那儿去。你要一起来吗?"

彼得犹豫了一下。"哦……"他说,"好吧。我这就去。"

"我听说你在布莱顿被赶出去了?"

"是的,我们被……"

"我想你可能给我留了口信。谁承想你们就这么随随便便地走了。"

"抱歉。我们没有考虑过这个问题。"

"嗯,好吧。十二点见。"

"好,再见。"

"再见。"

就得这么办……很简短,很聪明。对布莱顿的抱怨足够多,让它看起来很自然,顺理成章。

就这样落在了他的手中。当然,他们无法抗拒免费的杜松子酒——他们永远无法抗拒免费的酒。你会认为他们会感到羞耻,真的,在他们对他做了那些事之后,你会认为他们会感到尴尬,试图避开他。但他们不是这样。他从布莱顿回来时,已经是一条被踢了一脚的狗,但尾巴还在摇着,手里还拿着一瓶杜松子酒,他们准备再次接纳他。

要知道这很牵强。"好吧,如果你愿意,过来吧。"

"好吧,我这就去。"

真的,他们有胆量!他们真傻。他们罪有应得。

现在他已经到了银行。他走进银行,从出纳员那里取出了十英镑。出纳员总是很和蔼,对他一视同仁。他突然想到,这是一次告别,等他到了梅登黑德,就不会来这里存取款了,他也就再也见不到这个人了。他感到一丝遗憾。

当他出来时,他看了看表,发现已经十一点十分了。

现在,只剩下准备杜松子酒了,一切都准备好了。

七

他不是在酒馆里,而是在卖酒的商店里买杜松子酒。他不知道为什么会这样,但这是计划的一部分,他不敢违背计划中的任何内容。到目前为止,这对他来说还算不错。

他找到一家商店,买了杜松子酒。(他舍得花这钱!)然后他沿着伯爵宫路走到那伙人为之争吵却从没去过的酒吧。他必须一个人待着,就好像现在有人走过来跟他说话(比如,如果他偶然遇到彼得),整个计划就可能落空。

当他在雨中走在拥挤的街道上时,他又被一种可怕的感觉包围着,仿佛是在做梦,只有靠意志力的努力,只有集中精神执行计划,服从计划的要求,才能使自己保持活跃和清醒。他又一次搞不懂这些人在干什么，他们谁也不打算杀人，他们到底想干什么。他们没有现实，也没有动机。没有什么是真实的或有意义的。满脑子都是计划：他有他的计划，现在他正在实施它。

他在酒馆里点了一品脱啤酒，酒馆里的大钟指着十一点二十分。毫无疑问，它快了五分钟，这意味着时间是十一点零一刻。也就是说，他还有三刻钟的时间。不是很长。再过一个小时，一切都可能结束。

他绝对是冷静的。尽管他计划了这么多年——似乎是好几年，现在他终于要去做了，他还是感到惊讶并有点困惑。这就像在夏天计划早起洗澡，然后日复一日地推迟，然后某天早上起床，发现自己站在跳板上。他来了。他现在只要跳进去，一切苦恼就都没了。

是的，他很冷静——几乎是无聊。他毫不怀疑自己有能力迅速地、不慌不忙地完成这项工作。再过几分钟就结束了。用高尔夫球棒击打彼得，然后击打内塔，反正她只是个女人。如果他够快的话，他可以看到她没有发出任何声音。然后他会回到这里再喝一杯。然后呢？吃午饭？不会晚于十二点半。

十二点半，他发现了一个障碍。仍然是白天。一连好几个小时还是白天，当然，天黑之前你不能去梅登黑德。这就是梅登黑德的全部意义——他必须摸黑到达那里。梅登黑德没有意义，除非他在黑暗中到达，然后第二天早上醒来，面对太阳、河流和安宁。即使是在梅登黑德，只要他天黑前到，警察就可能会干预，可能会抓住他。他对法规了如指掌，你不必认为他会犯错误而忘记这些法规。这就是问题所在。他得在伦敦等上几个小时，天黑之后才能赶到梅登黑德。当他在伦敦等待的时候，警察可能会干预。

他为什么没想到呢？他的计划到底出了什么问题吗？他当然是考虑到这一点了：他不可能傻到不这样做。如果他没有考虑到这一点，他必须想出一个办法——而且速度也很快——已经十一点半了，时间越来越短了。这绝对是糟糕的。

然后他想起来了。当然可以。门上贴一张纸条。"九点半回来。"他不是个傻瓜，毕竟他没有出错。他很聪明。他只是忘记了。完事后，他在门上贴一张纸条，上面写着"九点半回来，内塔"。他们会认为是内塔写的，这就意味着在九点半之前，没有人会按铃，没有人会干涉，到那时天已经足够黑了，他会乘坐开往梅登黑德的火车，当他到达那里时，天将已经很黑了。事实上，他相信只要上了火车就会很安全——离到达梅登黑德还很远。在这一点上他不是很确定。这很有趣。不过，不管怎样，这都不重要。直到九点半他们才会发现。

就这么办。他必须得写好纸条。他最好现在就去做。他从口袋里掏出一封旧信，问吧台后面的人有没有铅笔。

有人给了他一支铅笔，他用大号字体写道：

九点半回来。内塔和彼得

然后把铅笔还给了那个人。

他不太确定"和彼得"是什么意思,但他想,总的来说,这样写最好,以防一些爱管闲事的人也在找彼得。

现在是差一刻十二点。

用别针把它别在门上怎么样?问那个人他有没有?不。这可能会引起怀疑,透露线索。你再怎么小心也不为过。你要么做得完美无缺,要么什么都不做。

"帮我保管一会儿啤酒,好吗?"他对吧台后面的人说,"我只想到马路对面去买点东西。"

"当然可以,先生。"那人高兴地说道。然后,他走出去,穿过伯爵宫路,走到对面的小服装店。

"你有别针吗?"他对女孩说。"别针?"女孩说着,抽开抽屉,把别针放在了柜台上。他挑了一个粉红色的包,里面装着数不清的银别针。他付了三便士,然后走回酒馆,他的啤酒还原封不动地放在柜台上。

他把剩下的酒一饮而尽,看了看钟表。现在是差六分十二点。

好了,现在一切都安排好了。最后一个障碍已清除,一切顺利。

他是应该再喝一杯,还是直接去?再来一杯,也许是半杯。"我能再喝半杯吗?"他对那人说。

他很快就喝光了——两口就喝光了。他估计到内塔那里需要三分钟,而现在是差三分十二点。"早安。"他对吧台后面的人说道,然后拿起那根棕色牛皮纸包着的高尔夫球杆,走到街上。

现在雨已经停了,他感到特别高兴——啤酒有点上头——不足以影响他——刚好使他高兴起来,头脑冷静下来。

他很高兴自己头脑冷静,没有紧张。那一刻,以某种不寻常的方式,终于到来了,仅此而已。他一点也不害怕——只有一种轻微的神秘感,略感奇怪,他终于要去完成长久以来想要做的事情了。

为了他们,他也很高兴自己很冷静,精神正常。由于冷静并且精神正常,他会迅速完成任务,不会搞砸,也不会伤害他们。如果他伤害了他们,他永远不会原谅自己。事实上,如果这样做有任何问题的话,整个事情都会被取消。伤害任何人,这是他一生中从未做过的一件事。

前门开着,他走上石阶——他亲爱的老朋友。这是最后一次,他想,这是他们三个人的最后一次。在他去梅登黑德的路上,他还会再来一次,就再来一次,但是他们不会再来了。总的来说,生活的悲哀和不可理解使他感到压抑。他为他们感到难过,并再次下定决心,不让他们受到伤害。

他走到顶层平台，按响了老朋友——门铃。一阵沉默后，开门的是彼得。

八

"你好，乔治。"彼得说道，让乔治关上门，自己走进了起居室。乔治跟着他走了进去。

内塔坐在扶手椅上。她还没穿好衣服，只见她穿着深蓝色睡裤，一件与她的红拖鞋和红围巾相配的睡衣。她看上去从来没有这么可爱过。她在喝啤酒。

"哈喽，伯恩，"她说，"你好吗？"

"哈喽，"他说，"你好吗？"

她穿着这样一件睡衣，真是奇怪而又令人不安。他没有想到要杀死穿着睡衣的她。他曾看见她穿戴整齐，准备出门。这没有什么区别，真的，但他必须调整自己的想法，以不同的方式看待这件事。

"你带来的到底是什么玩意儿？"彼得说，"我还以为你会带杜松子酒来呢。"

"这个？"他说，"这是高尔夫球杆。"

"哦，那真是松了口气。"内塔说，用她那种愤世嫉俗、尖刻的眼神上下打量着他,"我还以为是把伞呢。"

"是的,我也这样想的。"彼得说道。他们都笑了,似乎有点紧张,看着他……

"不。只是一根高尔夫球杆。"他说,和他们一起笑着,把球杆上的牛皮纸撕了下来。"我又开始打高尔夫了。这是我在布莱顿买的。你们去的那天我完成了六十八。"

"六十八?"彼得说,"六十八是什么意思?"

"六十八?是个得分。你是怎么理解的?"

"对我来说,这听起来好像有点下流。"内塔说道。"是的,非常下流。"彼得说道,两人又笑了起来。他们显然很轻率。

"瞧。"他说着,把最后一张牛皮纸扔到地板上,举起了球杆。"这不是很可爱吗?来,感受一下。"说着,他把球杆递向彼得。

但彼得把手插在口袋里,不接。

"我才不要什么该死的高尔夫球杆呢,"他说,"我想喝点杜松子酒。"

他们又笑了。

"哦,是的,"他说,"我这儿有杜松子酒。"他从大衣口袋里掏出酒瓶,放在壁炉台上。然后他把球杆靠在桌子上,开始脱大衣。"我去拿些玻璃杯好吗?"他说道,"在厨房里,是吗?"

"没错。"内塔说道,然后他走进了厨房。

"你有意大利食品或别的吃的吗？"他一边收拾杯子，一边从厨房里喊道。"我们不能干喝酒不吃饭，对不对？"

"不能干喝，"她向身后喊道，"碗橱顶上有一些酸橙。拿过来。再来点水。"

"好的！"

他把青柠汁连同玻璃杯放在托盘上，又从水龙头那里把马莎百货的玻璃壶装满了水，放在托盘上，把它们全都端了进去。

彼得已经打开了瓶子，他和彼得互相帮助，调酒。他把内塔的杯子递给她，然后拿起自己的杯子，然后说："好吧——是这样的……"

大家喝完酒后，沉默了一会儿，气氛阴沉，谁也没有说话，他明白，时间或多或少已经到了。他把酒杯放在桌上，拿起高尔夫球杆，在空中使劲地挥了一挥，仔细地看了看杆，又挥了一挥。

他很高兴自己这么自然地抓住了那根球杆，而且用一种非常自然的方式抓住了它，因为现在一切都很顺利。

他可以假装在玩它，抚摸它，练习击球，直到合适的时刻到来。合适的时机还没有到来。

他觉得他们应该喝一杯，如果可能的话，他希望内塔离开房间。他不想让她看到他击打彼得，那可能会吓着她，并引起一阵恐慌。

这一刻很快就来了。他们聊了一会儿，他又喝了一口杜松子酒和酸橙酒（同时仍然紧握着球杆），然后内塔说："好吧，如果你只是站在这里打高尔夫球，我要去换衣服了。我一点钟有个约会。"

她点了一支烟，拿起自己的酒，走进自己的房间，把门关上，留了几英寸的门缝。

彼得扑通一声坐在另一张扶手椅上，拿起《每日快报》读了起来。

他继续想象着在地毯上打高尔夫球，用眼角的余光看着彼得。好吧，我们到了。现在。来吧，孩子，现在，回转，慢慢后退。眼睛在他左耳后面的头上……眼睛盯着他的耳朵，跟着他……但他继续打起了切球，他听到自己的心在跳动，他感到耳朵里有歌声。

他走到窗前，望着下面令人眼花缭乱、潮湿而怪异的街道。

"湿得可怕，是不是？"他说道。

"是的，"彼得说道，他正在看报，不想多说话，"正是。"

为什么会有急速摇晃和歌声？他害怕吗？他怎么了？他有工作要做。他现在不打算退缩了。来吧，振作起来。你当时站在木板上。跳进水里，一切就都结束了。潜入水中使劲游！数到十，潜入水中！他是个懦夫吗？他会在最后一刻失败吗？

不——他不是懦夫。现在开始吧。他有点紧张，但没关系。他走回地毯上，开始看他的球杆，又开始玩起了切球。他听见内塔在隔壁关上衣柜。彼得继续看着报纸。

好了，数到十，开始吧。好吧，数十下。一，一个小筹码，二，一个小投球和跑动，三，四，哦，别胡闹了，开始吧！现在……看看他的耳朵……现在……往后退……

好吧，既然是你要求的！现在！

他愤怒地挥起球杆，对准彼得的耳朵，但有趣的事情发生了。还没挥到彼得耳边，他自己的头似乎就被击中了。噼啪！它只是把他击倒了——一切都停止了。奇怪至极。他肯定是打了自己，而不是打彼得。还是别人打了他？他感到完全晕头转向——一切都在转来转去，走远了又回来。他觉得自己快要昏倒了。他跟跟跄跄地走进房间，靠在桌子上，把自己的酒碰翻了。

九

"噼啪！"……

他在一个房间里某个地方，靠在一张桌子旁支撑着自己，弄洒了桌子上的一杯酒，这事又发生了。

噼啪！……他知道那是什么。那只是他那可怜的脑袋发出了噼啪声。那声音太可怕了，几乎把他打晕了。以前，声音不是这样的。它曾经是一种有趣的咔哒声、砰的一声、啪的一声——相当迷人。现在是这个可怕的噼啪声。他的情况越来越糟。

当然，现在一切都涌了回来——声音、色彩、光线、真实的世界——呼啸着涌了回来。但他被脑袋里的噼啪声和现实的奔涌咆哮弄得晕头转向，无法镇定下来。他很快就会好起来的，但就目前而言，这对他来说有点难以承受。他不知道自己身在何处。

"你没事吧？"他听见一个声音说道，他知道这个声音刚才还问过同样的问题。

"没事，我很好，"他说，"我会没事的。"

他在哪里？他只好一直装模作样，直到弄清楚自己身在何处。

他仍然靠在桌子上，抬起头来。显然是一个房间。但这是什么房间，他又是怎么到这里来的呢？他走进了一个陌生的房间吗？他喝醉了吗？他是不是被人击打头部并被抢劫了？有人带他去他的房子里休养了吗？

他听见那声音凑在他耳边说话："你怎么了，伙计？你嗑药了还是怎么的？"

乔治转过身来，看见一个留着小胡子的白皙男子盯着他的脸。他不知道自己以前是否见过这张脸，但出于某种先入为主的原因，乔治有种讨厌他的感觉。有一种直觉，他熟悉这张脸，它邪恶，令人梦魇。

"不，我很好，"他说，"我只是脑袋疼。我会没事的。"乔治觉得只要他能说出这张邪恶的脸的名字,它就不再是邪恶的了,其它的一切就会回来。它很快就会回来的。所发生的一切只是他的脑袋从一种"麻木"情绪中噼啪一声又恢复过来了。与此同时,他必须继续装出知道自己身在何处的样子。

"内塔,"他听到那个声音说,"我们的朋友脑袋疼,不小心把酒弄洒了。我到哪里去找抹布擦一下呢?"

"内塔"……他知道"内塔"是谁。就是他为之疯狂的伯爵宫的一位未婚女子,经常痛骂他的一个人。但她是怎么参与进来的?她在哪里?为什么提到她的名字?

他听到隔壁房间传来一个声音。

"咋了?他怎么了?"

这是内塔的声音。毫无疑问。内塔!嘿!刹那间,他明白了一切。这是内塔的公寓。他认出来了。这个邪恶的人就是彼得。对方也认出了他。事实像白昼一样清晰。但他是怎么做到的呢?几点了?这天是什么日子?他们在做什么?与此同时,他必须假装知道。

"好吧,"他说,"我去拿块抹布。不用麻烦了。厨房里有一个。"

他走进厨房,找到了抹布,又回来了。

"我做了什么?"他一边说,一边用抹布把洒在地上的酒擦干净,试图探问重又坐在扶手椅上的彼得,"我觉得头晕目眩。"

"我不太清楚。"彼得说,"我在看报纸。你在挥动球杆,然后你好像打了个趔趄,向前扑去,抓住了桌子。"

"哦……"

挥动球杆?什么球杆?他只能想到印度球杆。他是在做瑞典式训练或者其它什么?

然后,他看到高尔夫球杆躺在地板上。我的天哪,那东西怎么会在这儿?这是他在布莱顿买的!他想在肯辛顿的高尔夫球场打高尔夫。究竟是什么促使他把它带到这里来的?内塔和彼得不懂高尔夫。

把洒在地上的酒擦干净后,他把抹布拿回厨房。他打开水龙头,把抹布洗干净。他很高兴一个人待着。他必须想清楚。记忆慢慢地回来了。布莱顿。他在海滨的"麻木"情绪——在斯莱德港醒来。他回到旅馆后,发现他们都不见了。雨下了一整天,他在外面闲逛,第二天早上又坐火车去城里……然后一片空白——又是一种突然的"麻木"情绪——完全一片空白,直到他的脑袋在大约一分钟前啪的一声恢复到原样,他几乎昏过去了。

他昏迷多久了?就他所知,可能好几天了。他相当肯定,是从那天早上开始的。他还穿着记忆中离开布莱顿时穿的那件衬衫和西装,并且他有一种明确无误的感觉,好像最近坐过火车。他看了看表,现在是十二点半。

这段时间他在干什么呢？他的手提箱在哪里？他大概把它带到旅馆去了。他想他回来的时候会在那儿找到它。那他怎么会带着高尔夫球杆到这里来呢？他快要疯了，必须马上去看医生。

与此同时，他必须尽可能装出最好的样子。他回到起居室。内塔现在出来了。她已经穿好衣服，正在穿鞋。

"你好，伯恩，"她说，"你康复了吗？"

"是的，现在好了。"

"我想再喝一杯你带来的美味的杜松子酒，"她说，"如果你能给我斟上而不再弄洒的话。"

"你带来的"杜松子酒？那么，他提供杜松子酒了吗？听起来他好像说过。最好什么也别说。

"好的。"说着，他把酒倒出来，搀上酸橙汁，递给她。

"你要喝一杯吗，彼得？"

"哦……谢谢。"

他给彼得倒了一杯，递给他，自己也倒了一杯。他喝了一大口，开始觉得有点醉了。

他望着他们，想起了布莱顿——在过去的六十个小时里，他们让他吃尽了苦头。

他为什么偏偏回到这里来呢？究竟是什么魔鬼，抑或什么天使，或者是什么东西把他带回到他的"麻木"状态（他对此一无所知）？在他们让他吃尽苦头之后，他恨透了他们，想要离开他们。

他惊讶于他们竟然有勇气面对他。只字未提她背信弃义，让其他人失望，只字未提留下他来付账，只字未提他们连个口信都没留下就不辞而别了。他们认为这一切都是理所当然的，因为那是"乔治"。他觉得他必须到外面去。

"顺便问一下，有什么计划，"他说，"我们出去喝一杯好吗？"

"没有计划，"内塔说，"我在格洛斯特路一点钟有个约会。就是这样。"

"那么好吧。我们出去喝一杯，好吗？"

"好吧，"内塔说，"我同意。"

"那好吧。"彼得说道。

几分钟后，他们一起哗啦哗啦地走下石阶。

天还在下雨。他想知道内塔的约会是什么时候。和那个棕色眼睛的小霸王约会？他其实不在乎了：他太困惑，疲于在乎。

他们去了"黑鹿"酒吧，因为它离车站很近，内塔可以很方便地搭上去格洛斯特路的火车。里面非常拥挤，他们一进去就被蒙太古先生给缠住了。（这是一位身材魁梧、声音浑厚、令人震惊的犹太人，最近和他们交上了朋友，每次都要把那个刚娶了老婆的男人的事告诉另一个小个子,明白吗?)蒙太古先生请他们仨喝酒,给内塔和彼得讲一个他根本不想听的故事。他找了个座位,独自坐在那里喝着啤酒,置身于午餐时间的喧闹声和混乱之中。

一点二十分左右,内塔走了(对等她的人来说真是太好了),彼得正在和蒙太古先生争论犹太人的问题……蒙太古先生和彼得一样,总体上反对犹太人,但其中有无限的微妙之处……他坐在那里,隔着所有的噪音,都能听到这一点。

他很累。他会再喝一杯啤酒并抽根烟,然后回到旅馆睡觉。他以为手提箱还在那里。他挤过人群,买回啤酒,坐了下来,在口袋里摸了摸香烟。他拿出一张粉红色的折叠纸,里面包着许多闪亮的银色别针……

别针!……一根高尔夫球杆,一瓶杜松子酒和一包别针。事情开始变得有趣起来。还有别的吗?

他在口袋里摸索。他在屁股口袋里发现了十张崭新的英镑钞票,在马甲口袋里发现了一张帕丁顿寄存处的收据。

帕丁顿。原来他的手提箱就在那里!不知怎的,他心里一直都知道那不在他的酒店里。

别针……杜松子酒……英镑纸币……高尔夫球杆……内塔……寄存处开的票,他受不了了。反正他喝醉了。他最好去睡觉。

他没有向彼得告别,就从嘈杂声中走了出来。他顶着雨,向福康堡广场的旅馆走去。

那只白猫在他门外的通道里。看到他,它张开嘴,发出一种半哀怨半烦躁的声音。他把这当作欢迎。

"你好,猫咪,"他说,"我们去睡觉吧,好吗?"

真有趣,下午两点四十五分就上床睡觉了,还没吃午饭。楼下的客人们无疑也在喝酒。当他脱下外套和裤子时,那只白猫一边走路,一边有条不紊地把一只爪子交叉在另一只爪子前,在他的腿间钻来钻去,发出疯狂的咕噜声。

他迅速拉上轻薄的窗帘,穿着衬衫就钻进了被窝里。停顿了一下,然后他突然感到那只猫跳到他身上。

他掀起被子,好让猫进来。那只猫犹豫着,走进一半身子,扒拉着爪子,发出呼噜声。

"来吧,猫咪,"他说,"别弹钢琴了,去睡觉吧。"

但那只猫还在不停地"划水",呼噜呼噜地叫着,他还得把被子给它撑开。

最后,那只猫潜入了"水下",费力地转过身来,继续呼噜呼噜地叫着,但不再"划水"了。

"来吧。我们睡觉吧,猫咪。"他说道。

猫发出呼噜声，他开始喘粗气。

粉红色纸包裹的银色别针、一瓶杜松子酒、英镑钞票、高尔夫球杆、内塔、他的"麻木"情绪、寄存处开出的票、帕丁顿……这一切对他来说都太过分了。

那只猫偎在他身边，很暖和，突然停止了呼噜声，睡着了。猫的温暖拍打着他的身体，拍打着别针和钞票，乔治·哈维·伯恩也睡着了。

伯恩先生

> 美酒琼浆，毁灭了多少
>
> 著名的英雄豪杰，你却能克制；
>
> 壶中倾出，红玉一样的珠光跳跃，
>
> 气味芬芳，可以使神人共同赏心，
>
> 却不能引诱你丢开晶莹的溪泉。
>
> ——约翰·弥尔顿《斗士参孙》

一

1939年，有一个十八岁的年轻人，名叫约翰·哈利威尔，从苏塞克斯的刘易斯[1]来到伦敦的伯爵宫。他受雇于城里的一家保险经纪公司,这家公司对他的勤奋、正直和善良的性格评价很高。

年轻人一头金发,胡子刮得干干净净,皮肤光鲜,鼻子相当突出。他住在永恩路一幢房子的顶楼上一间又小又便宜且有点脏的房间里。

他在这里睡了一觉,吃了一顿早餐,但他的大部分空闲时间都在附近的户外度过。因为他是第一次独自一人来到伦敦,而且在他这个年纪,外面的世界通常与那些受了创伤、患了黄疸病的居民所看到的完全不同——事实上,在他这个年纪,即使是西街七号的风景,也可能与生命的开始而不是所有希望的终结联系在一起,街道和行人都充满了非凡的神秘和浪漫。

晚上,有时他只是四处走走,有时去看电影,但他最喜欢到酒吧里去,喝一两杯酒,观察和倾听比他年长的人。在这种情况下,他会喝一小杯波尔图葡萄酒(产自葡萄牙),这是他唯一喜欢的含酒精的饮料。他甚至不能肯定自己是否喜欢这样,但他渴望获得喜欢喝和真正喝酒的世俗感觉,就像他渴望获得进入酒店的世俗习惯一样。

有时他会和别人攀谈起来,一个晚上可能会喝上五六杯这样的小酒(回家时,他对精神上的满足,而不是身体上的微醺感到高兴),但

---

[1] 刘易斯(Lewes),英国英格兰东南部小镇,隶属苏塞克斯郡。——译者注

通常他独自站在角落里观察。

在他用这种方式观察的许多人当中，有一小部分人给他留下了深刻的印象。在他看来，这一群人的中心是一个皮肤黝黑但极其迷人的姑娘，这姑娘总是披散着一头蓬乱的头发（因此给人的印象是她刚不慌不忙地从隔壁什么地方溜出来喝酒），一副不苟言笑、无趣的表情，使他既厌恶又着迷。和她在一起的，几乎总是有一个金发男子，那位男子脸色苍白，面相相当野蛮，留着金色的"卫兵式"小胡子——一个留着小胡子的小个子男人，大家都叫他米奇。他口若悬河，有时烂醉如泥。另一位身材高大，蓝眼睛，看上去很疲倦，也留着小胡子。在这个圈子里，经常也会有其他人——比他年轻一点的男子（偶尔也会有一个女子），据他推测，这些人都和剧院有关系。

这些人给年轻的哈利威尔留下了深刻的印象，原因有很多。首先，他只对他们的年龄和成熟（他们都在三十岁左右）印象深刻，对他们所享受的生活阶段印象深刻——在这个阶段，他们似乎保留了年轻人的所有外表、活力和喧闹，同时显然积累了大量的世俗智慧和经验，而他自己，在十八岁时很谦虚，曾怀疑自己是否能获得这些。接着，他又被他们的吵闹声、老练的幽默和黑话所打动，还有他们不拘束，就像在自己家一样，无论他们碰巧拥有什么财产，他们似乎既拥有又轻视。然后，他们喝的酒和花的钱给他留下了深刻的印象，同时他们似乎完全无所事事或处于失业状态。后来，他对他们与戏剧界的明显联系印象深刻（据他推测，那个女孩是电影演员）。最后，当然，那姑娘本人也给他留下了深刻的印象，她那黝黑的美和奇怪而随性的举止，萦绕在他的脑海里，挥之不去，使他不成熟的想象力不堪重负。事实上，他心里充满了一种无望而又无法估量的渴望，尽管他不愿承认。

说实在的，要不是为了那姑娘，他也许根本不会在意她所在的那一群人，因为他虽然在某种程度上对他们的大摇大摆和举止感到敬畏，但他并不完全喜欢他们所营造的气氛。不过，因为这个姑娘的缘故，他一定要光顾他们常去的那些酒吧（尤其是"黑鹿"酒吧），独自一人站在远处的一个角落里，看着发生的一切，心里带着一定程度的轻蔑，但也许更多的是嫉妒。他常常想，自己长大能不能有足够的经验，像这些人那样在公众面前大摇大摆，和那样一个姑娘逍遥自在地交往。简而言之，他对这些人的感觉，就像一个刚进公学的男孩看到那些"花花公子"的滑稽行为时所产生的那种半嫉妒半佩服的感觉。

除了那姑娘，在这群人中，有一个人相较于其他人更使他感兴趣（但对他的敬畏感却较少）。这就是那个身材高大、神情疲惫的人，他确认了他的名字叫"乔治"。他注意到，这个"乔治"虽然喝酒和其他人一样多，但声音却比其他人小得多，在狂欢或争论中，他常常独自坐在那里，孤独而忧郁地望着天空。他的表情也比其他人更单纯、更亲切，对其他人来说，他有时似乎有点脱离了画面。

夏末的时候，年轻的哈利威尔注意到这个人似乎已经退出了这个圈子，尽管他还留在伯爵宫喝酒。

例如，他会看到那个女孩和她的朋友们在一家酒吧饮酒作乐，然后去另一家酒吧，而这位身材高大、悲伤的男子独自站在柜台边的一杯啤酒前。

一天晚上，他发现自己和这个"乔治"单独在一家酒馆里，他不知道自己是否敢和他攀谈。他急于这样做，不仅因为他对这群人很感兴趣，而且因为他在内心深处抱有这样的希望：如果他认识了这个人，他就有可能认识那个姑娘，甚至在整个人生的学校里与这位最迷人的高年级学生建立联系。

在考虑了各种各样的谈话开场白后，年轻的哈利威尔拒绝了它们，因为它们太平庸或太唐突，最后认定自己没有勇气和这位大个子男子说话。当他碰巧打开一包新买的香烟，把香烟卡扔到柜台上时，他发现那个大个子男子正在和他说话，他感到非常惊讶和高兴。"对不起，"大个子平静地说，"这个，你还要吗？"

"不要了。一点儿也不想要了。"年轻的哈利威尔说着，把那张卡递给他，"您对高尔夫球感兴趣吗？"

"是的。有点……"乔治看了看卡片背面，说，"并不是说这些提示有什么用处……但我总是喜欢看它们。"

"当然，我永远也打不好高尔夫球，"年轻的哈利威尔说道，既然谈话已经开始了，他就不顾一切地想把谈话继续下去，"我试过很多次了，但就是打不好。您打得好吗？"

"嗯，我曾经打得不赖，"大个子说，"事实上，不久前在布莱顿的时候，我还打出了六十八分呢！很了不起，不是吗？"

"是的。还不错，对吧？那个球场也很陌生。"

这段对过去胜利的小小告白，是以一种天真、简单、柔和的语调说出来的，年轻的哈利威尔吓了一跳。哈利威尔见他最近总是跟一群成熟、粗暴、好斗的人混在一起。俗话说："物以类聚，人以群分。"因此，哈利威尔对这位大个子的印象几乎可以肯定，在某种程度上，他也是粗暴好斗之人。可是，他现在却像个孩子似的，显然为自己在布莱顿的小小壮举感到骄傲，急着要把这件事告诉一个陌生人。这位乡下来的年轻人顿时感到宽慰，受宠若惊，心满意足，他的心立刻对城里的这位年长者产生了好感。不久，他们就友好而轻松地交谈起来。

他们很快就新点了酒，谈话从高尔夫转到游戏，从游戏转到关于游戏的书，然后又转到书本身。年轻的哈利威尔再次感到惊讶，因为他发现，这个年长的人对这些事情一点也不无知，一点也不只是对女人、喝酒、夜总会、汽车和赛车感兴趣，他对这些事情的兴趣，以他那种安静、友好、有点阴郁的方式，完全和他这个晚辈一样热烈，而且知识的广度要大得多。最后，他说他最喜欢的作家一直是狄更斯，而《大卫·科波菲尔》实际上是他刚刚读过的一本书。

"我不知道是什么书，"大个子又说道，"不过我现在似乎找不到时间看书。人总是在做别的事情。不过，我'现在'想再试一试。"

年轻的哈利威尔被他对"现在"这个词的使用和奇怪的渴望和乐观的语气所打动。这似乎表明这个人的生活中出现了某种中断，某种事件或悲剧使他得到了某种解脱。年轻的哈利威尔甚至想知道，这是否与他不再和他的老朋友在一起有关。

他们又点了酒，变得更加友好了。他们互相告诉对方住在哪里，并讨论住在自己的家里跟住在旅馆里各自的优点和缺点。年轻的哈利威尔说，一个人在家里会感到非常孤独。乔治回答说，如果真是这样的话，你在旅馆里可能会更孤独。

大个子接着说，自己最近得了流感（他在布莱顿感冒了），虽然他在床上躺了四五天，但旅馆里没有一个人对他感兴趣。他说，如果不是一个老朋友碰巧打电话来看他，他就会孤身一人了。他笑着说，除了这位朋友，他唯一的同伴是一只白猫，他和它交了朋友。

小哈利威尔问他，在那次患病之后，有没有后遗症，感到虚弱？大个子回答说，也许有，但总的来说，他认为其余的对他有好处。他说，有时彻底休息一下是件好事。你可以把事情整理一下,然后重新开始。

根据先前的印象,这使年轻的哈利威尔更加确信,这个奇怪而可爱的人,其生活最近发生了某种危机。于是,他感到更加好奇了。当然,要继续谈下去是不可能的,话题也就改变了。

现在已经快打烊了,他们又点了一轮酒,然后才被赶出去。时间很短,他接二连三地服用小药片,终于使年轻的哈利威尔有点不知所措了,他鼓起勇气问了一个他从一开始就想问的问题。

"顺便说一句,"他说,"我想我以前见过您,是不是? 我是不是在'黑鹿'酒吧里见过您和一个姑娘,还有一个留着胡子的男人?"

"哦,是的,"乔治说,"没错。我想你见过。"接下来,一阵沉默。

"我是不是听说她是个电影演员之类的人?"年轻的哈利威尔说,虚伪地装出一副兴致勃勃、心烦意乱的样子,"还是我全搞错了?"

"哦,不,"乔治说,"她演过电影。没错。"

"是的,我认为她演过。"年轻的哈利威尔说,"她非常迷人,不是吗?"

"哦,是的,她非常迷人。这是毫无疑问的。"大个子看着他的酒说道。年轻的哈利威尔意识到他不应该提到这个话题——尽管他仍然不知道为什么。他很快改变了话题,几分钟后他们出来了。

他们在耀眼的灯光下沿着伯爵宫路走着,讨论着波兰问题和近期战争的前景。他们一致认为,尽管有种种相反的不祥迹象,但很可能要到明年春天才会发生。

在车站外的流动咖啡摊,他们停下来喝茶,每人吃了一个热馅饼。就在他们离开之前,大个子买了两便士的盒装牛奶。

"这是给我的猫买的,"他向年轻的哈利威尔解释道,又露出了那种特别迷人、让人放松的微笑,一边把纸盒塞进破旧的雨衣口袋里,"我每天晚上都买这个。"

他们又往前走了几步,因为年轻的哈利威尔表示想看看乔治住的旅馆的外面是什么样子。他们就一切包括在内的费用和住宿加早餐的问题交换了意见。

最后,分手的时候到了,他们有点不好意思地握了握手。

"好吧,我希望能再次见到您,"年轻的哈利威尔说,"今晚夜色真美好。"

"是的,我希望如此。"乔治说道,然后尴尬而又惊讶地补充道,"不过,事实上我不会在这里待太久。"

"哦——真的吗?"

"是的。再过两周,我就要搬走了。"

"哦——真的吗?您要去哪儿?"

"哦,我真的不知道,我还没想好,但我觉得人必须得做出改变。"

"是的。我想是的。"

然后是一阵尴尬的沉默,两人都无话可说……

"好吧,我希望在您搬走之前我还能碰到您,"小哈利威尔最后说,"嗯……晚安。"

"好的。当然。我希望如此。晚安。"

"晚安!"

"晚安!"

大个子走进旅馆,年轻的哈利威尔则沿着伯爵宫路往回走,突然感到一阵悲伤。他原以为和他谈话的是一个比自己年长、坚强而成熟的人,但他虽然年轻,却有一种感觉,觉得和他谈话的是一个比自己还年轻、不那么坚强的人。虽然此人知识渊博,却不如自己成熟。他还有一种跟鬼说话的感觉。后来,他再也没见过乔治·哈维·伯恩。

二

还有一些人从远处观察乔治·哈维·伯恩,对他的性格和职业进行猜测。不知不觉中,他成了旅馆里的一个人物。实际上,他只是每天早晨很晚才出现在空无一人的早餐室里,晚上又在客厅里走到很晚才上床睡觉,但他仍然是整个小旅馆不可或缺的一部分,并为旅馆的气氛作出了贡献。客人们会互相询问"那个人"。有些人会谈论"那个古怪的人"，在他走过的时候会向他眨眼——总的来说，他是一个不太受欢迎的人物。他似乎把孤独带在身上，就像一个打上了烙印的人。

许多客人都想知道他白天在哪里工作。因为他整天都在外面，他们断定他在做什么事，又因为他们对那是什么事一点概念也没有，所以他们断定八成不是什么好事。只有门房知道伯恩先生处于失业状态，无所事事，生活完全空虚。伯恩先生每周给他两先令小费。他经常去伯恩先生光顾的酒吧，熟悉内塔那帮人，对伯恩先生的外部生活有相当准确的了解。他喜欢并尊敬伯恩先生，一方面是因为这位先生经常给自己小费，另一方面是因为他们偶尔会就职业足球和足球赌注的话题进行交谈。在这方面，这位与众不同的旅馆住客不仅预测得准确，而且知识渊博，令人印象深刻。

旅馆的女经理是一位身材瘦弱、和蔼可亲的女人，人们称之默瑟小姐。与此相反，她对这位不善交际、晚归而又神秘莫测的伯恩先生充满了怀疑（如果不是厌恶的话），她很想把他赶出旅馆。然而，她没有办法做到这一点，因为他总是按时付款，而且，至少在旅馆的围墙内，他的行为是安静而无可挑剔的。的确，除了一个小小的怪癖——他收养了旅馆里的那只猫，并用从外面带回来的牛奶喂养它，他完全俘获了它的感情——他的正常是毋庸置疑的。她不得不承认，即使是这种小小的怪癖，如果可以称之为怪癖的话，也是最可爱的一种。

1939年夏末的一天早晨，伯恩先生走进她的"办公室"付账。当她把收据给他时，他告诉她，他打算在一个星期左右离开旅馆，他觉得最好先告诉她，好让她有足够的时间出租他曾经住过的房间。这使她大吃一惊。

"哦，"她一边说，一边轻松自如地装出一副礼貌的伤感，心里却暗自高兴，"我很难过。您要离开伦敦吗？"

"哦，目前我还真不知道，"他说，"我还没有完全计划好呢。"从头到尾都令人莫名其妙。

"好吧，"她说，"我们会想您的。您在这儿住了很久了，是吧？"

"是的，"他说，"到现在已经两年多了。"

"您搬走了，我们会不知所措的，"她笑着说，"我希望您能回来，并希望您在这儿过得愉快。"

"哦，是的，我希望我能，"他微笑着，回应道，"我一直很开心……嗯……这样可以吗？"

"嗯，"她说，"可以……非常感谢您事前告诉我。"

"别——别客气。"他说道，然后又笑了，走出了房间。

他走后，她想起了他的笑容，觉得自己可能看走眼了，她几乎为他的离去感到遗憾。他那略带忧郁的笑容，他那魁梧的、安静的、忧郁的神态，整天断断续续地萦绕在她的心头，久久挥之不去。

三

就这样,他终于做到了……

早饭后,他冒着雨沿着伯爵宫路走着,对自己的主动和大胆感到吃惊。现在一切都结束了,他已经迈出了最后一步,发出了通知。

他现在不能再退缩了,他要做个了断。和伯爵宫,和内塔,和这一切都做个了断。

伯爵宫在下雨……夏天已经结束了,它在布莱顿结束了,再也不会来了。现在只有雨——没有希望,没有爱。到处是一片灰色,到处都湿漉漉的。

他要去哪里?他有一个星期的时间来决定。去哪里?诺丁山、贝斯沃特、南肯、牧羊人丛林、骑士桥,但再也没有伯爵宫了。再见了广场、花园和大厦;再见了佩尼维尔酒店和尼弗斯酒店、鄱力瓦特酒店,再见了史密斯餐厅、火车站、土耳其浴场、广播电台和快捷餐厅,再见了酒馆、花店和烟草店,再见了所有见证他长期耻辱和灾难的凄凉景象——永别了。雨快停了,灰蒙蒙的雨点打在他的脸上,他感到凉爽而幸福。

他得感谢这场流感,当然,还有约翰尼。约翰尼是从伦敦的另一头来的,是唯一来看他的人。"他们"就在附近,但他们当然没有走近他,他们没有想念他，即使他死了，他们也不会想念他的。好吧，现在对他们而言，他已经死了。

他一度以为自己真的会死。当然，他是在布莱顿染上的：紧张、恐惧，在雨中走来走去，一阵阵"麻木"情绪，这是他有生以来最糟糕的一次。

有一天晚上，他真的很害怕，但第二天早上，他就好些了，躺在床上慢慢地好了起来。

约翰尼的到来是个转折点。女服务员进来了，说有位利特尔约翰先生打来电话。他本来想站起来，但身体太虚弱了，就请她说他得了"流感"，躺在床上。仅此而已——不过约翰尼晚上七点钟就来了。他把头探进门里，问道："伙计，这是怎么回事？"

约翰尼每天晚上都来看望他，直到他再次站起来。他们用牙杯喝了半瓶威士忌，聊了起来。他告诉约翰尼很多。并不是所有的事情——他没有提到名字——不知怎的，他觉得不好意思——也没有提到细节。但是他暗示了很多，他相信约翰尼明白了。

实际上，这只是一个关于女性的一般性讨论。最后，约翰尼说："当然，如果一个女人真让你失望，你只有一种办法——那就是逃离。"听了这话，约翰尼害羞地望了他一眼，过了一会儿就离开了他。

逃离。不管怎样，约翰尼提出了这样的想法。他认为约翰尼暗中一直在关心自己，这使他第一次把逃离当作一件严肃的事来考虑。他想着这件事，躺在床上半夜未眠，第二天早上又想起来。然后，当他躺在床上休息时，在恢复期的平静中，这个想法慢慢地越来越强烈，它本身给了他力量和平静，最后他平静地下定了决心。他要离开四邻，再也不要见到内塔了。

他不知道，当他真正起床以后，这件事是否可行，是否可能，他是否有能力走出旅馆，在街上和附近走动，不打电话，不去她常去的地方，不有意或无意地去见她。只要再见她一次，就会再次堕入地狱。当他终于走出家门时，他发现自己有点虚弱，有点头晕，一点也不想见到她。不久，他甚至还以躲避她为乐。

他相信自己终于遇到了危机：他的激情已经燃尽了。这才刚刚好。如果他继续这样下去，他的身体会垮掉的。但现在顶点到了：他休息了一下，"感冒"和"麻木"情绪（他相信这两种情绪都是由于酗酒和神经衰弱引起的）已经消退，他可以重新开始了。他限制自己在早上只喝两瓶啤酒；在旅馆吃午饭，下午睡觉，晚上再喝几瓶啤酒，然后早点上床睡觉。

一天晚上，他和一个年轻人攀谈起来，聊起了游戏、书和其他的事情。这是一种极大的解脱，在酒馆里遇到一张新面孔——一个新人——并谈论一些不感兴趣的事情，这对他的灵魂大有裨益。自从遇见内塔以来，他几乎不记得有什么不感兴趣的时刻。他给年轻人讲了很多他读过的书，暗暗下定决心自己再读一遍。

奇怪的是，那个年轻人提到了内塔，他看见他和内塔在一起。他说她"非常迷人"。这戳到了他的痛点，但只痛了一会儿。话题已经改变了，他发现自己并不介意。他知道内塔非常迷人。他从来没有否认过。他不会假装不是这样。她深受欢迎。然而，这表明，只要他在伯爵宫，他就永远无法摆脱她。

甚至连陌生人也在谈论她。

伯爵宫现在到处都是内塔——今天早上他在雨中散步时明白了这一点。各个楼里有她，各个商店里有她，雨里也有她。既然他不再在上午给她打电话，既然他的生活中心不再是她的公寓，她曾经散发出的那种气场——那种可怕的磁场——不再只是从她的公寓（离她真正的卧室、离她自己最远的地方最弱，离她自己最近的地方最强）放射出来，而是扩散到整个可恨的社区。

他走进快捷餐厅，点了一小杯咖啡。坐下来读报是件很惬意的事，不用老是看钟表，也不用跟自己争论应该在什么时候给她打电话，避开她洗澡的时间和肖普太太。他喝咖啡，想坐多久就坐多久。今天早上他打算给约翰尼打电话。他答应过，等他病好了再做这件事。好了，现在他起来了，身体好了。

他走到车站的一排电话亭，把自己关在里面。他感到有点紧张。

由于她的残忍和专横,她使电话这一工具变得非常可怕和可憎,以致他一使用它,就感到恐惧,认为电话那头的人要伤害他。

他拨通约翰尼办公室的电话,一个女孩的声音说:"这里是菲茨杰拉德、卡斯泰尔斯和斯科特公司。"他说:"请问利特尔约翰先生在吗?"女孩问他叫什么名字,他说是伯恩先生。沉默了很长时间。他担心自己打扰了约翰尼处理重大的戏剧事务,担心约翰尼此刻正与令人生畏的菲茨杰拉德、卡斯泰尔斯或斯科特在一起,又担心他会因为被一个无名小辈叫去接电话而感到尴尬或生气,而这个无名小辈只能自称是老校友。然而,约翰尼却来接电话了,而且非常高兴。"你好,老兄,"他说,"你好了吗?"

他们谈了一会儿,然后他对约翰尼说,他已经在旅馆里通知过别人了,他得换个地方住。

"真有意思,"约翰尼说,"我的天花板塌了,我现在无家可归。"

"哦,真的吗?"

"是的。我的情况糟透了。"约翰尼说道。然后,貌似开玩笑似的又补充道:"你最好过来和我一起住。"

乔治听了只是笑了笑,但过了一会儿,约翰尼说:"好吧,我们还是谈谈这件事吧。我们什么时候能见面?"这令他吃惊不已。

他们约定当晚见面,地点还是以前的地方,伯爵宫车站,然后就挂断了电话。

他走了出来,冒着雨往前走。

"你最好过来和我一起住。"这句话整个上午都萦绕在他的脑海里。当然,这不会有什么结果的,但他很自豪,也很高兴有一个朋友能说出这样的话。

四

"好吧,我们去哪儿?"他们在车站旁过马路时,约翰尼说道。他回答说:"哦——我们还是照旧好了。"

他在等约翰尼的时候就想好了。首先,她可能不会出现在那里。就算她出现在那里,他在乎吗?不——现在不行——约翰尼还在他身边——一个他可能要与其住在一起的老朋友。现在他要离开了。他希望她能来,他希望她能看到他这一次精神抖擞、头脑清醒,让她知道自己没有她可以独立生活得很好,并且即将离她而去。

酒吧里异常拥挤,但他们设法在角落里的一张桌子旁找到了座位。他们喝着啤酒,谈论着即将到来的战争。

当她来的时候,只有她一个人,她走到吧台的凳子上坐了下来。乔治不知道她是否看见了他,他继续跟约翰尼说话。他不知道约翰尼是否看见了她，但乔治认为他看见了，因为他们的谈话变得有些心不在焉，而且气氛也很奇怪。

突然，他听到了她的声音，她坐在他们身边，手里端着酒。"哎呀，哎呀——别来无恙？"她说，"我进来的时候没看见你们。"

从一开始，她就抱着这样的态度：离开她不行，无论发生什么事，都不可能使她不受欢迎，她希望能恢复他们三个以前在这里见面时的气氛。她非常热心，他很少看见她这样热心，而且他毫不费力地看出，这都是约翰尼在场的缘故。他知道她是多么喜欢约翰尼，因为他和菲茨杰拉德、卡斯泰尔斯和斯科特有关系，她希望在这方面利用他。他心里也明白，这也是他把约翰尼带到"黑鹿"酒吧来的原因之一，既为了炫耀他的朋友，同时也为了报复她。

"哎呀，你怎么了，乔治？"她说，"我好久没见到你了。"

"没怎么，"他说，"我得了流感。"

"流感？……"她说道，然后问为什么没人告诉她。她给人的印象是，如果她知道的话，她会带着鲜花和水果过来看望他的。

"你真是个大傻瓜，"她最后说，"你从来不照顾自己。"她请求约翰尼在这件事上支持她。

以前有一两次，在他和她交往的时候，他知道她是这样的。那时候这种手段把他骗过去了，但现在他可是老手了。她很可爱，但他对她没有反应。他不喜欢她了,他想离开。

"对了,菲茨杰拉德那边怎么样了?"她问约翰尼,很快他们俩就谈起了剧场的事。这家公司似乎又在制作另一部剧——这次是一部闹剧——不久将在布莱顿试演。

"埃迪怎么样了?"她说,"我好久没见到他了。"

"哦——他还好,"约翰尼说,"事实上,我现在正和他住在一起。"

"哦……是吗?"

"是的。我的天花板塌了,他让我暂时忍受一下。我得找个地方住。事实上,乔治和我正在考虑一起住——是不是,乔治?"约翰尼对他微笑着说。

"没错。"他说,并报以微笑。

他曾希望怨恨她,冷落她,但从来没有想到他会以这种近乎令人惊叹的方式做到这一点。约翰尼现在居然住在著名的埃迪·卡斯泰尔斯家里——他的名字在伦敦各大戏院的宣传单上都有,她对他特别感兴趣,可是她却无法接近他——他(乔治)竟然是约翰尼的朋友,约翰尼竟在她面前公开表示想和他住一起——这真是一种丰厚的报复!也许他并不是一个无用的人!

他望着她的脸,想看看她有什么反应。她望着他。

"哎呀——你要变更住所吗,乔治?"她问道。

"是的,"他说,"我已经在我的住处发出通知了。我受够了伯爵宫。"

"是的,"她说,"说到这一点,我也一样。"

过了一会儿,他喝完了杯子里剩下的酒,勉强对约翰尼眨了眨眼睛,又看了看表,说:"好了,约翰尼,我们要想准时赶到那儿,就得振作起来。"

约翰尼兴致勃勃地说:"是的——我们当然要振作起来。"不一会儿,他们就到街上去了。

流　感

> 如果只能克制饮酒而不能
>
> 抵抗其他诱惑,那有什么用呢?
>
> 只能守住前门,而让后门进敌,
>
> 竟为女人所败,有什么好处呢?
>
> ——约翰·弥尔顿《斗士参孙》

一

当时是晚上七点。他绕到药房去买药(她的气息还在他脸上,她的嘴和脸颊还在他嘴唇上),告诉他的心和感官要安静,不要再被骗了。

这一切发生得那么突然,那么短暂,使他头晕目眩。他以前从来没有感觉到她的脸贴在他的脸上(除了他刚认识她的时候有一次,后来她毫不客气地把他赶出了公寓),难怪他不知所措。

这一周很奇怪。她病了。她和他一样得了流感,给他打了电话。乔普太太撇下她不管,他发现她躺在床上,脸色苍白,没有化妆,显然在发烧。他请来了医生,并打扫了公寓,临时找了个女人照顾她。遵医嘱(他仍然不知道医生是怎么想的),他给她喂了药,并给她喝了橙汁和牛奶。

她的眼睛很痛,她喜欢躺在黑暗中。她把她的钥匙给了他,他就在那周围闲逛了一整天。他已经这样过了四天了。一天晚上,他把约翰尼带到家里来,他们围着床喝酒。彼得和米奇去度假了。他对旅馆说他要再住一个星期。今天她好多了,还说明天要起床,今晚她化了妆,做了头发,扎了一条红丝带。

他仍然不知道这是怎么发生的。他给她新买了一个热水瓶,在她的卧室里踱来踱去,漫不经心地说着什么,这时她说(她的脸斜靠在枕头上,身体的其余部分紧紧地裹在被窝里):"当然,你不再爱我了,是吗,乔治?"

这句大概是开玩笑的话太奇怪了,完全不符合他们的正常关系,所以他转过身来盯着她看。他说："你什么意思，内塔？"然后停顿了一下。她沉默不语，但表情不同寻常（她没有看他），她躺在床上的姿势很舒服，总的来说，她很撩人，浑身上下都吸引人，这使他感到头晕目眩。接着，他就扑倒在她的床边，说："你什么意思，内塔？你知道我很喜欢你，对吧？你知道我爱慕你！"他吻了吻她的脸。

然后她说："什么？……"就像一个姑娘正在忍受着被吻的痛苦——她暗示说，现在的情况可以维持下去，甚至可以继续下去。他说："啊，内塔，我确实非常爱你！"然后又吻了她一下。

"哦，我还以为一切都结束了呢，"她说道，仍然没有看他，"你要走了，一切都结束了。"

听了这话，仿佛是内塔邀请他留下来，仿佛是内塔温柔地责备他，让他第一次亲吻她，自从他认识她、爱慕她、日夜为她梦想和计划以来——他简直不敢相信自己的耳朵，从而完全失去了理智，脱口而出："哦，内塔，我不想离开！我爱你！你不和我一起走吗，内塔？你不和我一起走吗？"

"走？……"她说，"你什么意思？"但是她并没有说她不愿意。

"哦，去哪儿都行，"他说，"只要离开这个地方就行！我只想和你单独在一起，内塔，哪怕只是一小会儿。你说你会离开吗？"

"我怎么能离开呢，我亲爱的伯恩？"她说道，一边望着他的脸，一边把手放在他的脸颊上,"我没有钱……"

他一时被吓了一跳,刹那间产生了这样的想法:这是一个拙劣的阴谋诡计,她让他吻她,玩弄他,只是为了从他那里得到更多的钱,但他又把这种想法打消了,因为对于这样一个高傲而冷漠的女孩来说,这是不可思议的。他说:"哦,内塔,这有什么关系?只要你愿意离开,钱算什么?"

"但这有关系,"她说,"我已经欠你十五英镑了。"

"哦,内塔。没关系。忘了那十五英磅吧。只要你肯离开,什么都无所谓。"

这句话之后,沉默了一会儿,她又把脸侧向一边。他望着她。

"好吧,"她终于说,"我跟你走。我们去布莱顿。我想呼吸一下海边的空气。"

他又有一种中了阴谋诡计的感觉。那天晚上,约翰尼到她家里去的时候,他们谈起了在布莱顿试演的新闹剧。他们说,如果她没有生病,他们可能都会去那里,这样就实现了他们今年早些时候在另一个节目上提出的建议,但未能付诸实施。既然她又提到了布莱顿,他就明白她想去那里是有原因的,也许是希望能和和埃迪·卡斯泰尔斯住在一起的约翰尼走得更近一些,或者甚至是希望通过约翰尼见到埃迪·卡斯泰尔斯本人。不,布莱顿有什么可疑之处(且不说她以前在那儿给他的可怕时光),他可不想有这种感觉。

"不,"他说,"不去布莱顿。我讨厌那个地方。我们去个新地方吧。到别的地方去吧,内塔——好吗?请务必告诉我你会去。"

"为什么?"她说道,又看着他,把手放在他的脸颊上,"所有的地方不都一样吗,我亲爱的伯恩?"

这时,她把手放在他的脸颊上,眼睛里流露出一种神秘的神情。他对她的话作出了唯一的灿烂的解释——去所有的地方都是为了同一个目的。他的激情使他盲目而大胆,他一遍又一遍地吻她,吻她的脸、她的头发、她的手。然后,他疯狂地、难以置信地看着她。这时,她低声说道:"我想你现在最好去给我买药,好吗,乔治?"

他说:"好的,我这就去。"于是,他沿着街道向药店走去,她的气息还在他脸上,她的嘴和脸颊还在他嘴唇上,他告诉自己,心和感官要安静,不要再被欺骗了。

发生了什么事?他必须弄清楚,并理智行事。一切又开始了——他又上了刑架吗?在变得清醒和理智之后,在他平心静气明智地做出逃跑决定之后,他又要重蹈覆辙吗?难道她只需要向他招手,稍稍顺从一下,屈尊让他吻她的脸,就能让他再次俯伏在她面前吗?

还是情况发生了变化?"当然,你不再爱我了,是不是,乔治?"这是对他最近忽视她表达不满吗?也许吧——但他直到现在才知道,他甚至有能力激怒她。是想让他回来——想对他作出某种补偿吗？不可思议！或者这是可以想象的？如果她后悔了，如果她为他最近的冷漠和冷落感到难过，如果她为他的忠诚所感动，为他在她生病时照顾她的仁慈所感动，为他时时刻刻地侍候她照顾她而不希望也不要求回报所感动呢？如果情况发生了变化呢？——如果他最终赢得了她的芳心呢！

不。别做梦了。别再想这事了。他现在知道她是什么人了。不管现在发生了什么，都不可能和以前一样了。她完全是淫乱的——有点像妓女。不管现在发生了什么，他总想到彼得——彼得和那个在布莱顿遇到的小恶霸。即使她委身于他，她也永远不能给他曾经想要的东西。他只能上升到彼得和其他人的水平。

但如果她是个妓女，既然彼得和陌生人都能这样入她的身——他为什么不能呢？那不正是他痛苦的根源吗？他把她理想化了，他渴望把她带走，永远占有她，独享她，娶她为妻吗？如果他是一个男子汉，如果他像其他男人那样行事，也许他不会在她身上得逞，并宣泄自己的情感。难道他现在不试着做个男子汉吗？

现在机会出现了吗？刚才发生的事是什么意思？他想起了她的脸，她那懒散而神秘的表情，她的手放在他的脸颊上，她对他的吻出奇地默许，她同意离开。"所有的地方不都一样吗，我亲爱的伯恩？"这句话有什么意义呢?

她是不是因为又缺钱了才跟他开玩笑的?他注意到,她总是提到钱。如果她是因为缺钱呢?如果她是妓女,愿意以间接的方式为钱献出自己,他会拒绝吗?

尽管他了解她,他还爱她吗?他在自己疲惫的灵魂里寻找真正的答案,很快就找到了。是的,上帝保佑他。他爱慕她,他决不会不这样做。他虽然态度坚定,但刚才却对她脱口而出。不管她做了什么,不管他对她有什么了解,她永远不肮脏——她太美了,让人无法直视,无法靠近;她仍然太可爱了。她就这样俘获了他,反抗是没有用的。她不是伯爵宫唯利是图的荡妇,她是四月雨中的紫罗兰和樱草花。她的脸颊和嘴唇,紫罗兰和樱草花的气息,萦绕在他的嘴边,使他感到愉悦和渴望。

他知道自己是在出洋相,他知道他应该逃命,可是他怎么能这样呢?经过了永恒的渴望,在门外徘徊和敲门之后,她似乎终于要让他进来了。她把手放在他的脸颊上,仿佛在告诉他,如果他够小心、够爷们的话,他可以进来。不是按照他曾经希望的条件——只是作为一个与彼得和其他人暗中平等的人——也许只是因为他给了她钱——但不管怎样,他可能会被接纳。他不想失去这个机会。

生活非常令人兴奋。他几分钟后就要回去看她了。他终于要长大成人了。顺便说一下,如果他要成为一个男人,他就不会有任何废话。要么豁出去,要么什么都不做。他不会再被骗了——他也不会去布莱顿了。他必须弄清楚这一点。

这一切都发生在几分钟之内!二十分钟以前,他还是一条被打败的狗,现在他成了一个男人,女神的气息在他脸上,她的嘴唇和脸颊在他的嘴上。他走进药店,说买药,然后等着。药店里面灯光耀眼,秃顶的药剂师头发花白,他的助手穿着白衣,火红的罐子和绿色的罐子照在石板铺的地面上,闪闪发光,架子上是各式瓶子和一排排的成药和含片。到处都是喷在他脸上的她的气息,她的嘴唇和脸颊贴在他的嘴上。他甚感惊讶,自己有了男子汉气概,突然幸福异常。

二

当他把钥匙插进她的门锁锁孔时,隔着门就听到了她的声音。她在打电话。

他侧耳倾听,但什么也听不清。

他轻轻地转动钥匙开了门,走了进去,希望她不知道自己已进入公寓,并在努力听清楚她说些什么。

"不,我想他根本不想,"他听见,"不……不,真的……不,他似乎一点也不喜欢这个主意。"她笑了,"很显然,他没听懂……嗯,你知道他有多蠢……"

"喂——是你吗,乔治?"她隔着门喊道,显然是听到了他的声音,或者是突然怀疑他买药回来了。

"没错,"他说,"是我。"

她高兴地接着说:"听着,我现在得挂电话了。公寓里有人,我得挂电话了……什么……是的……好吧,不管怎样,我明天给你打电话,然后我们可以看看去哪里……你说得对……再见……哦,好多了,谢谢……再见……对。再见!"

她放下听筒,他走进她的房间。

"你好,"他微笑着说,"给你药。"他把药放在她床边的桌子上,电话旁边。

"谢谢你,乔治。"说着,她破坏了红色的封蜡,开始打开那张白纸,白纸噼啪作响。

"电话那头是谁?"说着,他走到窗前,把窗帘拉上。

"哦,"她平静地说,"小人物……"她把药店的纸揉成一团,扔到房间那头。

他不知道她说的"小人物"是什么意思——他试着去想他认识的她的任何一个朋友——但他没有再追问下去。这不关他的事。

他忽然想起来,电话那头是他的朋友约翰尼,电话中说的"他"指的是他自己(乔治),说的"他"一点也不喜欢,其实是指到布莱顿去。但是他很容易就把这个想法当作他病态幻想的另一个例子而不予理会。

很快,在她的示意下(他不知道是什么示意,但她以某种方式给了他一个示意),他又跪在她面前,乞求她的爱。

"内塔!"他说,"这是真的吗?你要和我一起走吗?"

"是的……我和你一起走……"

"我们去哪里,内塔?你想去哪里?"

"嗯,我想去布莱顿,可你似乎不喜欢这个主意。"

他被她在几分钟内两次使用"似乎不喜欢这个主意"这句话震惊了——一次是对电话那头的"小人物"说的,一次是对他说的,但又一次打消了他的想法。

"不,不去布莱顿,内塔,"他说,"上次我在那里过得很糟糕。再说,那里人很多。"

他尽量含糊地说"人",但他指的当然是约翰尼、埃迪·卡斯泰尔斯和新演出。他现在明白了,她本来是想参加新演出的,她本来是希望和约翰尼在那儿见到埃迪·卡斯泰尔斯的,而且她同意和他一起去(完全不考虑她现在对他可能有什么感情),她有一种一石二鸟的想法——既能拿到车费和住宿费,又能和大经理取得联系。他知道她是一个冷酷无情的人，所以他并不责怪她，但是他不打算那样做。他要做个男子汉。

"当然会有很多人，"她说，"这就是我想去的原因。你不喜欢人多吗？"

"可我只想要你一个人，内塔。你不明白吗？一定要答应我，你一个人跟我走！"

一阵沉默。期间，他看到她的脸在枕头上转向一侧。

"好吧，"她说，"依着你。"

"哦，内塔，谢谢你。"他一边说，一边握着她的手。

"那你想去哪儿？"她问道。

"哦，我还没有真正想过这个问题。我想我们可以顺流而下，从我们知道的地方出发。库克汉姆或梅登黑德之类的地方。梅登黑德呢？很久以前我很喜欢那里。"

"好吧，"她说，脸上露出一种莫名其妙却又有点嘲弄的微笑，"我们去梅登黑德。"

"你在笑我吗，内塔？"他说道，意指内塔那一丝微笑。

"不，"她说，"我不嘲笑你。"但她的笑意在嘲笑。

"我们什么时候能去，内塔？你什么时候会好？"

"哦，明天。"

"明天？但你会好起来吗？"

"是的，我会很好。我们明天就走。"

他望着她。明天。他想到了他在她手里所受的一切痛苦，这实在说不通。"你不是在骗我吧，内塔？"

"没错，我不骗你。"她说，然后又轻声补充道，"乔治，你知道，你得帮我一把，是吗？"

她用手一压，似乎在邀请他把脸凑近一些，他也照做了。

"哎呀，内塔。我当然会帮你的。我一直都在帮你，不是吗？"

"是的，"她说，"你真好———直以来……"

一直。她说这些话的样子，她的举止，打动了他，使他信服了。他望着她，片刻间相信她是有良心的：她为他难过，她感激他所做的一切和所受的痛苦，她打算报答他。事实上，他对此深信不疑。

他不会让她失望的。他要好人做到底。"你想要什么，内塔？"他说，"我现在就给你。"

"我什么也不想要，真的，"她说，"反正我一找到工作就还你。但我得有五英磅才能走出这公寓。否则他们根本不会让我离开。"

"那好，"他说，"我现在就给你。"他站起来，走进起居室，找到她的钢笔和墨水，写了一张五英磅的支票。他的手因热情和慷慨而颤抖。他回到她身边，把支票放在电话旁。

"给你，内塔。"他说道。

"这太肮脏了，我亲爱的伯恩。"她说。

"什么肮脏？"

"哦，一般是钱。"

他又扑了下去，吻了吻她。"哦，不脏，内塔，"他说，"不脏！你一点都不脏。你太漂亮了。你没有什么可肮脏的！"

"好吧，伯恩，"她说，"保持冷静。"她嘲弄地看着他，但又和蔼可亲。一阵沉默。

"内塔。"他说道。

"嗯。"

"现在我们要一起走了，你会对我好一点的，是不是？你真的会对我好吗？"

他的意思当然是："你要把自己完全交给我，是吗？你真的要把自己交给我吗？"他狂乱地望着她的眼睛，希望得到她的肯定。

她又把手放在他的脸上，望着他。

"是的，"她说，"我会对你非常好。"

他没有更多要求了。他相信她。她后悔了。"哦，内塔。"说着，他吻了吻她的头发，把头靠在她的胸前。

过了一会儿，她说："听着，伯恩……"

"嗯嗯。"

"我现在累了,想睡觉。伯恩你能不能善解人意,把灯熄了,离开我?"

"嗯……好的……你确定明天会好吗?"

"是的。我会好起来的,但现在我想睡觉。我的眼睛还是有点疼。你可以明天打电话……"

"好的,什么时间?"

"哦,大约十一点。"

"你说得对。到那时我就会把我们要去的地方和一切都安排好……晚安,内塔……"

"晚安,伯恩。"

他又吻了她一次,试图记住她的吻——这样他就可以把吻带在嘴唇上一整夜,这样他就可以品味并期待所有的吻的到来——然后站起来,熄灭了灯。

他听见她于黑暗中在床上翻了个身。"晚安。"他低声说道,熄灭了客厅里的灯,走出了公寓。

一阵清风吹过伯爵宫路,他感到一阵寒冷。他朝肯辛顿大街走去,打算去喝一杯。

他的激情随着身体的冷却而冷却,他冷静地回想刚才发生的事情,感到些许奇怪,甚至有一会儿感到沮丧。好吧,就是这样。他似乎终于得到了她。

他对所发生的那笔交易的性质没有任何幻想。一半是钱，一半是别的东西。他帮助过她，给过她钱，在她生病的时候照顾过她，而她作为对他的帮助和金钱的回报，也许是感谢他的忠诚，也许是（在看到她将要失去他之后）对自己长期受到的粗暴对待感到后悔，于是暗示她愿意把自己交给他。

她委身于彼得和其他人。她委身于男人。那不是爱。她永远不会爱他，这一切都很令人伤心。

很悲伤吗？他不是在欺骗自己吗？在这一刻，他真的在乎她爱不爱他吗？不，他不在乎。就像他不介意彼得和其他人一样，他也不介意她不爱他。那也许不是爱，但那是内塔！这就是他想要的。他要去找内塔，他渴望得到内塔，内塔的承诺之吻印在他的唇上，他还渴望四月雨中的紫罗兰和樱草花。无论她做什么，无论她对他有什么感觉，她都可爱，不能不再是他眼中的她，而成为别人眼中的她。

他知道他永远不可能幸福，前方只有灾难。但他会有他的时刻，几天，一个短暂的幸福——满足，证明他长期的考验。总的来说，他相信这是值得的，他一定会喜欢的。

他为什么要担心呢？她也许冷酷无情，冷酷无情，像一头野兽——但他已经得到了她。她也许是个婊子，但他已经得到了她。

他要得到她，也许只能靠胡乱挥霍他那一点点积蓄，但他已经得到了她。"所有的地方不都一样吗，我亲爱的伯恩？"她说，"是的，我会很好的。"她的承诺之吻在他的嘴上。他可能只是上升到彼得和其他人那样的肮脏的水平，但他已经上升了。（彼得一点也不喜欢！）他不再是一个局外人，一个跟班，一个傀儡。他是一个男人，一个世故的男人，他得到了她。他也许再也得不到她了，也许为了得到她而付出金钱、灾难和痛苦，但是他得到了她，得到了她，得到了她！

这个身材高大、穷困潦倒的人在肯辛顿喝了一杯（只喝了一杯——他不想喝），沿着伯爵宫路走回旅馆时，他注意到在那个尚未成功、身无分文的女电影演员的卧室里他给拉上的窗帘后面有一盏灯在闪烁。

重返布莱顿

> 我现在受的磨难已经够残酷的了,
> 他们不能再增加,我也不承受。
>
> ——约翰·弥尔顿《斗士参孙》

一

虽然他辗转反侧,直到三点才睡着,七点钟又醒过来,但早晨他感到平静。吃完早饭,他有条不紊地做自己的事情。

早饭后,他出去买了一些衬衫、袜子和睡衣。他走着走着,觉得一切都是不真实的,觉得很可笑。他难过得想找个人说说话。他想向某个人吐露心声,说他终于变得更坚强、更聪明了,说他就要和他想要的姑娘一起离开了,说他毕竟以一种奇怪的方式把事情办好了。

毕竟,当一切都说了,一切都做了,从世人的观点来看,他是和一个漂亮迷人的姑娘一起离开的——客观上羡煞众人,这是事实。"她非常迷人,不是吗?"那个年轻人说。他不知道如果那个年轻人知道他现在要和她一起去乡下,他会怎么想!

他真希望能和约翰尼谈谈。约翰尼已经见过那姑娘,并且大致了解(他自以为)到目前为止的情况,他很高兴知道自己已经有所成就,不再被人愚弄了。他也会为自己和这样一位迷人的、人人都想要的姑娘建立了这样一种关系而受人钦佩。事实上,在他内心深处,他很想向约翰尼炫耀一番,他希望能在临走之前联系上他,告诉他一声。

他想,不管怎样,他还是要给约翰尼打个电话,至少让他知道他就要离开了。此外,他们还说过要一起到布莱顿去,当时他不得不告诉约翰尼,那是不可能的。

回到旅馆后,他给菲茨杰拉德、卡斯泰尔斯和斯科特公司打了电话,请接电话的姑娘找利特尔约翰先生,说自己是伯恩先生。沉默了很长一段时间,然后女孩说利特尔约翰先生还没有到。这使他感到奇怪,因为他知道约翰尼非常准时,通常在九点半到达那里。

然后,他查询了开往梅登黑德的火车,给梅登黑德的主要旅馆打了电话,确保有足够的住处。他没有预定房间,只是确保有房间。

因为已经十一点了,他给内塔打了个电话。内塔一开始说话很随便,说她半睡半醒。她半睡半醒的样子使他感到有些沮丧,但他意识到这件事对她的意义和对他的意义不一样。

他问她是否可以带她出去吃午饭,问她什么时候可以动身。她说她不能和他一起吃午饭,因为她要去做头发,而且她要到六点钟才能真正准备好。她说她今天过得很滑稽。

不知怎的,他早就知道她要到很晚的时候才会来跟他会合,并为这种意外情况计划好了要乘坐的火车车次。

"好吧,那太好了,"他说,"如果我六点钟来,你也准备好了,我们可以乘出租车到帕丁顿乘七点五分的火车。"

"你说得对,"她说,"那真是太好了。"

"好的。六点到你的公寓……再见,亲爱的内塔。"

"再见,伯恩。"

他去收拾行李,然后出去散步,并喝了杯啤酒,然后又试着给约翰尼打电话。"菲茨杰拉德、卡斯泰尔斯和斯科特公司。"女孩说(现在他开始熟悉她的声音了)。他问利特尔约翰先生在吗,她问他叫什么名字,他说伯恩先生。

又是一阵长时间的沉默,然后她说:"对不起,伯恩先生,他出去了。您以前打过电话,是吗?您要留言吗?"

"不,"他说,"没什么要紧的事——我过会儿再打——非常感谢。"

她说:"我会让他知道您来过电话。"他再次谢过她,然后挂断了电话。

他又喝了一杯啤酒,然后去旅馆吃午饭。现在他心情很激动,几乎什么也吃不下。他想他最好还是上楼去他的房间,试着睡一觉。

白猫见到他当然很高兴,把身子绕在他的腿上。"我今天要走了,猫咪,"他说,"我希望你不要想我。"他没有上床,只是脱下外衣,盖上被单。那只白猫坚持要到被单下面来。"你会把我的衣服弄坏的,猫咪,"他说,"你的毛会把我最好的衣服弄脏的。"

他断断续续地打着盹,到了四点钟,一种他自己也不太明白的冲动驱使着他,他起身下楼又给约翰尼打了个电话。

"菲茨杰拉德、卡斯泰尔斯和斯科特公司。"女孩说。

他说:"利特尔约翰先生到了吗,我是伯恩先生?"

"等一下,伯恩先生,"她说道,过了一会儿又说,"不,他恐怕不在,伯恩先生,对不起。"

"哦,"他说,"真有趣。我今天一整天都在试着给他打电话——但我似乎就是找不到他。"

"是的，"她说，"恐怕您运气不好。他进来过，但我好像没来得及告诉他。"

他谢过她，然后挂断电话，溜达到快运车站去喝点茶。他喝了两杯茶，然后看报纸，一直看到五点二十五分。他现在很紧张，但觉得喝一杯酒就会好起来的。找不到约翰尼，他感觉很奇怪。

他回到旅馆，在粉红色的灯泡下捯饬了一下自己。然后他看到时间到了五点四十分，就决定马上绕到内塔家去。他们会打车去帕丁顿，到时候他再取他的手提箱。

当他爬上冰冷、黑暗的石阶时，他知道一定有什么东西不对劲。那些台阶总是太冷，太黑，不对劲。他看见门上别着一个蓝色信封，上面用铅笔写着"乔治·伯恩 收"，他知道自己的直觉是对的。

他打开信封，只见信上面赫然写着：

亲爱的伯恩：

　　一整天都在给你打电话。抱歉，我们的旅行好像得取消了。我收到了来自查德利的疯狂的消息，他们似乎都快死了，我不得不在短时间内离开。一切都好，周日回来。

　　匆忙去赶火车。抱歉，希望以后……

N.L.（内塔·郎登）

她的母亲和姨妈都住在德文郡的查德利，她每年都去那里待两个星期。

他恶狠狠地把这封信撕成碎片，仿佛要把她和她所有露骨的谎言撕成碎片，他把碎片都放进了口袋里。

然后，他在口袋里找到了她生病时给他的钥匙，他走进了她的公寓。

他可能早就知道了。她说过她想去布莱顿。

内塔习惯了为所欲为。

他径直走到电话旁（昨晚他把给她的支票放在电话旁），拨通了菲茨杰拉德、卡斯泰尔斯和斯科特公司的电话号码。电话一直无人接听，响了很长一段时间（已经是六点多了，也许已经关了门），但终于听到了回答的咔哒声。

"菲茨杰拉德、卡斯泰尔斯和斯科特公司。"还是那位和蔼可亲的姑娘，说话的声音听着有点疲惫。

"你好，"他说，"我想利特尔约翰先生还是不在公司，对吗？"

"哦，您好，伯恩先生……是的，恐怕他已经走了。"

"我想你不能告诉我在哪儿能找到他，对吗？现在相当紧急。我猜你不能告诉我在哪里能找到他吧？"

"啊，不，"她说，"我想他到布莱顿去了。事实上，我知道他已经去了。"

"哦……布莱顿……你确定吗?"

"是的。我听见他在跟卡斯泰尔斯先生说话,"她突然变得健谈起来,"看来公司里所有的人今晚都到布莱顿去了。他们刚刚离开。"

"哦——是吗?"

"是的。他们要为德雷塞尔先生庆祝生日,据我所知,他们要办一个盛大的晚会!"

他意识到,德雷塞尔先生就是新闹剧中的著名喜剧演员阿尔伯特·德雷克塞尔。

"哦,我明白了,"他说……"嗯……非常感谢……晚安!"

"晚安,伯恩先生。对不起,没能帮上您。"

"不——您客气了。非常感谢……晚安。"

"晚安。"

1939年夏末,一个阴雨绵绵的黄昏,他放下电话听筒,坐在她的床上,环视着她的卧室。

"痛痛快快地玩一晚上。"毫无疑问,当他坐在这儿的时候,他们已经在那儿狂欢了。

他什么都明白了。她宁愿去布莱顿。她说了这么多。他终究还是搞不掂她。相反,她搞掂了他最好的朋友,他把她介绍给了他。她搞掂了约翰尼。

二

啊，约翰尼，约翰尼，约翰尼！你怎么能这样！

他一饮而尽，又要了一杯威士忌，他明白了——或者说几乎明白了。对她来说，事情很简单。她已打定主意要到布莱顿去，因为在这场新闹剧的附近，有许多著名的明星、经纪人，还有各种各样的活动，她都想参加。没有他的帮助，她没有钱去。因此，为了从他那里套出那笔钱，她就把他逗乐了，让他吻了几下，还暗示可能会给他一些好处。也许她曾给过他一次机会，让他和她一起去布莱顿（当然是一群人去那里，而且他纯粹是无辜受害）。可是他一反对，她就决定欺骗他。事实上，几乎可以肯定，她从一开始就打算欺骗他，因为为了推进她在布莱顿的计划，她肯定不希望他碍手碍脚——她不愿意让一个无足轻重的笨蛋在她身边闲逛，妨碍她与名流们交往。因此，她编造了一个和他一起离开的故事，纯粹是为了在最后一刻耍个花招，让他失望，把他留在伦敦，而自己则可以毫无阻碍地去布莱顿。在某些方面，这是非常聪明的，在某些方面，这是非常粗鲁的，在所有方面，冷酷无情，在各方面，都很有特色。

至于他自己，他也很清楚。他对这个女孩的爱蒙蔽了他的双眼，使他发狂，他只是像往常一样扮演了一个歇斯底里的傻瓜的角色：现在这已经是稀松平常的了。但是关于约翰尼——这一点就不完全清楚了，这才是他深切而痛苦的悲哀所在。

他明白了很多，虽然他不能全部明白。他想起了昨晚听到的那通电话。这显然是约翰尼干的，他当时就知道这一点，不过当时他还在痴情之中，把这种想法当作异想天开而不予理会。于是约翰尼给她打了个电话，还背着他跟她谈了几句!

"不，他似乎一点也不喜欢这个主意……"他记得她说的话，也记得她的笑声。"很明显,他不理解!"这显然是指他自己和布莱顿的项目。于是约翰尼就在背后跟她商量，跟她一起笑，商量一次不让他参加的旅行。啊，约翰尼，约翰尼，你怎么能这样! 他简直不敢相信他会这样。他不能这样!

乔治简直不敢相信约翰尼会这么做，可是现在一切都对上了。他记得他们俩总是相处得很好，他们是如何当着他的面谈论戏剧，而把他撇在一边的。他记得他有时看见约翰尼用一种有趣的、若有所思的神情望着她。乔治记得他曾看见她看约翰尼的眼神，既害羞又大胆，就像他第一次见到她时她看他的眼神一样。他记得每当别人提到她的名字时，约翰尼是多么害羞，多么闪烁其词。他当时以为这是对他的无言的同情，但现在他可以完全不同地理解了。他还记得，那天晚上他向约翰尼眨眼睛，把他从她身边拖走，当他们走到外面的街上时，约翰尼显得很尴尬,甚至有些不高兴。他还记得,当他打电话给约翰尼,请他在她生病期间到她的公寓去时,约翰尼没有提出异议,而且认为这是理所当然的,简直就像他以前去过她的公寓一样。约翰尼可能背着他去过。他可能一直在背后和她联系。

约翰尼是叛徒!不,他简直不敢相信!这不是约翰尼的错!他了解他的约翰尼,约翰尼是他的朋友,他从小就认识他。那是她的错,不是他的错。不知怎的,她把事情弄糟了。她在愚弄约翰尼,就像愚弄他一样。毫无疑问,约翰尼为她而疯狂。每个人都是。他不能为此责怪约翰尼。毫无疑问,约翰尼在涉及她的事情上是无法克制自己的——如果这是她的愿望,谁也不能克制自己——但是约翰尼在内心深处并不是一个重色轻友而背叛朋友的人。

可是约翰尼对他只字不提他要到布莱顿去的事,整天在电话里躲着他,现在却跟她在布莱顿。

所以他不能拥有她。他已经树立起自己的骄傲,树立起自己的男子汉气概,买了新衬衫、新袜子和新领带,查了火车时刻表,在心里像个花花公子一样整天趾高气扬,可是他得不到她。现如今,他在伦敦,在潮湿寒冷的天气里,独自一人——而她和约翰尼却在布莱顿的灯光下,在星光中移动。他不适合这样的社会。他们把他打发走了。他得不到她。相反,她得到了他的朋友。

她得到了他唯一的朋友，这是他永远无法消除的悲痛。他曾把她介绍给约翰尼认识，曾把约翰尼炫耀过，曾骄傲地把约翰尼当作王牌，把约翰尼看作对付她的唯一手段——他生命中的唯一手段。现在她把他也带走了。她得到的太多了。她赢了。现在一切都结束了。

毫不费力就拿下了他！这是对他的骄傲、他的希望、他的反抗、他的信念或其他一切的最后一击。

他不知道他们这会儿是不是在谈论他，是不是在嘲笑他。也许约翰尼毕竟是一头十足的野兽。他猜想是这样。当然，按照他的理解，生活中没有友谊。

可是他却不明白！一股感情突然涌上心头，他简直不敢相信约翰尼也参与了这件事。约翰尼决不可能狠心奸诈，这不是他的性格。不知怎的，她把事情弄糟了：她既捉弄约翰尼，也捉弄大家。他们应该联合起来反对她。他相信，只要他向约翰尼求助，约翰尼就会站在他这一边。他们可以开诚布公地谈。

约翰尼是不是疯狂地爱着她？是的，有可能。她是否也像对他那样，对约翰尼许下了美丽动听的诺言，鼓励了他呢？可能会。可是约翰尼对她又知道些什么呢，对她的坏习惯又知道些什么呢？他不应该警告约翰尼吗？他不应该把他所知道的事都告诉约翰尼吗？

可怜的约翰尼！——如果他为她痴狂，认为自己还有机会的话——

如果他也想从她那里得到神圣的幸福的话，那就太可怜了。她要的不是约翰尼，而是更大的目标：她要的是埃迪·卡斯泰尔斯。约翰尼知道吗？如果他不知道，难道不应该警告他吗？他可以给他很多内部消息！

如果这一切都是纯粹的想象呢？如果约翰尼在布莱顿，而内塔在德文郡跟她母亲和姨妈在一起呢？如果这一切只是他的一场疯狂的噩梦，是他过度想象的产物呢？

他很快就会知道的。他可以到布莱顿去找他们——抓他们一个现行。这个想法怎么样？不，那是间谍行为，有失尊严。至少让他有失尊严。

但为什么不去呢？酒上头了，他有点想这么做。他又要了一大杯威士忌，并向自己提议。如果他去剧院，他很容易就能找到他们。他们会去看演出，然后，毫无疑问，出去庆祝著名的阿尔伯特·德雷塞尔的生日。他可以在舞台门口徘徊。他只需要从远处看他们在一起一次，就能看到他想看到的一切。为什么不去确认一下呢？

如果他留在这儿，他能做什么呢？在这潮湿可怕的夜晚，独自一人在伦敦，喝酒折磨自己，使自己发狂？回家睡觉，不知道？在明天的黑暗中醒来——不知道？也许永远不知道？坐在这里，心神不安，痛苦不堪，而他们——那个今晚答应给他的可爱的姑娘，那个曾经是他唯一的朋友的男人——却在一起享受着温暖，享受着彼此陪伴，享受着海边的灯火辉煌？不——为什么要把他排除在外呢？他也要到布莱顿去。他是一个自由人，谁也阻止不了他。

他想知道，在世界历史上，是否有人像这个姑娘——内塔——这样对待他。换个别的女人会说和男友一起离开，从人家那里拿到钱，向其承诺，然后冷静地在门上留张纸条，和人家最好的朋友一起离开吗？

被心爱的姑娘抛弃，内心冰冷凄凉，爱情和友谊一下子都破灭了，今晚在伦敦还有别人吗？也许会有，但他不会成为其中一员。你仍然可以喝得酩酊大醉，你仍然可以尽情地喝酒，谁也不能阻止你到布莱顿去，谁也不能阻止你享受快乐时光。

他又喝了一大杯威士忌，看了看表。现在是七点差一刻。如果他现在乘出租车，他就能从维多利亚乘七点五分的车。但是他不想坐出租车。他想继续喝酒。他喝光了威士忌，又走到另一家酒馆（因为他不好意思在那家再点酒），又要了一大杯。他们可以等。

一种得意洋洋的心情笼罩着他——那是因为喝了威士忌，即将踏上旅程，甚至是偷听到或秘密打探到消息了。他们以为能骗过他吗？他知道自己是个傻瓜，但还不至于蠢到那种地步。实际上，他是想愚弄他们。

时间悄悄到了七点一刻。他喝光了威士忌，走到街上。他立刻叫了一辆出租车。"请到维多利亚车站。"他说。

他注意到自己在上出租车时跌跌撞撞。这说明他已经喝醉了。

这很糟糕。他明白了自己丑态百出,他明白了这次旅行是多么荒唐,没有什么结果,没有什么好处。他知道第二天早上他会后悔的。但他在乎什么呢?

现在全完了。一切都结束了。他有一种奇怪的感觉,觉得这是他生命中的最后一夜了。在他生命的最后一晚,他不妨尽情享受,喝个烂醉,做他想做的事。

三

在黑暗中接近布莱顿时,火车放慢了速度,犹豫了一下,似乎在冒险进入危险区域之前先摸索一下,然后光滑而有条不紊地向前行驶。

雨点无力地打在卧车的窗户上,他可以从窗户玻璃上看到自己。他第一次意识到自己忘记带行李了。他从来没有想到过这一点。不要紧。没关系。现在什么都不重要了。

他把车票扔了,闻到了大海的气味。就这样他又回到了布莱顿!

他看到的第一件事几乎——仿佛是在提醒他来这里是为了什么,或者是这是他将要发现的预兆——是一个巨大的展览广告海报。"菲茨杰拉德、卡斯泰尔斯和斯科特公司——呈现《如我冒昧》——伦纳德·戈尔丁的新闹剧，阿尔伯特·德雷塞尔和康福德·霍布斯共同出演。"然后，过了一会儿，又看到阿尔伯特·德雷塞尔和康福德·霍布斯出演《如我冒昧》的海报。都是由菲茨杰拉德、卡斯泰尔斯和斯科特公司策划的。这两位著名的喜剧演员似乎已经占领了这座城市，在菲茨杰拉德、卡斯泰尔斯和斯科特的指挥下，完全控制和占领了这座城市。他们要庆祝阿尔伯特·德雷塞尔的生日，内塔在追卡斯泰尔斯。他被深深打动了。他们都很有名。他想摆脱她的纠缠，并不奇怪。

他沿着皇后大道向海边走去，迎面是更多的海报。他在这里做什么？他来干什么？他不知道。他想，只是为了万无一失。只是想确定一切都永远结束了。要是她不在这儿——要是他这次又出了洋相，那才有趣呢。但他不介意那样出丑。

他打算住在哪里？他认为再住到小城堡去。钟楼这里开始下起了大雨。他不想弄脏他最好的衣服（还有他为内塔而穿的最好的大衣和帽子），他设法跳上了一辆开往城堡广场的公共汽车。

在小城堡外面，他吓了一跳。上次丢脸之后，他再也无法面对女经理和门房了。附近有一条小街，他记得曾在那里见过"公寓"的招牌，于是他决定试一试。

来到门口的女人吓得魂不附体，尤其是当他说他没有行李的时候。

不过，当他说他愿意留下一笔定金，并拿出一张一英镑钞票时，她变得和蔼可亲，甚至是谄媚起来，带他去看她那间简陋的小房间，他说那间房很不错。

他立刻到东街去喝了一杯，然后走到前面，在那个老地方喝了一杯，那天早上内塔走后，他就是在那个地方烤湿裤子，为内塔的离去感到难过。然后他绕到剧院去了。

整条狭窄的街道上灯火通明，闪烁着"阿尔伯特·德雷塞尔和康福德·霍布斯"的字样。当他走近剧院前面时，他看到了"包厢客满""顶层楼座客满"的告示。这的确是一个盛大的场合。

门厅里静得出奇，他走了进去——这是一场演出的门厅，幕布已经拉开，正在进行一场盛会——他请求，或者更确切地说，喃喃地说要个座位。没白来，他们在旁边的弧形楼座里有一个座位。他们一跺脚，把票给了他。他拿着找回的零钱，一个诚惶诚恐的服务员叫他到另一个服务员那里去，那服务员惊恐地低声告诉他上楼的路。

另一名服务员在楼梯顶上为他打开了门，一阵爽朗的巨大笑声从烟雾缭绕的门里传出来，就像炸弹爆炸一样，打在了他的脸上。就像全世界都在笑他，内塔在笑他，所有人都在嘲笑他的失败和孤立，他被驱逐出了这个充满男子汉气概的世界，那些人快乐地恋爱，交朋友。

有人谦卑地把他领到进出通道旁边的一个座位上，在一阵震耳欲声的轰鸣声中，就像大海的巨浪从人的头上呼啸而过一样，那人给了他一个节目单，然后就离开了。笑声一浪接一浪，他看着舞台，在灯火通明、几乎让人眼花缭乱的布景中，著名的阿尔伯特·德雷塞尔本人正与著名的、不可模仿的康福德·霍布斯激烈而无休止地争论着，他在电影中见过他很多次，但他听不清他们在说什么，也弄不清大家在笑什么，因为他没有听他们在说什么，只是看着他们。大家的笑声使他浑身颤抖，他只是呆呆地看着。有趣的是，在这漫漫长夜，他竟然在看一场闹剧……

第一幕结束了，灯光亮了起来。人们开始向酒吧和门厅走去。他在这里做什么？他真希望自己没有来。他喝醉了，还有其他一些事。他可能会被人看见。他最好回家去。他们可能不在这里。他们可能根本不在布莱顿。好吧，既然他来了，不妨看一看。他走到弧形楼座的边缘，向下看了看包厢。

是的，她在那儿……是的，他们在那里……他很高兴见到了他们。这就是他来这里的目的。她和埃迪·卡斯泰尔斯（菲茨杰拉德、卡斯泰尔斯和斯科特公司的合伙人）一起走上进出通道，他说了些什么逗她笑，还帮她拿着外套。

约翰尼正弯下腰和一个坐在过道座位上的人说话。不久，约翰尼跟着其他人走了出去，带着愉快、满意的表情环顾了一下剧院。

他最好先喝一杯酒再回家。现在一切都结束了。

他走过去,在座位上坐了一会儿,看了看节目单。他很肯定他们是要到那个大弧形酒吧去的,他想给他们一点时间,然后再闪身离开剧院。他看了一眼阿尔伯特·德雷塞尔的照片,他们要为他庆祝生日。

当他经过时,他透过弧形酒吧的玻璃门往里看,又看见了他们。他们在酒吧里。埃迪·卡斯泰尔斯背对着他,但他能看到她的整张脸。埃迪·卡斯泰尔斯在说话,她抬头望着他,认真聆听,偶尔微笑一下。真有趣,她竟然这样做,而不是像她答应过的那样和他一起去梅登黑德。她就是个婊子,没错。

一位男子想进酒吧,口中说着"借过",穿过人群跑下楼梯,来到街上,进了对面的一家小酒馆,点了一大杯威士忌。

他觉得这是最后一次见到她了。他觉得自己和她再也没有任何关系了。她现在成功了——这一点他是肯定的。她终于拿下了埃迪·卡斯泰尔斯——她的埃迪·卡斯泰尔斯帮她拿着外套。她和大人物们在一起。她将成为一名电影明星。现在她再也不会回头了。

他应该一直这样想的。他应该早就知道自己跟她不是一个阶层。想到此,他开始剧烈地颤抖起来,于是又要了一杯威士忌。他从镜子里看到了自己。

他很难责怪她把他甩掉了。他和那样的人在一起看上去不健康。

除了他的长相,他甚至不会说话。埃迪·卡斯泰尔斯、内塔、约翰尼等人处于人生的一个层面,而他处于另一个层面。他们都是"成功人士",属于上流社会,是戏剧界的人物,而他是伯爵宫的酒鬼,现在成了孤独的窃听者、暗中监视者……

可是约翰尼一直是他的朋友——从小就认识——从鲍勃·巴顿时期就认识他了,那些美好的日子——跟他说笑,跟他开玩笑——在他生病的时候来探望他——这一切他无法忘怀。约翰尼为什么要把他排除在外呢?约翰尼做事为什么要跟别人一起背着他呢?

如果他没有亲自把她介绍给约翰尼,她现在就不会出现在这里,就不会和伟大的埃迪·卡斯泰尔斯在一起,就不会走向成功。并且是他给她钱才使她到这儿来的!——车费,做头发的钱,看到埃迪·卡斯泰尔斯的钱!

哦,好吧——这有什么关系?现在一切都结束了。酒止住了他的颤抖,他还会借酒浇愁,一杯接一杯,直到酩酊大醉,但他一点也不在乎。

大约一个小时后,他注意到人们涌进了酒馆,猜想演出已经结束了。他决定到别的地方去。

经过舞台大门所在的院子时,他看见一辆该死的大劳斯莱斯,这才明白这是埃迪·卡斯泰尔斯的车。他听说过埃迪·卡斯泰尔斯有一辆劳斯莱斯——内塔曾和约翰尼谈起过。他毫不怀疑,过一会儿,内塔就会乘坐这辆车去参加生日聚会。他们将继续前往"皇宫饭店"。他听说他们在布莱顿的时候都到那儿去。生活中的埃迪·卡斯泰尔斯得到了一切,而其他人什么都没有,这真是太奇妙了。如果他想到这一点,他会恨埃迪·卡斯泰尔斯,但他不会去想它,因为现在一切都结束了。

他又喝了一杯,买了半瓶黑格酒,向海边走去,朝霍夫方向走。

他沿着草坪走了一圈,然后又折了回来。海面在大风中颠簸,天下着小雨。他又开始浑身发抖,于是在一个避风处坐了下来,打开瓶子,喝了一口威士忌,然后继续往前走。他必须继续往前走:不可能去上床睡觉,时间还早,还不到十二点。他现在要走到"黑岩"酒吧。

现在一切都结束了。他不知道明天要干什么,也不知道要到哪里去,但一切都过去了,他知道他再也见不到她和约翰尼了。当他跑下剧院的楼梯时,他已经逃离了他们的生活。他跑开了,虽然没有地方可逃,也没有人可以逃。没关系,不管怎样,它会自己解决的——明天——黑色的明天会照顾好自己的。他经过了"皇宫大酒店"。

他又看到了那辆该死的大劳斯莱斯,意识到她在车里。他不知道她是不是在那儿过夜,不知道她什么时候上床睡觉。他听说过这些聚会,知道聚会一直持续到三四点。好了,再见,内塔。再见,约翰尼。就这样吧。

啊,约翰尼,约翰尼!——还有过去鲍勃·巴顿的日子!——这就是痛点！他们曾经都是好朋友！

他又开始颤抖起来，觉得很冷，他想最好离开大海，避风走一条小街。

他在一盏灯的白蓝色灯光下转过拐角，迎面撞到了踽踽独行的约翰尼。

他停下来盯着约翰尼看，约翰尼也停下来盯着他看。

"上帝啊！"约翰尼和蔼地说，"你在这儿干什么，老伙计？"

他无法回答，只是盯着看。

约翰尼走到他跟前，脸上带着关切的神色。"怎么了，老伙计？"他说，"出什么事了吗？"

约翰尼伸出双手，摸摸他，抱着他。"怎么了，老伙计？"他说道。

他马上就知道自己要哭了。那是他的老朋友坚定的手，那是真诚而关切的脸，那是用老方式称呼他"老伙计"的声音。

"啊，约翰尼，约翰尼！"他说着，哭了起来，"约翰尼……"

约翰尼把他抱得更紧些，把他拉到墙边，像一个母亲抱着孩子一样，把他藏起来，不让过路人看见。"怎么了，老伙计？"他说，"你太激动了。你在哭什么？别紧张，告诉我。"

"对不起……"他说，"我会没事的……"

"怎么了，老伙计？"约翰尼说，"你自己在干什么？"

"对不起,"他说,"对不起……我会没事的……你知道,我以为她把你给拿下了。我以为她跟你了……"

四

"谁?怎么了?谁把我拿下了?"约翰尼说,"你在说什么?"

"可是你跟她一起走了,约翰尼,而且没有告诉我……我还以为她跟你在一起了呢。"

约翰尼恍然大悟。"哦,上帝——那个婊子……"他说,"我开始明白……"

是的,她是个婊子,约翰尼也这样认为。"这是事实……你要是知道就好了……然后我以为她把你拿下了……"

他痛苦地盯着前方,约翰尼仍然抱着他。

"听着,乔治,老伙计,"约翰尼说,"我没有跟她一起来。她昨晚给我打电话,建议我来,说你不想来。今天,她又给我打了个电话,说如果我来的话,她就来,还说她会在剧院见我。我必须礼貌对待你的朋友,仅此而已,乔治。你知道,她不是冲着我来的,她在追别人……"

"是的,我知道。"乔治说,"她在追埃迪·卡斯泰尔斯,是不是?"

"嗯,"约翰尼笑着说,"你知道这一点,是不是?"乔治淡淡地冲他笑了笑。

"嗯，没错。我知道。对不起，约翰尼。我以为她把你拿下了。很高兴她没有这样做。"

"你相信我说的话，是不是，乔治？"

"我当然相信，约翰尼。我真是个傻瓜。"

他看了看约翰尼，完全相信了他的话，并且明白了自己是多么傻。

"你太激动了，乔治，伙计，"约翰尼说，"你着了魔。你不能让一个女人把你打倒，你知道的。天涯何处无芳草，她不值得你这么做。"

"是的，我知道。恐怕她把我迷住了。"

突然，他又开始颤抖起来，牙缝里发出嘶嘶的呼吸声。

"来吧，"约翰尼说，"你需要再喝一杯。"

"但我已经喝了很多酒。"他说。

"没关系。你再喝一杯。现在我来照顾你。"

"可是我们怎么才能喝到酒呢？所有的酒吧都打烊了。"

"哦，我们会有酒喝。"约翰尼说着，挽着他的胳膊，领他沿着海滨朝他来时的方向走了回去。

"哦，顺便说一句，"他们一边走着，约翰尼一边说："趁我还记得，告诉你一件事。"

"什么事？"

"她今晚叫我不要告诉你她到这儿来过。她说你们吵了一架,你会受伤的。说这件事合适吗?"

"合适。我猜她是怕你告诉我。是的。这很合适。"

"好,我们到了。"约翰尼说着,领着他走上了"皇宫大酒店"的台阶。

"但我们不能到这里来。"他说,"她不在这里吗?她不在这里吗?"他一连问了两遍。

"是的,"约翰尼道,"她不在。你会大吃一惊的。"

五

当他走进明亮的灯光时,他有一种可怕的晕眩感,他的颤抖就是停不下来。

"好吧,老伙计,"约翰尼说,"你会没事的。别紧张。"

约翰尼领着他穿过那间大客厅,向左拐,穿过走廊,来到一间大吸烟室,让他坐在一张桌子旁。他意识到,在这个房间的一个角落里,有许多人在大声喧哗,但他昏昏沉沉的,头晕目眩,只知道这些。

"你没事吧?"约翰尼说,"我去找服务员。你还好吗?"

"好着呢,"他说,"我没事。"

约翰尼不见了。

忽然，一阵哄堂大笑。他在角落里抬头一看，立刻看到了埃迪·卡斯泰尔斯，不一会儿又看到了阿尔伯特·德雷塞尔和康福德·霍布斯。以前，他从来没有在一个房间里近距离看到过著名的电影明星，此时此刻，他感到非常惊讶、好奇和高兴，以至于忘记了自己的晕眩，从而盯着他们看。然后约翰尼回来了，还带着一位侍者，把一大杯白兰地摆在他面前。

"来，喝干这杯酒，"约翰尼说，"你很快就会好起来的。"

他喝了酒，开始觉得好些了，颤抖也不那么难以控制了。

"那是康福德·霍布斯，对吗？"他说，"那边那位？"

"是的，没错，"约翰尼说，"喝吧，干杯。"

突然，他听到一个熟悉而平静的声音。

"哎呀，约翰尼，"那人说，"你在干什么？"

他抬头一看，看见埃迪·卡斯泰尔斯站在他们面前。

"哦，你好，埃迪，"约翰尼说，"我能介绍一下伯恩先生（卡斯泰尔斯先生——伯恩先生）吗？"

"你好，"埃迪·卡斯泰尔斯微笑着，和他握手，说，"你好！"

"你好！"他说，并报以微笑。

"伯恩先生是我的老朋友，埃迪，"约翰尼说，"他突然昏厥了还是怎么的，所以我把他带进来喝了一杯烈性白兰地。"

"哦，不好意思，"埃迪说，"你没事吧？需要我帮忙吗？"

乔治抬头看了看他的对手，传奇人物埃迪·卡斯泰尔斯，他十分讨厌的人，那辆该死的大劳斯莱斯的主人，内塔苦苦追求的人。他听说过很多关于他的事，他是一位经理，善于塑造明星。这位男子四十岁左右，身材细长，棕色眼睛，很面善。乔治也报以微笑。

"不用，谢谢，"他说，"非常感谢。我想我很快就会好起来的。"

"伯恩先生，"约翰尼说，"也熟悉内塔·郎登小姐，埃迪。"

"哦，我的上帝。"埃迪说着，突然找了把椅子坐在他们旁边，"那个婊子……说的是他吗？"

然后，他又看了看乔治，对乔治说："我非常抱歉。她是你的朋友吗？"

"不，"他说道，又报以微笑，"她不是我的朋友。"

"不对！"埃迪抗议道，看着他们俩，说，"她真是个婊子。她绝对是在追求我，是不是，约翰尼？"

"她确实如此。"

"没错。是真的。"埃迪说，"无论我走到哪里，她都会出现。那个该死的女人一直缠着我。今晚我只是侥幸逃脱。我说剧本不太好，我们得开个剧本会议！他们正在开一个很棒的剧本会议，"他接着说，然后回头朝角落里的人点了点头，"不是吗？"

约翰尼笑了,埃迪笑了,他也笑了。

"是的,"埃迪说,"我不知道这是怎么回事,但那个女人身上绝对有种邪恶的东西。她是个心机婊。你不同意吗?……嗯,我要去趟洗手间。"他站了起来,"你们为什么不来加入我们呢?"

"谢谢你,埃迪,"约翰尼说,"我们会的。"

"你感觉怎么样,乔治,老伙计?"约翰尼低声说,"你知道他对她是什么感觉了——是不是?"

"嗯,约翰尼,"他说,"我真傻。我这是在不明所以地发火。"

他最可怕的问题是害怕自己会哭。原以为自己失去了约翰尼,跟原来的鲍勃·巴顿·约翰尼一样,结果他意识到自己从未真正失去过他——约翰尼像他一样珍视他们之间的友谊——这一切都让人难以承受。

"我看你最好离开伯爵宫,老伙计,"约翰尼说,"是不是?"

"哦,是的,"他说,"我现在再也不回去了。"

"如果你让我发表意见的话,我得说那个女人绝非良家妇女,"约翰尼说,"虽然这不关我的事。"

"不,你说得对。她不是个好鸟。"

"感觉好些吗?你看起来好多了。"

"是的,好多了。"他现在已经不再颤抖了。他只是想哭。

过了一会儿,埃迪·卡斯泰尔斯回来了,顺便说了一句:"你们俩过来吧。"然后，加入了其他人的行列。

"走吧，"约翰尼说，"我们过去吧。"

"可是我不能，不是吗？我不认识他们，"他说，"他们不会欢迎我的。"

"走吧。"约翰尼说道。他们站了起来。

他们都在为什么事哈哈大笑（他现在出奇地清醒了，而且他看得出来，实际上，他们已经喝了不少酒），大家都热烈地欢迎约翰尼。"哎，这不是我们的小约翰尼吗？"然后是相互介绍，互相问好。"德雷塞尔先生——伯恩先生；伯恩先生——霍布斯先生。""你好,伯恩先生。""你好！"他们一共有六个人，他没听清其他人的名字，但他们很友好，看着他的脸，微笑着，使他感到宾至如归。他被安排到霍布斯先生的旁边，马上就出现了喝酒的问题。

"你的酒呢，伯恩先生？"霍布斯先生问了其他人之后问道。

"哦，"他说，"我不知道。我真的不想再喝了。"

"好了，好了，别再说这些了，"霍布斯先生用那浑厚的、无法模仿的声音说道，引得全场哄堂大笑，"你知道，这是一个生日聚会，无酒不欢，哪能不喝酒？"

"我知道他想要什么，"埃迪·卡斯泰尔斯说，他向后靠在椅子上，"他想要一杯特别大、特别贵的白兰地，因为他感到头晕，别让他把你骗了，"他望着乔治，补充道，"他会不择手段地欺骗你的。"

这句话引起了更多的笑声，因为这显然是另一个笑话的后续。"很好，"霍布斯先生对这时出现的侍者说，"给伯恩先生来一杯白兰地，大家也都来一杯。"

"来一杯你们最贵的白兰地。"埃迪·卡斯泰尔斯说道。大家又笑了起来。

这就像一场梦。这一切好得令人难以置信。这就是她今晚梦寐以求想去的地方——欺骗他，把他晾在外面——但是，是他在里面，是他来参加这个美妙的生日聚会的！简直就像童话里的一样。一个遭受重创的失败者，一个流浪的伯爵宫酒鬼，但他对约翰尼来说足够好，看起来他对他们来说也足够好。他们欢迎他，这些大佬们，她本来打算讨好他们的。他们欢迎他，给他白兰地喝，喜欢他，还认为她是个婊子！

他的白兰地来了，他觉得更舒服了，他坐在那里，听着他们嘈杂的谈话，却不说话。除其它事项之外，他看到几英尺外康福德·霍布斯的脸，这一事实给他留下了深刻的印象，他几乎张不开嘴。

他在电影中见过这个人很多次，他非常钦佩这个喜剧演员，看到他并与他亲自交谈，他几乎被喜悦和吸引力惊呆了。

"你看了今晚的演出吗，伯恩先生？"霍布斯先生突然从大家的谈话中抽离出来，用一种神秘的口吻说道。

"哦，是的，"他说，"我看过了。"

"你觉得怎么样？"

"哦，我觉得很精彩。"他说。当然，他是在撒谎，但他知道这一定很精彩，因为他听到了所有人都在笑。他很荣幸有人问他的意见，他大吃一惊，想不出别的话可说。

"是的，"霍布斯先生说，"我想我们侥幸逃脱了——如果不是因为这场可怕的战争的话。"

"是的。"他说。然后，因为他就是忍不住，即使这样说是错误的、愚蠢的，虽说来愚蠢，但发自真诚，他说："我在电影里见过您很多次，霍布斯先生。在这里见到您真人真是太好了。"

"嗯，这我可不知道，"霍布斯先生说，"见到你太高兴了！"他们俩都笑了，就像老朋友一样。

又来了一轮酒，谈话又变得跟普通的唠嗑一样了。他坐在那里听着，很快，他就听不懂了，但他仍然听得入迷。他突然又开始颤抖起来，约翰尼走过来坐在他旁边，说："你感觉怎么样，乔治？你想回家吗？你看上去脸色很苍白。"

"是的，"他说，"我想我该走了。"他颤抖得更厉害了。

埃迪·卡斯泰尔斯注意到了这一切。"他没事吧？"他说。

"是的。他会没事的，"约翰尼说，"我打个出租车送他回家。"

"我会没事的,"他说,"这很快就会停的。只是这样颤抖。"

"好吧,你最好回家去。"埃迪·卡斯泰尔斯说,"我把车停在外面了。你可以坐那辆车。"

"不——别麻烦了,埃迪,"约翰尼说,"很容易打到车,我乘出租车送他回去。"

"不——车在外面。来吧。我们一起送他回家。"

"回家是怎么回事?"霍布斯先生说,"谁要回家?"

"我们要送伯恩先生回家,"埃迪·卡斯泰尔斯说,"他感觉不太好。"

"送伯恩先生回家。好啊!我们也能去吗?"

"是的。你可以去。"突然间,要做的事情就是送伯恩先生回家。别无选择。"对不起,你得走了,"霍布斯先生在他耳边说,"我想你是着凉了还是怎么的?"

"是的,我想一定是这样,"他说,"我没事,只是这么发抖。"

他们从衣帽间里拿出帽子和外套,然后决定不需要,就把它们放回去了。他们都从旋转门里出来,进入黑夜。他们发现自己,就像人们晚上出来的时候一样,明显比以前喝醉了。

关于谁应该坐在哪里,大家争论了很久,但最后除了他以外,大家都挤到了后面。埃迪·卡斯泰尔斯坐到驾驶座上说:"你来坐这儿吧,伯恩先生——别为他们操心了。"乔治·哈维·伯恩——贵宾——爬进那辆该死的大劳斯莱斯，坐在主人身边。

六

但那已经不是一辆该死的大劳斯莱斯了，因为他是应车主的邀请坐进去的；它是一辆温暖的、无限迷人的、性感的机械装置，像一艘班轮一样静静地向前滑动。

"你住在哪里，乔治？"约翰尼在后面问道。

他说他不知道确切的地点，但他能找到：那是小城堡旅馆附近一条小街上的一个房间。

关于小城堡旅馆在什么地方，大家争论不休，有人说是在肯普镇，有人说是在霍夫，还有一个声音欢快地表示不同意见，激烈地宣称它在爱丁堡，但约翰尼说他知道：它就在城堡广场旁边。埃迪·卡斯泰尔斯没说话，默默地开车向前走。

这时，他的颤抖停止了，他感到虚弱、快乐和茫然。他看着埃迪·卡斯泰尔斯驱车前进，惊叹于车的安静和平稳。不寻求取悦，甚至没有意识到自己，他说："这车非常棒，不是吗？"

"是的，很漂亮，不是吗？"埃迪·卡斯泰尔斯说，"已经买了三年了，我仍然很喜欢它。"

"是的，"他说，"太棒了。"

这个身体魁梧、病得很重、头脑简单的人，在精神上受过太多的苦。在布莱顿晚些时候的灯光下，汽车在黑暗中穿行。他坐在副驾驶位置，时而看看驾驶员的方向盘，时而看看街道。他身体虚弱，却快乐而平静。他那双忧伤的、惴惴不安的蓝眼睛向外凝视，没有丝毫恶意。眼神中充满困惑，满怀希望和感激。所有的岁月和悲伤似乎都从他的眼睛里溜走了，他又变成了那个小男孩，那个曾经受过伤害的小男孩，现在得到了款待。他没有意识到自己的悲怆和纯朴，他有一种魅力——一种使他完全为所有重视这种东西的人所接受的魅力。他无限感激约翰尼，感激这个曾经令人畏惧和憎恨的人，感激他从酒店里出来送他回家，感激后座那些友好地接待他的人。

他们仍然在后面很吵，但埃迪·卡斯泰尔斯保持沉默。然而，他突然打破了沉默。

"喂，乔治，"他说道，没有看他，因为他小心翼翼地拐弯，"我想你最近睡得很沉，是不是？"

当他听到别人用这种随意而友好的方式叫他"乔治"时，他惊讶得说不出话来，简直不知道该怎么回答。

"是的，"他说，"最近是这样。"

"人有时总得停下来，不是吗？"埃迪说，"不然会使你心情沮丧。"

"是的，得停下来，"他说，"不过对我来说并不是很晚。我好像进入了一种状态……"

"什么样的状态？"埃迪·卡斯泰尔斯又停了一会儿，用他平静的声音问道……

"哦——只是一种状态……"

"我希望不是因为女人。"这个了不起的人说道。又是一阵沉默……

"哦，好吧……也许……有点……"

"因为那不值得，请相信我的话。"埃迪·卡斯泰尔斯说道。约翰尼的声音突然从后面传来："是的，他言中了，乔治。你知道，他当然言中了。"

他恍然大悟，原来不知何时约翰尼已经对埃迪·卡斯泰尔斯讲了一些真相。不仅约翰尼，而且埃迪·卡斯泰尔斯本人也在努力帮助他，试图安慰他，让他感觉好些，试图对他好一点。他非常感激，无法承受，因为这让他想哭。

"你知道，对某一类女人来说，只能做一件事，"埃迪接着说道，"跟她说你想要什么，问她是否打算给你，如果她不打算给你，就把她扔出窗外算了。"

他们三个人都笑了，因为本来有很多词可用，但他恰恰没有使用那些词，而是用了更粗俗又更活泼的表达方式[1]。

约翰尼听了，害羞地笑了，而乔治强忍着眼泪。

"没错，"埃迪说，"这听起来可能很难做到，但这就是全部，而且永远都是……你记住这一点，就不会有事了。"

一阵沉默。然后，埃迪说道："好了，小城堡到了，我们从这里往哪里走？"

"就在那边。"他说道，但他几乎说不出话来。

他们找到了小旅馆，车停了下来。"要我送你上去吗？"约翰尼问道。

他说："不，不——不，谢谢！"

康福德·霍布斯跟他握了握手，说："好吧，再见，伯恩先生。很遗憾你要走了。希望你明天早上会好些。"

他唯一想做的就是离开，这样他就不会哭了。

"好了，再见，卡斯泰尔斯先生，"他说，"太谢谢您了。真的谢谢您。"

"再见，乔治。"卡斯泰尔斯先生说着，以一种特别和蔼可亲、心照不宣的态度对他微笑着。

"你真不想让我送你上去吗？"约翰尼问道。

"嗯……嗯！谢谢你，约翰尼……非常感谢！"他回答道。

---

[1] 原文为"throw out of the window"，意指：一刀两断，没必要纠结。——译者注

"再见,"约翰尼说,"明天,我回去后给你打电话,好吗?"

"嗯!"他说,"好吧,再见,谢谢你。非常感谢大家。再见!""再见!"他们都喊道。他们都挥了挥手,车开走了。

他擦燃了火柴,走进他那可怜的小房间,找到煤气灯,点着了它。他站在那里,紧紧抓住黄铜床架,热泪盈眶。他终于赢了!参加生日晚会的是他,而不是她。坐劳斯莱斯的是他,而不是她。他们喜欢的是他——不是她!约翰尼是他的朋友,不是她的朋友,而埃迪·卡斯泰尔斯,著名的菲茨杰拉德、卡斯泰尔斯和斯科特公司的这位大佬,给了他一些建议!哦,上帝——他们太善良了——他们不像内塔和彼得——他们很善良!

他们是高层次的人,他们是明星(内塔和彼得羡慕他们,并计划与他们见面),他们很善良!内塔和彼得并不善良,他们卑鄙,严厉而残忍。但是他终究还是赢了,而且终究他是对的,约翰尼已经帮他做到了——约翰尼跟老伙计鲍勃·巴顿一样!——约翰尼是他真正的朋友!啊,上帝——他们终于对他表现得仁慈了,终于……

他扑倒在床上,把脸埋在臂弯里,不由自主地大哭起来,又不由自主地高兴起来。

接下来,当然,过了一会儿,他脑袋里突然咔嚓一声。

梅登黑德

……我已经依从你们的命令

表演了各种武艺,不无新奇玩意,

也引起你们一些高兴,

现在我自己主动表现一点新东西,

表现一下我更大的气力,

给你们看了会感到吓一大跳。

——约翰·弥尔顿《斗士参孙》

一

"咔哒!"……

他躺在布莱顿一间小屋子的床上,煤气灯发出昏暗的绿光,那一幕又发生了。

这是一种非同寻常的感觉,但他已经习惯了。仿佛是脑子里有一个类似照相机的快门,咔哒一声关上了。这就好像一台对讲机的音轨坏了,屏幕上仍在继续的画面有了一种完全不同的性质,神秘、沉默、怪异,难以形容。

就好像他跳进了一个游泳池,头撞到了池底,在寂静的绿色深处茫然地漂浮着,自己什么也听不见。

他从来不知道它会发出如此紧密的声音。他觉得这一次它好像永远被锁上了,好像再也回不来了。事情发生的时候,他正抱头俯在床上,完全搞不清自己身在何处,在做什么。

他意识到自己穿着最好的衣服,感到又冷又发抖,脸上湿了,显然是泪水使然。但这究竟是怎么回事,他一时弄不明白。毫无疑问,他在做什么,一直在做什么,他很快就会知道那是什么。毫无疑问,他有事要做……是的,就是这样,他有事要做。他来这里是要做点什么。他必须弄清楚那是什么。如果他不唠唠叨叨,如果他不像打高尔夫球那样"用力",如果他只是平静地躺着,放松地躺着,就能想起来……

他躺着,很放松,满脸湿漉漉的,虚弱无力,在煤气灯的光线下,很快就很轻松地想起来了。他必须杀了内塔·郎登,然后去梅登黑德……

内塔·郎登是谁?他怎么也想不起来了。这是一个熟悉的名字,但他想不起来。哦,是的,当然,"内塔·郎登"指的是内塔,他认识的那个内塔,他为之大惊小怪的那个内塔……哦,天哪——他还没有把她给杀了吗?

他在昏暗的灯光下从床上坐了起来。这太可怕了。他几周前就想杀了她。这段时间他在干什么呢?是什么阻止了他?

哦,是的——他还得杀了彼得。他刚要杀了彼得,突然出事了。发生了什么事?他一直在做什么?

他在布莱顿——他意识到这一点。他一直都在布莱顿吗?他是不是梦见自己去了伦敦,差点杀了彼得?不——事情不止于此。这是一次单独的旅行。一切很快就会恢复……

他浑身发抖,而且一直在哭。她把他吓得发抖,哭了起来。一切都进行得太久了——一切又进行了一遍——可他还是没有杀死她,也没有去梅登黑德。这段时间他在想什么呢?他是在找更多的借口,还是他已经忘记了，还是别的什么？没关系。他现在必须杀了她。他必须马上去伦敦杀了她。

他从床上站起来，午夜中凝视着昏暗的、发着绿光的、令人梦魇的煤气灯。他必须马上去伦敦杀了她。

他看了看表。此时是零点二十五分。他现在能搭上火车吗？可能不会。好吧，那他就步行吧。他要走到伦敦，立刻杀了她。

好主意。他想散个步，清醒一下头脑。他会一路走回伦敦，杀了她，然后继续走到梅登黑德。在杀死她之前，他无法入睡，所以无论如何，他必须继续走下去。他是一个伟大的步行者。他还能走路，因为他没有行李。一切都很吻合，就像命运一样。他现在可以走了，因为他记得付过定金——他给了那个女人一英镑。

他可以就这样走，不受阻碍。一切都安排好了。

他熄了煤气灯，擦燃一根火柴，摸索着走下楼梯，走出了布莱顿小街上的那幢小房子。雨已经停了，此时的夜晚凉风习习。

除了偶尔碰到个警察外，周围没有一个人，脚步声回荡的街道是如此的凉爽和清新，他奇怪更多的人没有像他一样步行去伦敦，而是挤在火车里。他们徒生双腿。

他经过了布莱顿亭，又经过了大教堂，很快就踏上了巨大的罗马渡槽桥下面通往伦敦的路，然后经过普雷斯顿公园和威斯丁托儿所，来到派科姆[1]，那里有加油站和教堂。后来，他走到有两根白色柱子的大路上，这说明还没有走出布莱顿，然后他继续走，去皮莫比。他打算经过哈索克斯和伯吉斯山。偶尔会有一辆汽车或卡车从他身边闪过。

他爬上克莱顿山又长又缓的斜坡，这时天已放亮。他看到风车和奇怪的小堡垒,还有一根根烟囱从伟大的黑色无畏号（即下面的隧道上）竖起。当他爬到山顶时，太阳已经升起来了，整个郡在山下伸展开去，在淡紫色薄雾中闪着微光，偶尔听到几声乌鸦叫。他并不感到疲倦，但他突然想到他还有很长的路要走。

这时他突然意识到他犯了一个错误。他本该走到伦敦去杀内塔，但实际上内塔在布莱顿。他还忘记了——他总是忘记事情，情况越来越糟了——他也必须杀死彼得。哦，好吧——没关系。她今天就要回伦敦了，他们俩给他准备好了。

半小时后，他又累又虚弱，他意识到他必须休息一下。他在路边坐下，点上一支烟，坐在那里打起了瞌睡，不时有汽车驶过，打断他的心跳，扰乱他的遐想……

当他再往前走的时候，天已经大亮了，他意识到他必须让步，找个地方上床睡觉了。他不太记得自己为什么要走着去伦敦，而不是乘

---

[1] 派科姆（Pyecombe）：英国小镇，隶属苏塞克斯郡。——译者注

坐火车，但他确信事情就是这样。

他转到哈索克斯去了，在车站对面找到了一家小酒馆，那里的人都盯着他看，但由于他付了钱，就给了他一顿早餐和一个房间。他拉上窗帘，脱下衣服，穿着衬衫睡觉。

他直到黄昏五点半才醒来。他迷迷糊糊地走出去，在车站买了一份报纸，想看看今天是什么日子，结果发现他们已经进入波兰了。他认为这意味着战争。

他没有回到旅馆，而是又开始向伦敦走去。他现在明白了，根本没有必要步行去伦敦：他可以很容易地乘火车去，他不知道自己是怎么想到这个主意的。思维又混乱了。但他对这个地方很熟悉，他很想去看看苹果小屋，那是一个小农舍，有牛、驴和鸭子，他小时候就住在那里，过得很快乐，后来他们把他送去上学，让他很痛苦。它在去伯吉斯山的路上，他很想去看一看，因为他到了梅登黑德以后，就再也不能回来看这样的东西了。

他在暮色中走过它，说了声再见，便继续向伯吉斯山走去。在那里，他发现自己又筋疲力尽了，而且那里似乎没有路灯。他在车站附近找到了另一家酒吧。他在酒吧里喝了几杯啤酒，大家都在谈论波兰和战争。这使他厌烦透了，尽管他意识到这其实是很有用的，当他去杀死内塔并去往梅登黑德的时候，他们应该进行战争，因为这样他也可以摆脱战争。内塔和彼得！——他不能忘记彼得！这件事不断地从他的脑海中溜走。

他早早上床，睡的时间很长，很晚才醒来。他直到十点半才起床，但旅馆的人在客厅里为他提供了早餐。吃罢早餐，他找到一家理发店，刮了脸。到处都在谈论战争，战争。理发师一直在说这件事。他猜想，像伯吉斯山这样的小地方的人们会对它感兴趣，因为他们没有别的事情可想。

在那之后，他喝了不少啤酒，想出了如何杀害内塔的办法。他很想吃吧台上的黄色泡菜，就狼吞虎咽地吃了起来，还吃了一块竹芋粉饼干。

他望着窗外的火车，四点钟以后才有一辆像样的火车。他现在一点也不耐烦了，就到当地的电影院去看了约翰尼·维斯穆勒和莫林·奥沙利文主演的《泰山寻子》。

直到将近六点钟，他才到达伦敦。当他从维多利亚车站出来时，他以为自己得了肝病，因为天空中远处到处都是小蚊蚋。这些是阻塞气球。他们现在已经开始着手了。他来得正好。

他在维多利亚车站对面的"莎士比亚"酒吧喝了几杯。那里每个人都很兴奋，有一种奇怪的气氛。然后他回到车站，试着给内塔打电话，以确保她明天会在那里，但他找不到她。然后他走进一家布店去买一些线,因为他在伯吉斯山就决定了这是必须的,所以没有任何干扰。女孩问他想要什么颜色的线,是干什么用的。当然,他无法解释,他说任何颜色都可以。他买了四卷灰线。然后他去了维多利亚街一家他知道的卖宠物用品的商店,给猫买了一个篮子。他决定带着猫咪一起走。他把一捆捆的线放进篮子里,带着它们进了另一家酒馆,感觉自己像个渔夫。

他喝了很多威士忌,因为他有很多事情要考虑,因为这是他喝威士忌的最后一夜,他不妨好好享受一下。到了梅登黑德,他只是偶尔喝点啤酒。他从一个酒吧跑到另一个酒吧,所有的酒吧都有无线电,人们都在听,但他不介意。街上一片漆黑,因为他们把所有的灯都熄灭了。十一点钟,他叫了一辆出租车去旅馆。

他在浴室里找到了那只白猫,把它带进卧室,放进篮子里看看能不能放得下。它很合身,但是猫不喜欢它,跳了出来。他脱下衣服,上了床,猫钻进了他的被窝,一人一猫都睡着了。

他在1939年9月3日星期日凌晨三点左右醒来,猫还在他身边,他意识到他终究无法把猫带到梅登黑德,因为这只猫是伯爵宫的一部分,如果伯爵宫的一部分,不管多小,只要进入梅登黑德,就会彻底打乱梅登黑德。这让他很痛苦,因为他爱这只猫,这是跟它最后一次在一起了。

"对不起,猫咪,"他说,"你终究不能跟我一起去。"

他紧紧地抱着这只猫,甚至吻了它一下,然后在它咕噜咕噜地叫着的时候又睡着了。

二

他在七点钟醒来,洗了个澡,穿好衣服。八点钟,他下楼到旅馆的电话旁,给内塔打了个电话。

当然,她对在这个时候接到电话很生气,但他不能为这件事操心。

"什么事?"她说,"现在才八点钟。怎么了?"

"没什么,"他说,"我只是想知道你在不在——今天上午我能不能来看你。"

"不行,"她还是那副坏脾气,说,"恐怕你不能。我要出去。"

"你什么时候出去?"

"我不知道,"她粗鲁地说,"我起床的时候再说……现在才八点。"

"你从德文郡平安回来了吗?"

"是的。"

"你说得对,内塔,"他说,"对不起。我换个时间再给你打电话……再见。"

"再见。"

他不介意她说她要出去,不想见他。他只是想知道她在那里。他可以用她生病时给他的钥匙进去。

接着他给彼得打了电话,彼得几乎同样粗鲁。"对不起,"他说,"我只是想打电话给你,看看你回来了没有。"

"是的。我回来了。"彼得说,"你想干什么?怎么了?"

"哦,我只是想知道我是否能见到你。我们已经很久没有见面了。"

"瞧,我还没起床呢。"彼得说道。过了一会儿,他们就挂断了电话。他只想知道彼得在那里。

然后他一个人吃了早饭,然后溜达到伯爵宫路的尽头,然后又回到旅馆。

他走进自己那间乱糟糟的卧室,想收拾行李,却发现一个包已经收拾好了,他打算几天前和内塔一起去旅行。奇怪的是,每件事都很合适。他从给猫买的篮子里拿出几卷线,放进口袋里。在这之前,他一点也不紧张,但当他向那只还躺在凌乱的被窝里睡觉的猫告别的时候,他却有一种轻微的不完全平静的感觉——就像你在学期结束时登上舞台参加戏剧表演,或者你在参加一个重要的工作面试之前的那种感觉。这是最后的决定。

"再见,猫咪。"说着,他又吻了它一下。它懒洋洋地眨了眨眼睛,但没有睁开,他不敢再看它一眼,就走出了房间。

他走到伯爵宫路,到了她家,他已经完全不紧张了。现在是差五分二十秒就是十一点。他走上阴冷的石阶,用她生病时给他的钥匙开门进去。

他走进起居室,听见她从卧室里喊道:"喂——谁?"

"别怕,"他回道,"是我。"

三

没有回答,他听见她的燃气热水器烧的洗澡水流进小门厅旁边浴室的浴缸里。

过了一会儿,她从卧室里出来,不耐烦而又好奇地看着他说道:"你是怎么进来的?你想要干什么?我就要出去了。"她穿着睡衣和晨衣。

"没关系,"他说,"我只是来还钥匙的。"说着,他把钥匙拿给她看,并随手放在了壁炉台上。

"哦……"她说道,然后回到自己的卧室。

过了一会儿,她从卧室里出来,手里拿着一个海绵袋和一瓶指甲油。在去浴室洗澡前,她停下来从桌子上的盒子里抽出一支烟,点燃了。

"你不介意我待一会儿吧,"他说,"在你洗澡期间?"

"不介意,"她说,没有看他一眼,"不过我待会儿要出去。我有个约会。"她走进了浴室。

她没有关好浴室的门(她从来都不关好),他听到水还在流。他知道她听不见他说什么,因为有自来水的声音。他立刻走进她的卧室,拿起她的电话,拨通了彼得的电话。

"是的!"彼得生气地说。

"听着,彼得,"他说,"我在内塔家。她想让你尽快过来。你能行吗?"

"是的,我想可以。怎么了?"

"我不能在电话里告诉你。这一切都很奇怪。你能马上过来吗?"

"好,我想可以。怎么了?"

"你能在十分钟内过来吗?"

"好的,我这就来。"他们挂断了电话。

他回到客厅,脱下大衣。现在流水的声音已经停了。他犹豫了一下,不知该不该脱下那件普通的外套,最后还是决定脱了。然后他走进浴室。她坐在满是肥皂泡的浴缸里,面对着他。

"好吧,"他说道,试图用一种实事求是的语气说话,"别麻烦了——别麻烦了。不要害怕。别麻烦了。"

他看到她盯着他,先是惊讶,然后是恐惧。他看到她想说话,但什么也说不出来;他看到她想尖叫,但叫不出来。

"别洗了!"他说,"没关系。不要害怕!别洗了!别洗了!"

他紧紧地抓住她两只脚的脚踝,用他那高尔夫球手的手腕,用他那巨大的力量,把它们举到空中。然后他用一只胳膊抱住她的两条腿,另一只手把她摁在水下,不让她挣扎。

当他出来的时候,他的衬衫和马甲都湿透了——他没有想到这一点。他点燃了她的煤气灶,试图不脱下来穿在身上烤干。可怜的内塔——他做得很好,没有伤害她——他确信这一点。他发过誓——他不会伤害任何人。

不久,他听见彼得上楼来了。他迅速穿上外套,环顾了一下房间。彼得按了门铃,他走到门口让他进来。

这个金发的法西斯主义者穿着灰色高领毛衣和灰色裤子。"哎,这是怎么回事?"他脸色苍白,蓄着小胡子,口气很难听。

"没关系,"他说,"内塔暂时出去了。我马上告诉你。进来吧。"

彼得走了进来。乔治拿起他已经小心翼翼地放在小门厅里的七号高尔夫球杆,站在彼得身后,用尽全身力气朝他的耳后挥去,他知道这一击会立刻致命。然后他走到彼得面前说:"你没事吧,老伙计?我很抱歉。我没伤害你吧?你还好吗?"

彼得仍然站着,一本正经、饶有兴趣地望着他,仿佛有了一个相当不错的新主意。有四五秒钟,他就瘫倒在地,把桌子弄翻了,香烟、烟灰缸和台灯都摔在了地上。

一切顺利。现在一切都好了,他没有伤害他们中的任何一个。现在穿线,穿线是为了不让任何东西被扰乱,不让任何人闯入,一切都结束了。

他从口袋里掏出线轴,不知从哪里开始。他选择了被掀翻的桌子腿。他把线绕在门闩上打了个结,然后把线从卷筒上解下来,拿到窗闩上,绕了一圈,然后径直穿过房间,走到壁炉上方那幅画的钉子跟前,把线绕在门闩上。然后是电灯开关,然后是另一幅画。然后又走到桌子跟前,走到她卧室的门把手跟前,再绕到椅子跟前,走到电灯开关跟前,再交叉到这个,再交叉到那个。他必须小心翼翼,不要弄断它,他必须小心翼翼,耐心地爬过去……

他听到楼下的一扇门打开了,他觉得自己听到了上楼的脚步声。他停顿了一下。接着,门砰的一声关上了,楼梯上传来了脚步声。他突然想到,有人可能会听到他正在进行的晦涩的过程,于是他打开了无线电,这样就没有人能听到他的声音。

"……准备立即从波兰撤军,"他听到,"我们之间将处于战争状态……"

那是老纳威,他在任何地方都听得出那声音。

"我现在必须告诉你……没有收到这样的承诺……因此,这个国家与德国处于战争状态……"

啊,他们终于开始了,是吗?好吧,让他们继续吧——他太忙了。

"你可以想象这对我是多么沉重的打击……"

他已经用完了两卷线,在这里已经尽力了——现在他必须到盥洗室去了。

"但是希特勒不同意……"

他先从燃气热水器的管子开始,又到水池的冷水龙头上,然后到窗户上,然后到浴缸的腿上。

"今天,我们和法国……履行我们的义务……援助波兰……是谁如此勇敢地抵抗这种对她的人民的邪恶和无端的攻击……"

绕过热水龙头,绕过电灯开关,前后来回,然后穿插。一张真正的网。内塔,可怜的内塔——别担心——什么都不应该被打扰,在警察来之前什么都不应该被打扰。对她来说,一切都是顺理成章的。他必须注意这一点:他欠她那么多。他厌倦了爬进爬出,但他打算认真到底。

最后,线被耗尽了。好了!——他希望在警察到来之前,任何人都不要来捣乱。他已经尽了对他们的责任:对警察的责任,对自己的责任。它们都是用线连接在一起的。所有的线索都被收集起来了。网织得很完整。

网,内塔。内塔——网——一切都结束了。内塔,你名字中有网,多么契合,别怪我。

"现在愿上帝保佑你们大家。愿他捍卫正义。我们要反对的是那些邪恶的东西,野蛮、暴力、恶意、不公正、压迫和迫害——我确信正义将会战胜……"

他关掉无线电,不听那废话,穿上外套。然后他又脱了下来,因为他的衬衫太湿了。他靠近炉火把身上烤干。当他跪在那里烤干身子时,他听到阴沉的警笛声在天空中升起,哀号着,互相呼应,忽高忽低。他听到街上的口哨声。

他身上终于烤干了,于是准备去梅登黑德。还有一件事——在门上给警察留一张字条。这张字条是为了防止别人进来。他在内塔的书桌里找到了一个信封,在身穿的大衣口袋里找到了一支铅笔。

私人房间

只对警察开放

请勿打扰

他把这些字写在了信封上。

大功告成。他现在所能做的都做了。他走出了公寓。他关上门,用门环的重量把信封贴在了门外。

四

他走下石阶。现在,一切都很顺利了。

走到一半,他意识到天黑之前不能去梅登黑德,因为这是梅登黑德计划的一部分。这真让人讨厌,他不知道这一整天该做些什么。

在前门，他遇到了米奇，只见他正走上台阶。他停下来望着他。

"哈喽，"他说，"你好吗，米奇？"

"哈喽，"米奇说，"你好吗？你最近去哪儿了？"

"哦——哪儿也没去。你要去哪里？"他问道。

"我要去见一下内塔，"米奇说，"她在家吗？"

"不，"他说，"她不在家。她出去了。我敲过门了，她家里没人。我们去喝一杯吧？"

"好的。"米奇说道。他们一起往前走。"嗯，这一切都很令人兴奋，不是吗？"米奇说，"你还留在伦敦吗？"

"不，"他说，"我不要留在伦敦，我要去梅登黑德。"

"我认为那是一个很好的地方。"米奇说道，然后继续谈论战争和他自己的计划。

他们走进酒吧，他要了两份威士忌。他刚喝了一口，就开始剧烈地颤抖起来，觉得周围的一切都在游动。他不得不坐到椅子上。

"好了，放轻松，老伙计，"米奇说，"喝完，你很快就会好的……怎么了，又是我们的老朋友宿醉广场作祟？"

"是的，"他说，"恐怕是这样。"

他不知道自己的身体会这样。他的心情很好，该做的事他都做了，良心上没有什么不舒服的，他很安全，而且要去梅登黑德。可是他的身体让他失望了,他对自己的身体有一种厌恶的感觉,不知怎的就浑身发抖。

米奇不停地给他斟酒,他很快就感觉好了起来。很快,他看到米奇想一醉方休,索性就跟他一起一醉方休。他有一整天的时间可以浪费,这是他最后一次喝醉了,因为在梅登黑德,只有偶尔才会喝点啤酒。

他们一直在那里喝酒,直到下午酒吧打烊时才把他们赶了出来。他问米奇要去哪里,米奇说他想再去找内塔,并让乔治跟他一起去。

"我想你在那儿找不到她。"他说道。但米奇说:"好吧,我还是想试试。来吧。跟我来。"

"不,"他说,"我想我现在得走了。我有很多事情要做。再见了,老伙计。"他让米奇在街上显得既惊讶又滑稽……(在他们喝酒的过程中,米奇已经说过:"你又在犯傻了,是不是,乔治,老伙计?")

米奇想上楼去,真让人讨厌。他会发现那张字条并报警。然后他们就会开始干涉他。他想尽其所能帮助他们,但在他到梅登黑德之前,他们不能开始干涉。

他沿着伯爵宫路走去。这很糟糕。米奇可能会立刻给警察打电话,然后他们就会找他来干涉。他现在甚至不能回旅馆了,因为他们可能在找他。他没有把握好时机。

事实上,虽然他认为他已经算出来了,但他根本没有算出来。

要是他能马上赶到梅登黑德就好了,可是他不能,他必须等到天黑,否则就行不通了。等到该上火车的时候,他们已经把守住了所有的车站。他们不需要认为他们可以比他聪明,因为他们不可能比他更聪明。

唯一的办法就是用脚走路。这样可以打发时间,免得他们多管闲事。他知道,他走路的时候,他们抓不到他,就像他在梅登黑德的时候一样——这也是事情的一部分。

他经过哈默史密斯、奇斯威克和冈纳斯伯里,一直走到夏末一天的傍晚。

他转到大西马路去了,跟着从城里飞驰而出不停轰鸣的汽车,一路往前走,车上装着难民的行李、被褥和婴儿车,人们把这些或塞在车里面,或绑在车顶上。他参考路标走,一点也不累——汽车也不累,不停地驶过。他的生命中到处都是汽车,汽车,汽车……

六点钟,他在一个供卡车司机休息的地方停下来喝茶,然后又继续往前走,全然不知所措。到了日落时分,他变得忧郁起来,心里充满了不祥的预感。

他回想起这一天的伟大壮举,虽然这使他感到恶心和厌恶,但却没有多大意义——与上午的感觉不一样。就连梅登黑德也说不通。他以为梅登黑德会达到要求? 梅登黑德到底要怎么解决问题呢? 他不大明白。也许他是累了,但他现在不明白。

当然，如果梅登黑德让他失望，他能做的只有一件事，因为那将是所有事情的终结。

他有一种奇特的感觉，好像在做梦——无法集中注意力。他觉得自己已经梦游了好几天了。然而，现在有什么东西告诉他，他不能从这个梦中醒来——只有在梦中，他才能真正理解和明白他今天上午所经历的那些现在令人难忘和厌恶的事件。如果他现在醒来，如果有什么事情改变了他梦中的精神状态，他觉得他可能会面对某种他无法忍受且难以想象的精神恐怖。

天黑了下来，他走出了斯劳，开始加快脚步，这时他的忧郁变成了恐惧。想到在梅登黑德没有工作，那种难以形容的痛苦似乎使他的精神崩溃了。保持麻木，他整个人都在喊，保持麻木吧！他不相信在梅登黑德会找到工作，只好继续保持麻木！他走进公路边上的一家小酒吧，点了一大杯威士忌。他们都在谈论战争，没有注意到他。他又喝了三杯大杯威士忌，然后买了一瓶。他感觉好多了。得，这会让你保持麻木——如果没有别的办法的话。

再往前走了一点，他又找到了一家酒吧，又发现两家大酒吧。他注意到自己只剩下十一先令七便士了。如果在梅登黑德没工作，他将怎样生活呢？没关系——一直麻木到你到达那里，一直麻木到你弄清楚为止！梅登黑德会有工作。一定会有工作，他已经把一切都想好了。

当他走到外面时,天已经很黑了,由于血腥的战争,没有灯光给他指路,他又喝醉了。很快他就走错了方向,虽然他碰到了一些人,他们说他离梅登黑德不远,但他们不感兴趣,他根本找不到路。他不停地啜饮威士忌酒,以使他的头脑保持麻木。

最后,他发现树篱附近有一扇门。他穿过大门,躺在树篱下,又喝了些威士忌,睡着了。

黎明时分,他起来了,脸色发青,浑身冰凉,发现自己在离公路不远的一块地里。

"梅登黑德 3/4 英里",他在一个路标上读到,然后经过斯金德尔斯桥走进了镇里。

他不知道自己现如今在做什么,但他已经完全听天由命了。他立刻意识到,梅登黑德根本不是什么好地方。

这只是一个有商店、报刊亭、酒吧和电影院的小镇。宁静,永远不可能宁静了,艾伦、那条河、那杯安静的啤酒、白色的法兰绒、船舷上晃动的水波、篮子里的茶、留声机、傍晚的潮湿气味、红红的夕阳、酣睡……这些只是记忆而已。

应该是这样的,但事实并非如此。他犯了一个错误。事实上,他几乎认不出来了。这让他失望了,就像内塔一再让他失望一样。

但既然没有心目中的梅登黑德,哪里也没有,他已经摆脱了内塔和彼得，现在当然他必须摆脱自己。他昨晚就想到了这一点。

只要他的大脑不动就行，只要他保持麻木，他就会没事的。但他必须熬过这一天。

他走进主街，问警察在哪里可以找到住的地方。那位警察把他指引到一条简陋的街道，在那里他看到了一块写着"公寓"的牌子，在交了最后的十个先令作为定金后，他租下了一个顶楼前面有煤气灶的房间。他现在只剩下一先令七便士了。他穿着衬衫在床上睡到下午两点，一直想念那只猫。"我应该把你带到这儿来，猫咪，"他对被单低声说，"要是我早知道这样不行就带上你了。"

他到大街上的"奥尔德茶馆"喝了杯咖啡，吃了个面包，一共花了五便士。然后他从史密斯商店买了一包信纸和信封，一支铅笔和五份报纸。都是关于雅典娜号沉没的。他为每个人感到难过。然后他沿着河边走了很长一段路，大约六点回来，在原来的地方喝了杯茶。然后，他身无分文，回到自己的房间，一直睡到天黑。

然后他站起来，点上煤气灯，在昏暗的灯光下坐下来写了一张纸条。他一边写，一边用牙杯和水瓶喝着他那瓶剩下的威士忌，那瓶威士忌还有四分之三。他写道：

亲爱的先生：

我要结束我的生命，因为来梅登黑德没有任何意义。我以为我来这里就没事了，但我错了。毫无疑问，你现在已经找到我的朋友了。我把一切都整理好了，没有受到任何干扰。这对你有帮助。我太累了，写不清楚了。我意识到我不舒服。我感觉像在做梦。

请叮嘱他们照看好我的白猫，那是我落下的。它属于旅馆，但我每晚给它喝牛奶，早晨让它进房间是我的习惯。我不知道它的名字。我知道我做错了，但我身体不好。我真的不知道我在做什么。我以为我是对的，但现在我对梅登黑德的看法错了，我可能错了。请记住给我的猫喂食。

您忠实的

乔治·哈维·伯恩

他把信放进一个信封里，上面写着"梅登黑德验尸官 收"。

然后，他拿起报纸，尽可能地把门窗的缝隙塞住。然后他熄灭了煤气灯，在黑暗中爬了下来，打开了煤气灶环。

他把它拉到脸上，听到它发出了可怕的呼啸声，散发出一股令人窒息的刺鼻气味。但他喝了太多的威士忌，又很累，他觉得自己可以忍受——他并不介意。

在他眼前，一圈圈色彩斑斓的威士忌酒和煤气散开又合拢，散开又合拢。然后他开始沿着一条黑暗的隧道向下走——然后他开始沿着一条黑暗的竖井向上走。他意识到医生正在给自己做手术。他煤气中毒了。

他被注射了氯仿。就像很多年前的那个时候，当他还是个小男孩，还没上学的时候，他做了腺样体手术，他的妹妹艾伦被允许进去握着他的手……

他伸出手来，看看艾伦的手是否还在。是的，他感觉到了——在所有的螺旋、隧道和竖井中。"没事，"她说道，就像她过去说的那样，"没关系。别害怕，乔治。没事的。"

他死于清晨，由于当时对战争的兴趣盛行，几乎没有媒体对他的事情进行报道。事实上，只有一家报纸，一家耸人听闻的《每日图片报》，给了这件事一点篇幅——（他粗糙的墓志铭）大字标题如下：

杀死两人

发现时已煤气自杀

放心不下猫

图书在版编目（CIP）数据

宿醉广场／（英）帕特里克·汉密尔顿著；马庆军译. -- 上海：上海文艺出版社，2024. -- （域外故事会社会悬疑小说系列）. -- ISBN 978-7-5321-9069-0

Ⅰ.Ⅰ561.45

中国国家版本馆CIP数据核字第2024C0U554号

宿醉广场

著　　者：［英］帕特里克·汉密尔顿
译　　者：马庆军
责任编辑：高　健
装帧设计：周　睿
责任督印：张　凯

出版：上海文艺出版社
出品：上海故事会文化传媒有限公司
（201101上海市闵行区号景路159弄A座3楼www.storychina.cn）
发行：上海文艺出版社发行中心
（上海市闵行区号景路159弄A座2楼206室）
印刷：上海中华印刷有限公司
开本：889毫米×1194毫米　1/32　印张11
版次：2024年9月第1版　2024年9月第1次印刷
ISBN：978-7-5321-9069-0/I.7136
定价：45.00元

版权所有·不准翻印

上海故事会文化传媒有限公司出品（01188）www.storychina.cn

想看更多精彩故事？
扫码下载故事会APP

上海故事会文化传媒有限公司所有图书可办理邮购，免收邮费（挂号除外）
汇款地址：上海市闵行区号景路159弄A座2楼206室（201101）
收款人：上海故事会文化传媒有限公司出版发行部
联系电话：021-53204159
如发现本书有质量问题，请与印刷厂质量科联系T.021-60829062